드래곤 킨
시리즈

PARANORMAL

ROMANCE   2

드래곤의 위험한 관계 **1**
LAST DRAGON STANDING

드래곤의 위험한 관계 1

ⓒ G. A. 에이켄 2015

초판1쇄 인쇄	2015년 11월 16일
초판1쇄 발행	2015년 11월 19일

지은이	G. A. 에이켄
옮긴이	박은서

펴낸이	박대일
편집	이문영 · 임유리 · 신지연
마케팅	송재진 · 임유미
디자인	박현주
일러스트	실베스테르 송

펴낸곳	파란썸(파란미디어)
출판등록	2004년 9월 14일 제313-2004-00214호

주소	04072 서울시 마포구 성지1길 32-36(합정동)
전화	02.3141.5589(영업부) 070.4616.2012(편집부)
팩스	02.3141.5590
전자우편	paranbook@gmail.com
카페	http://cafe.naver.com/paranmedia
페이스북	http://www.facebook.com/paranbook

ISBN	978-89-6371-242-0(04840)
	978-89-6371-241-3(전2권)

드래곤의 위험한 관계 **1**

LAST DRAGON STANDING

파란

Last Dragon Standing

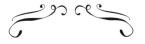

케이트 더피에게

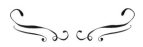

등장인물 소개

라그나

케이타

노스랜드의 번개 드래곤 올게어 일족의 열아홉 번째 아들. 권모술수에 능하여 '교활한 자'라는 이름을 얻었다. 탁월한 정치적 역량으로 사우스랜드 드래곤과 동맹을 이끌어, 왕조가 따로 없고 난립한 가문들이 패권을 다투는 노스랜드에서 수장의 위치에 올랐다. 그러나 만년설에 비견할 만한 냉철한 그의 가슴에 치명적인 일격을 날린 상대를 만났으니……

사우스랜드 드래곤 퀸의 막내딸. 독립적인 성격인 데다 어머니와 사이가 나빠 가족과 떨어져 혼자 살아가는 레드 드래곤. 빼어난 미모에 남자들을 유혹하여 쥐어흔들기로 악명이 높아 절망과 죽음의 드래곤, 붉은 독사로 불린다. 그러나 사치스러운 취향의 버릇없는 왕족이라는 겉모습과 달리 그녀의 진정한 정체는……

피어구스

앤닐

드래곤 퀸의 첫째 아들. 고지식하고 무뚝뚝하며 난폭해서 '파괴자'로 불리는 블랙 드래곤. 세상 누구도, 어떤 것에도 상관하지 않는다. 앤닐과 쌍둥이 아이들을 제외하고는.

사우스랜드 다크플레인의 피의 여왕, 피투성이 앤닐이라 불리는 인간 여왕. 평생을 군대와 함께 보냈고 앞길을 가로막는 자는 누구든 해치워 버리는 용맹한 전사. 피어구스의 짝으로 쌍둥이를 낳음으로써 드래곤을 비롯한 여러 세력의 표적이 된다.

브리크

탈라이스

드래곤 퀸의 둘째 아들. 용맹한 전사로 이름 높아 '막강한 자'로 불리는 실버 드래곤. 하늘을 찌르는 오만함과 딸에 대한 도가 넘치는 애정으로 주변을 불편하게 만드는 '딸 바보'.

놀웬 마녀. 인간 남자와 결혼해서 딸 이지를 낳았으나 남편이 죽고 혼자 살다가 브리크를 만나 짝이 되었다. 신들의 농간으로 금제되었던 힘을 회복하고, 드래곤–인간 사이에 불가능하다는 아이를 낳는다.

모르퓌드

드래곤 퀸의 큰딸. 강력한 드래곤위치이자 치료사. 상냥하고, 수줍음에 가까운 성격에, 냉정한 어머니와 달리 다정하고 의지가 되는 누이 노릇을 한다.

브라스티아스

모르퓌드의 짝. 인간 전사. 앤윌이 처녀 적에 만나 인연을 맺은 이래로 전장에서 여왕을 가장 가까이에서 보필하는 충성스러운 장군.

렌

사우스랜드 드래곤에 대해 배우기 위해 바다 건너 이스트랜드에서 교환 사절로 온 왕족 드래곤. 오만하고 배타적인 사우스랜드 드래곤 왕가에는 이례적이게도 그들 모두로부터 사랑을 받아 '선택된 자'라는 이름을 얻었다. 특히 케이타와 깊은 영혼의 교감을 나누는 친구 사이다.

이지

탈라이스가 브리크를 만나기 전, 인간 남자와의 사이에서 낳은 딸. 모든 드래곤들의 아버지 신 뤼데르크 하일에게 목숨과 영혼을 저당 잡혔으나, 오직 앤윌 여왕만을 향한 뜨거운 충성심을 품고 있다.

에이브히어

드래곤 퀸의 막내아들. 전사가 되어 이름을 얻기를 열망하지만 아직 첫 전투에도 나가지 못한 블루 드래곤. 번개 드래곤과 화염 드래곤이 동맹을 맺은 후로 노스랜드로 가 훈련을 받는다.

비골프

라그나의 동생. 노스랜드 규약을 목숨처럼 지키는 강력한 전사 드래곤으로 전장에서 맹위를 떨쳐 '끔찍한 지'라는 이름을 얻었다. 종족과 상관없이 관계를 맺고 정보를 수집하는 데 능하여 형의 수족 노릇을 한다. 라그나의 머릿속에서 나온 계략이 현실로 이뤄지는 것은 그를 통해서라고 할 만하다.

프롤로그

"여왕은 우리가 딸을 데리고 있는 걸 알고 있어?"

올게어 일족의 '교활한 자' 라그나는 동생 비골프의 질문에 고개를 끄덕였다.

"그리고 형이 하고 싶은 대로 하라고 말했다고?"

다시 라그나가 고개를 끄덕이자, 비골프는 고개를 절레절레 저었다.

"이해를 못 하겠네."

라그나도 마찬가지였다. 왕족이든 천출이든, 자기 자식에게 그처럼 관심이 없어 보이는 어머니는 이해할 수 없었다. 저 뒤에 있는 동굴에서 현재 도망칠 계략을 꾸미고 있는 왕족의 골칫거리처럼 성가시고 약은 수를 쓰는 자식이라고 해도.

제 인간 몸보다 두 사이즈 정도 큰 드레스와 쇠사슬, 그리고 마술을 녹여 넣어 본디의 드래곤 형태로 돌아갈 수 없게 막는 목걸이를 제외하고는 아무것도 걸치지 않은 케이타, 괄크마이 바브과이어 가문의 공주는 백치미를 약간 가장한 것 말고는 아무 짓도 하지 않았지만 이 무리의 거의 모든 남자들을 사로잡을 수 있었다. 그녀는 키득거리고, 약 올리고, 괴롭혔다.

솔직히 말하자면, 라그나는 여왕이 바로 그날 저녁 자기 딸을 되돌려 달라고 요구했으면 싶었다. 그래서 그 말썽꾸러기 여자가 자신의 혈족들 사이에 피바람을 일으키기 전에 치워 버릴 수 있길 바랐다. 하지만 리아논 여왕이 딸에 대해 한 마지막 말은 오랫동안 그의 뇌리에 남아 있었다.

'데리고 있어. 풀어 주든가. 어찌하든 나는 상관하지 않아.'

라그나는 자신의 어머니가 자기나 다른 형제자매를 두고 그런 말을 하는 것을 상상할 수 없었다. 아버지 올게어, 올게어 일족의 드래곤 군주가 그런 말을 하는 건 상상하고도 남았지만.

"뭐……."

사촌 중 하나가 일어섰다. 그들 모두는 인간의 형태를 하고 있었다. 사우스랜드에 있는 동안은 그런 모습인 편이 화염 드래곤들에게서 더 숨기 쉬웠다.

"그쪽이 그 여자를 원치 않는다면 우리가 데리고 있죠."

라그나는 동생을 보았고, 비골프는 웃음을 숨기려고 고개를 재빨리 숙였다. 그는 비골프에게 저 독사 같은 여자와 한순간이라도 더 오래 같이 있다간 이런 일이 생기리라고 경고했었다.

"데리고 있을 순 없어."

"왜 안 되는데요?"

라그나는 이 애송이의 목을 졸라 버릴까도 생각했지만, 간신히 참았다.

"우리는 더는 그렇게 하지 않으니까."

"하지만 그 여자 엄마도 그렇게 말하는데……."

"여자를 원하면 남들처럼 해라, 꼬마 녀석아. 여자를 매력으로 사로잡고 유혹하고 사랑에 빠지게 만들어."

라그나의 사촌들은 서로를 흘끔거리다 한 녀석이 물었다.

"어떻게 하면 그렇게 되는데?"

비골프의 웃음이 터져 나왔고, 라그나는 투덜거리며 동굴 안으로 도로 들어갔다.

라그나는 진이 다 빠져 피곤했고 이렇게 과열된 땅을 떠나기 전에 할 일도 많았다. 그래서 백치 같은 일족의 백치 같은 질문만큼은 결코 상대하고 싶지 않았다.

이 소동은 모두 고작 며칠 전에 시작되었다. 그의 아버지가 노스랜드에 있는 멍청한 사우스랜드 왕족을 잡았다는 소식이 도착하자, 라그나는 동생의 도움을 받아 재빨리 움직였다. 원래는 어머니의 도움으로 한때 고향이었던 곳에 몰래 숨어들 계획을 세웠지만, 그가 오는 도중에 어머니가 급하게 마법 연락선으로 접촉해서 그 왕족이 가까스로 탈출했다고 전했다. 라그나는 아버지의 산속 기지에서 별로 떨어지지 않은 곳에서 공주를 잡았고, 시하 터널을 이용해 그녀의 고향으로 데려갔다. 거기서 사우스랜드의 드래곤 퀸과 동맹 협상을 해서 올게어 일족의 지휘권을 차지하고 잘되면 노스랜드 영토까지도 승인을 받을 계획이었다. 번개 드래곤을 규합하는 것이 그 첫 단계였다. 다음 단계는 규합된 상태를 유지하는 것이었고.

하지만 여왕의 대응은 놀라웠다. 처음부터 라그나가 딸을 데리고 있다는 사실을 알고 있었을 뿐 아니라 그 이전에 올게어가 딸을 잡고 있다는 것을 알고 있었음에도 여왕은 전혀 아무런 조치도 취하지 않았던 것이다.

이런 때에는 신들이 좋은 어머니라는 축복을 내려 준 데에 감사한 마음이 들었다. 건달 올게어보다는 어머니의 미모와 지혜에 걸맞은 짝도 내려 주었으면 얼마나 좋았을까 싶기는 하지만.

라그나는 기다란 동굴 통로를 따라 내려가 공주를 가둔 방에 이르렀다. 그리고 바로 밖에 멈춰 서서 이를 득득 갈았다. 사촌 중 가장 나이가 많은 마인하르트가 와인 잔을 공주의 입술에 대 주고 있는 꼴을 보았기 때문이다.

케이타 공주는 진갈색 눈을 오직 덩치 큰 남자에게만 집중한 채 잔에 든 술을 홀짝홀짝 마셨다. 그녀의 작은 손가락은 마인하르트의 커다란 손가락 위에 얹혀 있었다. 공주는 마실 만큼 마시자 뒤로 기대며 혀로 아랫입술을, 그다음에는 윗입술을 핥았다.

사촌 형이 신음하는 소리가 여기까지 들려오는 듯해서, 라그나는 더 인내심을 발휘할 수 없었다.

"나가."

그는 방 안으로 들어가며 명령했다.

라그나를 어린 드래곤만큼은 무서워하지 않는 마인하르트가 천천히 일어서더니 말했다.

"여기 그냥 있어야겠는데."

라그나는 사촌 형이 아직 자신을 지도자로 받아들이지 않는다는 것을 알았다. 제 아버지가 여전히 멀쩡히 살아 있고 번개 드래곤들을 강하게 움켜쥐고 있으니 그건 놀랄 일도 아니었다. 하지만 라그나가 불복종을 가만히 보고 넘길 자가 아님을 마인하르트도 다른 녀석들처럼 배워야 했다.

라그나는 손목을 탁 치며 작게 주문을 웅얼거렸다. 마인하르트가 방 저편으로 날아갔다. 와인 잔은 돌바닥에 떨어져 굴렀다.

"망할 사생아 새끼!"

마인하르트가 방 저편에서 고함을 질렀다.

라그나는 그를 무시하고 공주에게 다가갔다. 아버지의 마수에서 탈출한 공주를 잡은 이래로 자그마한 인간 형태밖에 본 적은 없지만, 일족이 어째서 이 여자에게 그렇게 몸달아하는지 알 수 있었다. 무릎까지 내려오는 진한 빨강 머리, 완벽한 선을 그리는 광대뼈, 옅은 주근깨가 흩어져 있는 작은 코 그리고 놀랍도록 도톰한 입술. 하지만 라그나를 사로잡은 건 그 진갈색 눈이었다. 어떤 남자도 헤어 나오지 못할, 끝도 없고 바닥도 없는 검은 웅덩이. 라그나가 그런 남자가 될 뜻이 없다는 것은 애석한 일이었다. 지금 이 순간만큼은 그중 하나가 되기를 간절히 바라는 마음이 솟구친다 해도.

"음……."

공주가 나직한 목소리로 물었다.

"나를 어쩔 작정이야?"

라그나는 곧바로 대답하지 않았다. 매트리스 한 장과 일주일 치 먹을 것만 있다면 둘이서 무엇을 할 수 있을지 상상하느라 마음이 바쁘게 돌아가고 있었기 때문이다. 공주는 하품을 핑계 삼아 사슬 수갑을 찬 두 손을 들어 기지개를 켜면서 길고 날씬한 몸매를 한껏 드러냈다. 그리고 생긋 미소를 지었다. 라그나가 이제껏 본 중에서 가장 유혹적인 미소였다. 그 미소 하나만으로도 그녀가 싫어질 것 같았다.

라그나는 한 손을 흔들었다. 수갑이 떨어져 나가고, 그중 한 짝이 왕족의 머리 위에 쿵 떨어졌다.

"아야! 야만스러운 얼간이 같으니!"

라그나는 너무나 그녀다운 말에 웃음을 터뜨릴 뻔했다. 진짜로 버릇없는 왕족, 그래서 애초에 그녀에게 수갑을 채울 필요가 있었던 것이다. 그녀는 여행 중에 몇 번이나 도망치려고 했고, 라그나는 신물이 났다. 그래 봤자 공주가 갈 곳은 지하밖에 없었고, 할 수 있었던 일이라고는 고작 그들의 시간을 지체하는 것뿐이었다.

라그나는 공주에게서 몸을 돌려 출구로 향했다. 배가 고팠고 잠도 간절했다. 몇 시간 후에 여왕과 회의가 있으므로 적어도 약간은 휴식을 취해야 했다.

"잠깐."

그는 발길을 멈추고 한숨을 지은 후 돌아서서 그녀를 보았다.

"뭐지?"

공주가 일어서더니 목에 두른 목걸이를 가리켰다.

"이건 어쩌고?"

"여길 나가서 우리 일족과 헤어지는 대로 저절로 떨어져 나갈 거야."

어떤 일이 있어도 그녀가 원래의 형태로 돌아가도록 놔둘 수는 없었다. 일단 일족이 그녀의 꼬리를 자세히 보고 나면 새로이 멍청이 대회를 열게 될 테니까.

"이제 가."

"그게 다야? 그렇지만……. 나를 대가로 뭘 받았지?"

"당신을 대가로 뭘 받다니?"

"내 일족한테 말이야. 금을 얼마나 받았어?"

공주는 턱을 들었다.

"내 가치야 꽤 나가겠지. 하지만 당신이 내게 한 짓을 오빠들이 알게 되면 금 가지고는 자기 몸 하나 지키지 못할걸."

"난 당신을 구했잖아."

"나 스스로 구했지. 하지만 시도는 좋았어."

공주는 정말로 아버지가 그녀를 그냥 도망가도록 내버려 두었으리라 생각하는 걸까? 번개 드래곤의 영토를 벗어나기 전에 올게어에게 잡히지 않았으리라고 생각하는 걸까?

라그나의 아버지는 도전을 받으면 '옛날 방식'으로 일을 처리했다. 케이타 공주는 도망친 죄의 대가로 적어도 날개 한 짝을 잃었든가, 아니면 라그나의 일족 중에서 가장 잔인한 녀석에게 넘겨졌을 것이다. 결국에는 그저 라그나의 어머니 같은 꼴로 끝이

났으리라. 라그나의 어머니에게 다른 점이 있다면, 어머니는 고귀한 계급에 가정교육을 잘 받았고 품위 있는 정신의 화신 같은 분이라는 것이었다.

하지만 케이타 공주는 왕족에게 달라붙은 온갖 소문에 딱 맞아떨어졌다. 약하고, 어리석고, 라그나의 시간과 에너지를 낭비했다. 비록 몹시도 아름답고 매혹적이긴 하지만.

라그나는 말했다.

"좋을 대로 말하시지. 하지만 어쨌든, 이제 가도 된다고."

"그냥 이렇게?"

"그래, 그냥 이렇게."

공주가 까치발로 걸으며 그의 어깨 너머를 넘겨다보려 했다.

"누군가 나를 수행하러 오지 않았어?"

"아니."

사촌 하나를 딸려 보낼 수도 있었지만, 지금 당장은 나쁜 생각일 것이다.

공주는 한참 그를 뜯어보더니 두 손을 허리에 척 얹었다.

"대체 그 할망구가 날 풀어 주는 대가로 뭘 준 거지? 거짓말할 생각은 하지 마, 야만족. 난 거짓말을 들으면 금방 알아채니까."

그녀가 거짓말을 듣고 싶지 않다면, 그도 할 생각이 없었다.

"아무것도 주지 않았는데."

"그럼 동맹도 맺지 않았다는 거야?"

그녀가 그를 가엾게 여기기라도 하는 양 고개를 저었다.

"멍청하기는."

라그나는 눈을 깜박였다.

"뭐라고?"

"어떻게 그렇게 바보 같을 수 있어? 무례하게 굴었구나. 그런 거지? 신들이여, 맙소사. 당신은 정말로 당신 아버지만큼이나 얼간이로군, 안 그래?"

라그나에게 이 말보다 더 상처를 줄 수 있는 말은 없었다. 공주는 그런 사실을 까맣게 모른 채 두 손을 들며 말했다.

"겁먹을 필요 없어. 내가 바로잡을 수 있으니까. 내 아버지에게 말하지. 아버지를 설득할 자신이 있으니까⋯⋯."

"아니, 아니. 공주님, 뭔가 잘못 알고 있는 것 같은데."

라그나는 슬쩍 미소를 지을 수밖에 없었다.

"당신 어머니는 당신을 풀어 주는 대가로 아무것도 주지 않았지만, 동맹은 여전히 유효해. 몇 시간 후에 자세한 논의를 위해 회의도 하기로 했고."

공주의 두 팔이 옆으로 스르르 떨어졌다.

"동맹은 여전히 유효하다고?"

"오, 그럼. 하지만 여왕은 당신에게는 전혀 관심이 없는 것 같더군. 어쩌면 당신 언니를 대신 잡아야 했는지도 모르겠어. 모르퓌드⋯⋯ 화이트위치던가? 맞지? 그렇게 했다면 일이 다르게 풀렸을지도 모르지. 하지만 보다시피 당신은 일의 진행에 아무런 영향이 없네라고."

공주가 그를 빤히 쳐다보았다. 아름다운 입이 몇 번 벌어졌다 닫혔다. 라그나는 그녀를 때리기라도 한 양 오싹한 기분이 들었다. 즉시 그는 그녀를 달래려고 다가갔다. 여자의 눈물을 볼까 두려웠고, 그는 눈물을 다루는 법을 전혀 몰랐다.

하지만 공주는 울지 않았다. 대신 소리를 질렀다. 마치 지옥에서 뭐가 기어 나오기라도 한 양 소리 질렀다.

"그 못돼 처먹은 망할 년!"

라그나는 충격을 받고 한 발짝 물러나, 공주가 두 손을 머리 위로 연극하듯 흔들면서 왔다 갔다 하는 꼴을 보았다. 그녀는 자기 어머니에게 온갖 흉악한 욕설을 퍼부었다. 세상에서 가장 사악한 해적들도 쓰지 않을 욕설이었다.

라그나의 일족 모두가 이 섬세한 꼬마 공주에게 무슨 일이 일어났나 걱정이 되어 동굴로 몰려와 그의 옆에 섰다.

"그 여자가 그대로 죽어 있기만 한다면 내가 죽여 버릴 텐데. 하지만 악마는 영원토록 사는 법이지."

공주가 그들을 마주 보았다.

"그렇지 않아?"

라그나 빼고 모두가 정신 나간 공주의 고함에 고개를 끄덕였다. 그녀는 두 팔을 미친 듯이 흔들면서 발악했다.

"당신들 모두 비켜!"

다들 그녀가 시킨 대로 움직였다.

공주는 쿵쿵 뛰쳐나갔지만, 잠시 후 돌아왔다. 그리고 라그나에게 물었다.

"나한테 그 얘기 하면서 재미있었지? 어머니 얘기 하면서, 그랬지?"

그녀의 분노는 겉보기에는 —그리고 불안하게도— 가라앉은 듯했다.

"그래…… 그랬던 것 같군."

라그나가 대답했다.

어떻게 재미있지 않을 수 있겠는가? 공주의 본성을 일족에게 드러낼 절호의 기회였는데. 이제 그들은 백치 공주의 실체를 보고 있었다. 욕 잘하고, 으르렁대고, 버릇없는 왕족. 하지만 신들이 창조해 낸 가장 예쁜 엉덩이를 가진 여자…… 맙소사, 잠깐. 뭐라고?

"잘됐군."

공주는 말했다.

"그 감정 즐길 수 있을 때 즐기시죠, 라그나 님."

"왜, 당신이 내게 무슨 짓을 할 수 있다고?"

무례한 짓을 한다고 마인하르트가 뒤에서 등을 주먹으로 쳤지만, 라그나는 그 아픔을 철저히 무시했다.

케이타는 미소를 지으며 —라그나 주변에 서 있던 일족 남자들이 한숨을 지었다— 한 손을 들더니 손가락으로 라그나의 턱, 목을 쓰다듬다가 가슴의 한 점까지 내려왔다. 그리고 한발 물러서서 살짝 머리를 수그리며 인사했다.

"친애하는 여러분, 그럼 이만."

그런 후에는 치맛자락이 땅에 끌리지 않도록 우아하게 든 채, 그 자리를 떠났다. 남겨진 남자들은 그대로 서서 그녀 뒤를 멍하니 바라볼 뿐이었다.

공주가 사라지자, 마인하르트가 한숨지으며 말했다.

"자, 고귀한 숙녀시니 그렇게 대접을 해 드려야지."

그리고 몇 시간 후, 그의 아버지가 인간 여자들에게 살해당했다. 화염 드래곤들과의 동맹이 성립되었고 라그나는 앙심을 품은 공주가 자아낸 과도한 출혈을 지혈하느라 바빴다. 그는 수많은 멍청이들을 일족으로 둔 저주의 결과가 얼마나 큰지를 분명히 기억하게 되었다.

1

이 년 후……

이자를 죽이기로 했었나?

'절망과 죽음의 드래곤, 붉은 독사' 케이타── 짧게 줄여서 '독사' 케이타──는 침대에 대자로 뻗은 인간 남자에게 더 가까이 몸을 숙이고 냄새를 킁킁 맡았다.

그에게선 확실히 시체 냄새가 났다. 심장박동도 들리지 않았고, 피가 이 작은 인간의 혈관을 질주하는 소리도 나지 않았다. 그가 죽었는지 확인하기 위해 백 걸음 안에서 할 수 있는 일은 다 했다.

하지만 이 인간, 한때 아우터플레인의 뱀푸어 남작이었던 생물은 죽어서는 안 되었다. 아직은 아니었다. 케이타가 정말로 죽여 버리기 전까지는.

케이타는 크게 심호흡을 하고 등을 똑바로 편 후, 두 손으로 허리를 짚었다. 그녀는 죽은 뱀푸어 남작이 준 드레스를 입고 있었다. 돈으로 살 수 있는 가장 고운 비단으로 만들어진 옷이었다. 그가 준 팔찌도 차고 있었다. 굵은 금팔찌에 어울리는 목걸이도. 케이타가 이런 것들을 사 달라고 부탁하지는 않았다. 안달이 난 남자들이 대부분 그렇듯이 그가 기꺼이 사 주었다. 케이타도 그 이유는 알았다. 정열적인 섹스와 열정적인 교성…… 기타 등등을 얻어 보고 싶다는 희망 때문이 아니던가.

남자들은 다 똑같았다. 몇 번의 칭찬, 달콤한 미소, 가벼운 속 태움, 그러면 부탁하지도 않고 그다지 간절히 원하지도 않았던 물건들이 넘쳐 났다. 케이타 역시 별로 꺼리지 않았다. 남자들이 알아서 주고 싶다는데 어째서 말려야 하나?

하지만 불쾌한 것은, 언제나 불쾌한 것은 고깟 선물 몇 개 주고 그녀의 침대에 접근할 권한을 얻었다고 생각하는 남자들의 믿음이었다. 그 믿음은 틀렸다. 사실 케이타는 드레스에 어울리는 액세서리를 고를 때처럼 잠자리 상대도 꼼꼼하게 골랐다. 전체적으로 남자들은 너무 성가시기 때문에, 그녀는 선물 나부랭이밖에 가져오지 않는 남자를 침대에 들일 생각은 해 본 적이 없었다.

한번은 친구에게 이렇게 설명한 적도 있었다.

'그들이 주는 선물은 받지. 그렇다고 내가 그들 몸까지도 받아 줘야 한다는 뜻은 아니야.'

그래서 그녀는 남작이 주는 선물을 받았다. 다행스럽게도 다른 이들과 다르게 그는 취향만큼은 고급스러웠다. 그녀는 또, 지난 삼 주 동안 그의 존재를 참고 견디기도 했다. 그와 그의 아들. 둘 중 어느 쪽과도 잠자리를 같이하지는 않았고, 그럴 생각도 없었다. 대체로 그럴 욕망이 없어서였기도 하지만 여기에 온 목적이 따로 있어서기도 했다. 뱀푸어는 선을 넘었고, 케이타가 사랑하는 사람들에게 위험 요소가 되었다. 하지만 안타깝게도 누군가 그녀보다 앞질러 그 일을 해치웠다. 특히 그런 일의 해결에는 그녀가 전문가인데도.

시체를 직접 처리해야 할지 마음속으로 싸우다가, 그녀는 무슨 소리를 들었다. 죽은 남작이 아닌 다른 사람의 심장 소리를. 남작의 심장은 이미 멈춘 지 오래였다.

케이타는 눈을 가늘게 뜨고 어깨 너머로 어두운 구석을 쳐다보았다. 바로 그때 인간이 뛰쳐나왔다. 시트 한 장만 걸치고 금발을 어깨까지 풀어 헤친 여자가 작은 단검을 미친 듯 휘둘렀다.

케이타는 여자의 손목을 잡고 비틀며 무릎을 꿇렸다. 그 손목을 부러뜨려 버릴까도 생각해 보았다. 이 꼬마 계집이 위험하게도 자신의 소중한 얼굴에 칼자국을 낼 뻔했으니까. 하지만 문을 쿵쿵 두드리는 소리에 그 선택 사항은 재빨리 치워 버렸다.

"문 열어!"

케이타는 여자를 내려다보았다. 여자의 목을 부러뜨리고 사라질 수도 있었지만, 이 금발 여자는 어쨌든 해야 할 일을 했을 뿐이니 옳지 않은 처사 같았다.

"오늘 운 좋은 줄 알아, 아가씨."

계속 문을 쿵쿵 쳐 대는 소리 위로 케이타가 말했다. 그녀는 인간을 놔주고 가장 큰 창문으로 뛰어가 활짝 젖혔다. 작긴 했지만 그럭저럭 충분할 듯했다.

"렌!"

케이타는 외쳤다.

"여기 있어."

"그럼 거기서 기다려!"

여자가 도로 뛰어오는 케이타를 바라보았다.

"대체 뭐하려고 그래……요!"

케이타는 인간을 휙 돌려 두 팔에 안은 후, 관성을 이용해서 빙그르 돌아 열린 창문으로 여자를 내던졌다. 불쌍한 여자가 비명을 꽥 질렀지만 창밖에서 기다리던 힘센 팔이 여자를 잡았다.

"잡았어!"

"데려가. 어서."

"그럼 너는…….."

"가라고!"

"문을 부숴라!"

누군가 문 반대편에서 고함을 질렀다.

일 초 후, 문이 활짝 열리고 경비병들이 밀려 들어왔다. 남작의 보좌관이 그들 뒤에 서 있었다. 그는 못마땅한 듯 입술을 일그러뜨리며 케이타를 위아래로 훑어보았다. 처음부터 둘은 서로를 못마땅해했다. 보좌관이 침대로 시선을 돌리더니 재빨리 다가가 남작의 목에 손가락을 대 보았다.

"공자님을 모셔 와라."

그가 한 경비병에게 명령했다. 경비병이 뛰어가자, 보좌관은 케이타 앞으로 걸어왔다.

"이 상황이 어떻게 보일 줄은 아는데……."

케이타가 입을 뗐다.

"닥쳐!"

케이타는 가슴 앞으로 팔짱을 꼈다.

"글쎄, 굳이 그렇게 무례하게 굴 필요는 없을 텐데!"

— 안녕하신가, 귀여운 우뢰비 군!

올게어 일족의 '교활한 자' 라그나는 한숨을 크게 내뱉고 무심결에 말했다.

"그런 애완동물 이름으로 부르지 마시죠. 무례하게."

"뭐라고요?"

젠장, 망할, 우라질. 그는 혼자가 아니라는 사실을 잊고 있었다. 안 되지. 지금은 그와 일족이 완전히 제압하지 못한 다른 무리의 대표와 길고 긴 회의 중이었다. 지난 이 년간의 전쟁은 이제 거의 뒤로하고 ─희망 사항이지만─ 평화의 시대를 앞두고 있는 시점이므로 중요한 회의였다. 다른 무리 모두가 그를 미쳤다고 생각한다면 바라던 평화는 쉽게 빠져나가고 말 터였다.

— 난 안 갈 건데.

노래하는 목소리가 그의 머릿속에서 울려 퍼졌다. 이 여자는 항상 이런 얘기를 노래하는 목소리로 했다. 그 목소리를 들으면 이성을 잃을 만큼 불쾌해졌고, 라그나는 항상 이성의 가치를 중요하게 여겼다.

이 여자가 정말로 사라지지 않으리라는 것을 알고, 라그나는 앞발을 들며 말했다.

"잠깐 실례해도 괜찮다면, 제가 돌아올 때까지 비골프가 회의 진행을 맡아 줄 겁니다."

비골프는 한쪽 입꼬리를 들어 웃음 지으며 고개를 끄덕이더니 다시 대표들에게로 관심을 돌렸다. 비골프는 형의 정신을 돌게 만드는 상대가 누군지 알았고, 그것을 재미있다고 생각했다.

'그 여자 나한테는 연락한 적이 없는데.'

그가 여러 번 징징거리는 통에, 라그나는 동생의 머리에 바윗돌을 날릴 수밖에 없었다. 하지만 비골프는 대부분 진짜 다치지 않을 만큼 재빨리 피하곤 했다.

라그나는 올게어 일족의 거점을 지나쳤다. 수천 년 동안 드래곤 군주에게 대를 거듭해 이어져 왔으나 수월히 승계된 적은 한 번도 없는 땅이었다. 보통은 빼앗고 빼앗기기 마련이었다. 건달 올게어가 그의 아버지에게서 빼앗았듯이 다시 라그나도 아버지에게서 빼앗을 수 있었지만, 그에게는 기회가 없었다. 그의 아버지는 아들을 발아래 꿇리려는 결심이 너무 강했던 나머지 멍청하게도 아들을 쫓아 사우스랜드까지 갔고, 인간 여자들의 칼 아래 쓰러졌다.

라그나는 그 사실이 사우스랜드의 경계 너머로 퍼져 나가지 못하도록 단속했다. 그리고 타고난 자존심을 거슬러 가며 그 살해를 자기 짓이라고 주장했다. 그러고 싶었기 때문이 아니라 그럴 수밖에 없었기 때문이다. 두 여자와 싸워서 이길 수 없었던 드래곤 군주의 아들이 된다는 건 허약한 혈통이라는 뜻이었다. 아버지가 제대로 된 개자식으로 수백 년 동안 일으켜 온 분란을 잠재우려면 라그나와 형제들은 그런 평판을 용납할 수 없었다.

동굴 안 여러 방을 지나치며, 라그나는 머릿속에서 웅웅 울리는 노랫소리를 무시하려고 안간힘을 썼다. 그렇다. 그 여자가 콧노래를 부르고 있었다. 그의 머릿속에서. 라그나는 콧노래를 싫어했다. 수많은 이들이 가진 거슬리는 습관으로, 라그나에게는 오로지 그들 스스로의 약점만 증명하는 것이었다. 그들은 침묵과 고요를 참을 수 없어서 콧노래를 불렀다. 하지만 이 여자는…… 그의 기분을 거슬린다는 것을 알기에 콧노래를 부르는 것이었다. 그의 기분을 거슬리는 게 즐거워서.

"이 여자보다는 차라리 지하에서 온 악마들에게 내 영혼을 팔았으면 훨씬 더 잘 살았을걸."

― 뭐라고 했지? 똑똑히 안 들리는데, 분노의 거센 파도 군.

신들이여, 맙소사. 이 애칭은 또 뭐야. 그는 노랫소리가 싫은 만큼이나 별명도 싫었다.

솔직히 라그나는 이 세상에 존재한 이백오십여 년 동안 야만적인 여자들을 많이도 만났지만, 이 여자 같은 이는 한 명도 없었다. 노스랜더처럼 심장이 없어 보이는 이들도 그렇게 차갑지는 않았다. 하지만 지난 이 년간, 여자는 목적을 수행했다. 이제는 그가 무시할 수 없는 목적이었다. 모래가 비늘을 갉아먹듯 이 여자는 그의 뇌를 갉아먹었다.

라그나는 산상 고원지대로 걸어 나갔다. 근처 대양에서 불어 오는 잔혹한 바람이 얼음과 눈을 날리다가 시야를 가렸고, 땅을 딛고 선 발을 거의 얼려 버렸다. 그의 일족 중에서 그가 어째서 여기 나와 있는지 아는 자는 몇 되지 않았다. 여름이건 겨울이건 봄이건 가을이건, 얼음처럼 차가운 날씨인 곳에.

하지만 그의 일족은 이 성스러운 공간을 뚫고 지나는 마법을 느낄 수 없었다. 오로지 그와 마법을 공부한 몇 명만이 이런 곳의 진정한 가치, 얼어붙을 듯한 바람과 얼음도 이해가 되는 가치를 알고 있었다.

라그나는 눈을 감고 왼쪽 앞발을 들었다. 그와 그의 무리를 내려다보는 신들, 그의 부류 중에서도 운 좋은 몇 명만이 가질 수 있는 힘을 부여해 준 신들을 향해 기원했다.

다른 모든 노스랜더처럼 번개 드래곤들도 전쟁과 힘, 전투 기술이 주특기였다. 마법은 동굴이나 작은 집에 혼자 살면서 신들과 이야기를 나누는 늙은 여자나 칼이나 전투 망치를 휘두를 능력이 없는 남자들이나 하는 거라고 생각했다. 마법은 확실히 궁극에는 한 무리뿐 아니라 여러 무리를 거느릴 드래곤 군주에게는 어울리지 않는 것이었다. 어쩌면 모든 무리를 거느릴 자에게는 더더욱.

하지만 라그나는 자기 부류 중에서 얼마나 높이 출세할지 따지며 착각한 적이 없었다. 모든 무리의 드래곤 수장으로서 그의 치세는 오래지 않을 것이다. 그는 이 사실을 알았고, 이해했으며, 이미 그 직책과 대부분의 힘을 동생에게 넘겨줄 계획을 세워 놓았다. 비골프는 이 계획을 몰랐다. 아직까지는. 굳이 시시콜콜하게 털어놓아서 귀찮게 할 까닭이 뭐가 있겠는가?

마지막 숨을 거둘 때까지 드래곤 수장이 되지 못하는 게 라그나의 심기를 거슬리는가 하면 그렇지는 않았다. 그는 일찍부터 자기 삶이 결코 단순하지 않을 운명임을 알았다. 이런 길이든 다른 길이든, 전사든 마법사든 간에, 그의 일족은 무사할 것이다. 하지만 그는 두 길 모두를 선택했다. 라그나는 노스랜드에서는 하루 중 가장 추운 때인 아침에라도 일찍 일어나서 가장 좋아하는 검과 도끼를 가지고 훈련하지 않는 자기를 상상할 수 없었다. 또, 달이 가장 충분하게 차올랐을 때 대양으로 가서 자신의 피를 신들에게 제물로 바치지 않는 자기를 상상할 수 없었다. 이 모든 일들이 그의 일부였다. 그는 하나를 다른 하나보다 우선시하기를 거부했다.

원초적 야망이 라그나의 목표였던 적은 없었다. 가장 짧은 시간 내에 어디까지 성공할 수 있는지 보려는 마음은 없었다. 그 얼마나 공허하고 무용한 목표인가. 대신에, 그는 그저 자기 민족을 위해 좀 더 많은 것을 바랄 뿐이었다. 장대한 노스랜드 산맥에 모여 사는 번개 드래곤들을 위해서 라그나는 수 겁의 세월 동안 그들이 견뎌 왔던 힘든 삶보다 더 많은 것을 원했다.

그렇다고 그들이 사우스랜드 드래곤만큼 어이없이 게으르게 살아야 한다는 뜻은 아니었다. 아니면 이스트랜더들처럼 언제나 자신들의 영리함에 도취해서 살아야 한다는 것도 아니었다. 아니면 웨스트랜드의 강철 드래곤들처럼 이제까지 살아왔던, 혹은 앞으로 살아갈 존재들보다 우월한 행세를 해야겠다는 뜻도 아니었다. 혹은 모래 드래곤들처럼 자신의 영역 바깥에 있는 모든 것들과 고의적으로 단절되어 떨어져 살고 싶은 마음도 없었다. 다른 말로 하면, 라그나는 자신의 일족이 그저 고차원으로 성가신 존재가 되기보다는 그 이상을 바랐다.

잔혹한 바람이 수그러들자, 두 개의 태양이 보내는 온기가 라그나의 머리 위에 내려쬐었다. 눈을 뜨자 여자가 보였다. 그녀는 나무 옆에 서서 꼬리로 잘 익은 과일을 따면서 그를 바라보고 있었다.

"안녕, 기운찬 돌풍 군."

그녀가 미소를 지으며 말했다. 그렇게까지 나이 들지 않은 드래곤치고는 송곳니가 많기도 했다. 모두 눈부실 정도로 하얗고 하늘의 별처럼 반짝거렸다.

라그나는 고개를 숙이며 말했다.

"리아논 여왕님, 부르셨습니까."

"그랬지, 드래곤 군주. 그랬어."

그녀가 열매를 따서 던졌다. 라그나는 과일을 받다가 앞발에 들어온 그 느낌에 감탄했다. 맙소사, 이건 힘이로군. 그녀는 세계 사이에 둘이 만날 공간을 창조했을 뿐 아니라, 그 공간 안에서는 모든 것들이 진짜 같았고 정말 진짜였다. 발아래의 풀, 목덜미에 느껴지는 산드러운 바람, 나무 위에서 노는 까마귀와 매들. 라그나는 그 같은 것을 절대로 창조할 수 없었다. 그만큼의 힘은 없었다. 하지만 그렇게 되고 싶었다. 언젠가는.

"마침내 번개 드래곤의 수장이 된 건가?"

"지금 이 순간은 그렇습니다."

"신들이여, 맙소사. 벌써 네게서 빼앗아 가려는 자들이 있는 거야? 너희 번개 드래곤들은 절대 쉬지 않나?"

"제 직위를 빼앗아 가려는 자가 있는 건 아닙니다. 대신, 적당한 때가 되면 동생에게 넘길 계획이죠."

그녀의 하얀 머리가 옆으로 갸우뚱 기울어졌고, 하얀 뿔이 햇빛에 빛났다.

"권력을 포기하겠다고?"

"제 사람들을 위해서 최선의 일을 할 뿐입니다, 여왕님."

여왕이 하얀 앞발로 입을 가리면서 살짝 웃었다.

"황당할 정도로 귀여운 아이로군."

"내가 그런 게 아니라고, 이 바보야."

케이타는 계속 주장했다.

"이 노친네를 죽인 건 내가 아니야. 게다가 내가 죽였다는 걸 증명할 수도 없잖아."

"그럴까?"

보좌관이 그녀 앞에 서서 손을 잡아챘다. 그리고 손바닥이 보이도록 휙 뒤집어 드레스 소맷자락을 걷었다.

"그럼 이건 뭐지, 아가씨?"

그는 그녀가 손목에 묶어 놓았던 약병을 잡아채 코르크 뚜껑을 열고 쿵쿵 냄새를 맡았다.

"키토꽃이라."

보좌관은 병을 들어 보였다.

"이거 세 방울만 혀에 떨어뜨려도 그 사람은 몇 초 안에 죽을 텐데."

"맞는 말이긴 한데, 그랬다면 피도 더 많이 흘리고 고통도 더 심했겠지. 이 사람을 봐. 고통 같은 건 없이 죽었잖아. 그러니까 키토꽃으로 죽었을 리가 없고, 내가 죽였다는 뜻이 아니지!"

케이타는 자신의 논리력이 자랑스러워 미소를 지었다.

"맞아."

보좌관이 말했다.

"그렇다니까."

케이타는 더욱 활짝 웃음 지었다.

보좌관이 경비병들에게 손짓했다.

"이 살인자 계집을 지하 감옥으로 데려가라."

"지하 감옥이라니? 내가 아니라고 벌써 설명했잖아. 이건 부당하기 짝이 없다고!"

경비병 둘이 그녀의 팔을 잡고 방 안에서 끌고 나갔다.

"이거 후회하게 될걸. 하인 녀석 주제에!"

그들은 그녀를 뒤쪽 계단으로 끌고 가 부엌을 통과했다. 더 많은 경비병들이 그들 뒤를 따랐다. 그들은 모두 다른 계단을 통해 남작 요새의 가장 깊은 내부로 들어갔고, 적어도 열 명의 남자들이 들어차 있는 커다란 감방으로 그녀를 데려갔다.

"이 녀석들과 어떻게 시간을 보낼지 보자, 살인자 매춘부 년!"

경비병들은 케이타를 안으로 밀어 넣고 감방 문을 쾅 닫았다.

"하지만 내가 아니라니까!"

케이타가 고함을 질렀지만, 그들은 완전히 무시했다.

"뭐…… 적어도 먹을 거라도 줘야 하는 거 아냐? 아직 아침도 못 먹었어. 굶어 죽는다고!"

경비병들은 그녀를 비웃으며 지하 감옥의 문을 잠갔고, 그중 한 명이 못이 박힌 목걸이를 한 거대한 개에게 명령했다.

"저 여자를 잘 지켜라. 한 팔이라도 내밀면 물어뜯어 버려."

경비병들은 더 크게 웃으며 가 버렸다.

케이타는 화도 나고 정말로 배가 고프기도 해서 맨발을 쿵쿵 구르다 팔짱을 꼈다.

"이건 공정하지 않아. 적어도 죄수에게 밥은 줘야지."

경비병들이 음식을 가지고 돌아오지 않을까 하는 희망을 품고 그녀는 다른 죄수들을 돌아보았다.

"확실히 말해 두는데, 난 아무도 죽이지 않았어…… 오늘은. 게다가 난 매춘부도 아니라고. 물론, 내 언니랑 비교하는 게 아니라면 말이야. 하지만 언니는 아주 잘난 척하는 새침데기니까 셈에 넣으면 안 되지."

죄수 중 한 명, 아주 덩치가 크고 피부가 가무잡잡한 남자가 천천히 일어났다. 케이타는 남자를 보았지만, 남자는 그녀 쪽으로 세 발짝 걸어오다가 침을 꿀꺽 삼키더니 도로 물러섰다.

사실, 별로 놀랄 일도 아니었다. 케이타는 오랜 시간을 살면서 육식동물은 육식동물을 알아본다는 진실을 깨달았다. 게다가 영리한 육식동물은 자기 생각보다도 훨씬 더 위험한 자가 앞에 있다는 것을 안다.

벌써 이루 말할 수 없이 지루해진 케이타는 다시 감방 앞을 향했다. 원래의 몸으로 변신하면 이 지하 감옥을 탈출할 수 있다는 정도는 알고 있었다. 여러 드래곤들에 비하면 체구가 작긴 했지만, 원래 형체라면 적어도 부엌과 그 위의 하인 숙소를 통과하고 그 위층까지는 올라가고도 남았다. 그에 더해 적어도 주변의 벽 세 개와 인간 몇 명쯤은 파괴할 수도 있었다. 그녀를 여기 가둔 개자식들뿐 아니라 밤에 그녀의 머리를 빗겨 준 다정한 하녀 아이, 그녀를 위해 간식을 항상 따로 챙겨 준 나이 든 제빵사 그리고 온갖 궁정 소문을 전해서 웃겨 주었던 하녀까지도.

케이타는 그들을 죽인다는 건 불공정한 일이라고 생각했다. 그들의 잘못이라고는 그저 잘못된 시간에 잘못된 장소에 있었던 것뿐이니까.

아니, 케이타는 그 생각이 전혀 마음에 들지 않았다. 그래서 기다리기로 했다. 이제까지 말로 눙쳐서 더 나쁜 상황에서 빠져나온 적도 있었다. 이번에도 또 그렇게 해야지.

케이타는 경비병들이 먹을 걸 가지고 오는 모습이 보일까 싶어 철창 사이를 뚫어져라 바라보았다. 하지만 그들은 돌아오지 않았다. 그리고 그녀가 철창 위에 두 손을 올리자 감방 밖에 있던 경비견이 으르렁거리며 그녀의 손을 물어뜯으려 덤벼들었다.

케이타는 곧장 물러서면서 철창을 공격하는 미친 짐승을 찬찬히 뜯어보았다. 그리고 미소를 지으며 말했다.

"어머, 안녕……. 너 참 맛있게 생겼구나."

"네가 권력을 포기하겠다는 말을 내가 납득하게 만들 수 있을 거 같나, 꼬마 빗방울 군? 왕좌 뒤에는 간혹 진정한 힘이 있다는 것을 우리 둘 다 알고 있는데. 하지만 말해 봐, 사랑스러운 번개 군. 네 동생은 꼭두각시가 될 거라는 걸 알고 있나? 아니면 네 아버지처럼 덩치만 큰 얼간이인 거야?"

"저를 부르신 이유가 있지 않습니까, 리아논 여왕님?"

"오, 무뚝뚝해라. 내가 아마 야만족의 신경을 건드렸나 보지."

"전하……."

여왕이 하얀 앞발을 들었다.

"그래, 너를 부른 이유가 있지. 내 부탁을 하나 들어주어야겠다. ……사실 둘이지만."

"그게 뭡니까?"

"음, 하나는 내 아들 일."

"아드님요?"

라그나가 여왕을 바라보았다.

"그래, 내 막내. 그 애는 너희와 이 년을 같이 있었지? 그러니까 번개 드래곤들의 훌륭한 전사 기술을 배웠을 거야."

라그나는 여전히 바라보기만 할 따름이었다.

"그 아이는 무척 크지? 어깨가 아주 넓고, 아주 파랗고?"

"아, 그렇죠."

그 멍청이. 뭐, 정확히 말하면 멍청이는 아니었다. 그저 어릴 뿐. 아주 어릴 뿐. 노스랜드 드래곤의 아이들은 무척 빨리 자랐고, 보통 오십 해의 겨울이 되기도 전에 전투에 출정하곤 했다. 하지만 사우스랜드 드래곤들은 자식을 아기처럼 키웠고, 보통 이렇게 응석꾸러기로 자란 아이들은 백 년 이상이 지나도 별로 준비가 되어 있지 않은 경우가 많았다. 여왕의 막내에게도 그런 문제가 있었다.

하지만 그는 사우스랜드 왕족이었고 라그나의 사촌 형 마인하르트가 그를 돌보고 있었으므로 전사들은 그를 내버려 두었다. 그리고 이 어린 드래곤은 맨손으로 나무들을 재빨리 효율적으로 치워 버리는 데 무척이나 능했으므로 얼간이이긴 해도 매일같이 얻어맞지 않고 무사히 지낼 수 있었다. 라그나처럼 여왕의 아들은 독서를 좋아했지만, 또한 몽상과 음식도 좋아했다. 신들이여, 맙소사! 얼마나 많이 먹어 대는지. 소 떼를 추가로 수송해야 할 때마다 라그나는 이게 다 저 망할 왕자 녀석 탓이라고 하고 싶었다. 게다가 먹거나 책을 읽거나 몽상하지 않는 나머지 시간에 이 블루 드래곤 녀석은 몰래 빠져나가 아래 인간 마을에서 술집 여자들과 함께 우스꽝스러운 변덕을 부리며 놀곤 했다. 그는 인간 마을에서 많은 시간을 보냈다.

하지만 라그나는 그런 일들에 신경을 쓰진 않았다. 진정으로는. 이 왕족은 임무를 수행하고 있었기 때문이다. 그는 번개 드래곤과의 전쟁 동안 사우스랜드 여왕의 선의와 동맹을 대표하는 사절이었다. 그래서 라그나, 비골프, 마인하르트는 이 어린 왕족의 목숨을 온전하게 지키는 것을 자신들의 과제로 삼았다.

"뭐……."

여왕이 말을 이었다.

"그 애가 앞으로 이 주 후에 열리는 가족 잔치에 참석하기 위해 집에 왔으면 해."

잘된 일이었다. 이 왕족이 고향으로 돌아가면 다시는 돌아오지 않으리라. 그는 더 이상 필요하지 않았으니, 라그나로서는 걱정거리 하나를 더는 셈이었다.

"물론 왕자가 돌아갈 수 있도록 승인을 내리겠습니다."

"잘됐군! 그러면 너희 둘은 언제 출발할 거지?"

라그나는 얼굴을 찡그렸다. 본능이 덫을 주의하라는 경고를 보내고 있었다.

"뭐라고요?"

"너도 그 애랑 같이 와야지."

이 왕족들은 명령 대신 부탁을 해야 한다는 생각은 해 본 적이 없는 걸까? 물론 안 해 봤겠지.

"여왕님, 왕자의 안전이 걱정되신다면 제 일족 최고의 전사들이……."

"너 드래곤 군주, 네가 내 아들과 동행해서 사우스랜드로 와."

"제가 어째서 그래야 합니까?"

"간단하지. 네가 내 아들을 여기로 데려오지 않는다면 중대한 실책이 될 테니까."

"우리가 그렇게 협박을 주고받는 사이는 넘었다고 생각했는데요, 리아논 여왕님."

다음 순간, 여왕이 그에게 다가왔고 둘 사이에는 꼬리 끝 정도
의 간격밖에 남지 않았다. 그녀는 과일 몇 개를 더 따서 라그나의
발 위로 떨어뜨리는가 싶더니 앞발을 뻗어 그의 턱 옆을 눌렀다.
그녀의 발톱이 그를 슬슬 어루만졌다. 놀라웠다. 그는 여전히 얼
어붙은 고원 위에 있고 그녀는 그로부터 수만 리그 떨어진 궁정
에 있는데도, 그녀의 손길이 그의 비늘에 닿는 순간 그 모든 것은
간단히 잊혔다.

"협박을 주고받는 사이는 넘어섰지, 꼬마 친구. 우리 사이가
그 정도는 될 거야. 그러니까 이 일을 해야만 하는 거지. 오늘,
오늘 밤 출발해. 그리고 내 아들을 데려와. 그 애는 네가 여기 와
야만 하는 좋은 핑계가 되어 줄 거야."

"핑계라니요?"

"나를 믿어, 라그나."

사실이었다. 리아논 여왕은 그를 꼬여 덫으로 유인할 수 있었
다. 그가 사우스랜드의 국경을 넘는 순간 드래곤워리어들을 대기
시켜 놓을 수도 있었다. 그녀는 수없이 많은 짓을 할 수 있었다.
하지만…… 그녀가 그러리라는 생각은 들지 않았다.

"분부를 받들겠습니다."

짧은 순간이었지만, 라그나는 여왕의 얼굴을 훑고 지나가는
안도감을 알아챘다. 그런 다음 여왕은 그 가짜 미소를 지었다.
특히 자기도 모르게 드러날지도 모르는 진실을 감추기 위한 미소
였다.

"좋아. 한시라도 빨리 아들을 보고 싶군. 그 애가 얼마나 그리운지."

여왕은 몸을 돌리고 꼬리로 라그나를 치지 않을 자리까지 물러나더니 자기 나무로 돌아갔다.

"또 다른 부탁도 있다고 하지 않으셨습니까?"

"아, 그래. 아우터플레인의 적막의 숲에 사는 마녀가 한 명 있어. 드래곤이지만 인간으로 살고 있지."

"네, 알고 있습니다."

"물론 알고 있겠지. 내 아들 그웬바엘도 알고 있으니까. 내 막내딸도."

여왕이 어깨 너머로 그를 돌아보았다.

"내 딸 기억하겠지? 잊었나, 케이타를?"

라그나는 코웃음 치지 않으려 무진 애를 썼다.

"네, 케이타는 기억하고 있습니다."

말썽꾸러기 케이타. 악몽의 케이타. 술을 너무 많이 마신 늦은 밤 환상이 되어 나타나는 케이타.

어떻게 그녀를 잊을 수 있겠는가? 라그나는 드래곤이지 성자가 아니었다.

"물론 그렇겠지. 그 아이는 무척 아름다우니까 웬만한 남자들은 그 애를 잊기 힘들 거야. 그 애도 잔치에 참석할 테니 네가 운이 좋으면 너희 둘이 옛정을 되살릴 수도 있겠네."

"제가 잔치까지 남아 있을 수 있을지 모르겠습니다. 하지만 초대해 주셔서 감사합니다."

"이해해."

여왕은 조금 오래 그를 쳐다보더니 손가락으로 가리켰다.

"거기 연고 같은 거 필요하지 않나, 나의 꼬마 천둥 군?"

당황해서 라그나는 내려다보다가 자기도 모르게 가슴을 긁고 있다는 것을 깨달았다. 두꺼운 자주색 비늘을 파고든 상처가 있는 바로 그 자리였다. 그 버릇없는 공주가 이 년 전 그에게 슬금슬금 덤벼들어 꼬리로 찔렀던 바로 그 상처. 라그나가 그녀의 쓸모없는 생명을 구해 준 직후였는데도 말이다.

라그나는 앞발을 휙 치웠다.

"아닙니다, 감사합니다."

"고약한 흉터로군. 어떤 흉터는 영원히 낫지 않지."

"숲 속에 사는 마녀를 말씀하셨죠, 여왕님?"

"아, 그래그래. 부디 그 마녀를 내게 데리고 와, 산 채로."

"왜죠?"

"뭐, 그 마녀는 내 여동생이자 왕좌를 찬탈하려고 했던 대역죄인이니까 그 애의 머리를 잘라야 하는 자가 있다면 나이지 않겠어. 네 생각은 다른가?"

세상에나 맙소사. 에쉴드. 여왕은 에쉴드를 원했다. 강력한 드래곤위치이자 훌륭한 치료사로서 에쉴드는 라그나가 기억할 수 있는 한 내내 아우터플레인에서 살아왔다. 그리고 다른 이들과 달리 그는 몇 년 동안 그녀가 누군지 알고 있었다. 리아논 여왕이 권력을 잡았을 때 사우스랜드에서 도망친 여왕의 여동생. 그 이유 하나만으로, 그리고 그가 말할 수 있는 다른 어떤 이유 없이도 미모의 에쉴드는 여왕의 추종자들 사이에서 역모자 에쉴드가 되었다.

"거기 그대로 두셔도 될 텐데요, 전하."

그는 간언했다.

"그분은 여왕님께 아무런 해도 끼치지 않을 겁니다."

"맙소사, 맙소사. 너는 내 여동생을 잘 아는 모양이군."

여왕이 쿡 웃었다.

"하지만 내게 데려다주어야 해."

"제가 하지 않는다면요?"

"간단하지. 그럼 상처 입은 사슴에게 덤비는 흉포한 늑대 무리처럼 내 짝의 미친 친척들이 풀릴 거야. 그쪽이 더 낫겠나?"

"이 년 전에 말씀을 나눌 때 이미 여왕님은 여동생이 어디 있는지 아셨습니다. 하지만 이제야 잡으려 하시는군요. 어째서입니까?"

"그거야…… 알 수 없는 일이니까. 어떤 매력적인 젊은 드래곤 사상가가 그 애의 쓸모없는 목숨을 구하려 할 수도 있잖아. 하지만 그거야 그 애가 살아서 내게 닿을 때의 이야기고. 내 짝의 일족은 그 애가 절대 살아서 닿지 못하도록 하겠지. 그들은 역모자를 무척이나 혐오하거든."

"여왕님은 여동생분이 역모자라는 걸 그렇게나 확신하신단 말입니까?"

여왕의 웃음은 잔인했다.

"굳이 확신할 필요도 없지. 나는 여왕이니까. 자."

그녀는 꼬리로 다른 과일을 하나 따서 던져 준 후 다시 나무에 집중했다.

"여행 잘하기를, 나의 이슬비 군. 너를 직접 다시 볼 수 있는 날을 고대하지. 아!"

여왕이 한 손가락을 들더니 저 먼 곳을 바라보다가 한숨을 짓고는 고개를 절레절레 흔들며 혼잣말을 중얼거렸다.

"쟤도 참."

그리고 라그나를 향해 말했다.

"하나 더……."

"네?"

"뱀푸……뭐라는 자를 아는가, 아우터플레인의?"

"뱀푸어요?"

이 질문에 여왕은 어깨를 으쓱할 뿐이었다.

"네, 잘 압니다."

몇 년 동안 아주 가볍게만 접촉했던 불쾌한 자식이었다.

"그자가 어때서요?"

"나라면 그의 영역을 날아서 지나가진 않겠어. 걸어가는 편이 좋을 거야."

라그나는 보통 마을이든 남작의 영토든 피하는 편이었지만, 현자 에쉴드가 사는 숲으로 가려면 그게 가장 쉬운 길이었다.

"왜죠?"

"뭐든 꼬치꼬치 캐물어야겠나, 까다로운 소낙비 군?"

"사실……."

라그나 주위의 모든 아름다움이 빛을 발하더니 마법이 끝나면서 태양도 풀도 나무도 그리고 불안정한 여왕도 사라져 버렸다.

"그래야죠!"

그는 다시 고원으로 돌아와 있었고, 여왕이 던져 준 잘 익은 과일 하나가 그의 손에 들려 있었다. 맙소사, 이 여자.

라그나는 숨을 내쉬면서 과일을 손아귀에 꽉 쥐었다.

이렇게 대단한 힘이라니…….

그러나 자리에 앉아서 여왕이 어떻게 이런 대단한 일을 할 수 있는지 찬찬히 생각해 보기도 전에 망할 상처가 다시 가렵기 시작했다!

라그나는 과일을 내던지고 가슴의 상처를 긁기 시작했다. 상처는 치유된 듯했지만 가려움은 남아 있었다. 망할, 어찌나 가려운지! 어떤 날은 미칠 것만 같았다. 특히 갑옷을 입었을 때는. 지난 이 년간 이 가려움증을 없애 보려고 갖은 짓을 해 보았지만 효과가 없었다. 연고, 주문, 크림…… 별의별 수단을 다 썼다! 어떤 날에는 망할 가려움증 때문에 아무런 생각도 할 수가 없었다. 이따금은 몇 날, 심지어 몇 달까지 상처에 대해 잊고 살기도 했다. 하지만 이제 망할 여왕이 그걸 꼬집어 말하자…….

라그나는 짜증스럽게 끄응 신음하며 인간으로 변신해서 한 무릎을 꿇고 전력을 다해 상처를 긁었다. 비늘을 떼어 내지 않으려면 ─너무도 하기 싫은 짓이었다─ 이것만이 망할 상처를 제대로 긁을 수 있는 유일한 방법이었다. 사실, 가슴을 긁는 인간 손가락의 감각이 무척 좋아서 얼어붙을 듯한 추위도, 자기가 혼자가 아니라는 사실도 알아채지 못했다.

"음…… 형?"

라그나는 가슴에 얹은 손의 움직임을 멈췄지만, 돌아보지는 않았다.

"뭐?"

"형이 돌아올지 아닐지 다른 이들이 궁금해하고 있어. 아니면 방해하지 말고 그냥 갈까…… 형 혼자 자기 몸 만질 수 있게. 그런데 그 과일은 어디서 난 거야?"

"난 몸을 만지고 있던 게 아니라……."

라그나는 대답하려다 그만두었다. 솔직히, 굳이 따져 무엇하겠는가?

"다음 몇 주 동안 우리 자리를 누가 맡아 줄 수 있지?"

"우리라니?"

"너, 나, 마인하르트."

그들의 사촌은 위대한 용사였고, 어떤 상황에서도 엄호를 잘해 줄 수 있었다. 게다가 충성스러웠다. 라그나에게는 충성심이야말로 무엇보다 의미가 있었다.

"아스켈 삼촌 아닐까. 아이스랜드 경계에서 돌아오셨으니 이 오합지졸들의 군기를 세우실 거야."

"좋아. 두 시간 내로 떠나자."

"어디로 떠난다는 거야?"

"사우스랜드로. 왕자 녀석도 데려간다. 그러니까 네가 가서 데려오는 게 좋겠다."

"내가 알아서 하지."

라그나는 고개를 끄덕이며 춥고 잔혹한 노스랜드 고향 땅을 굽어보았다. 그는 드래곤 퀸의 명령을 무시할 수 있기를 바랐지만, 그렇게 한다면 무척 어리석은 짓일 거라고 마음속 무언가가 타이르고 있었다. 그는 결코 어리석은 짓을 한 적이 없었다. 그런 호사를 누려 본 적이 없었다. 그러니 사우스랜드로 돌아가 게으른 화염 드래곤들 사이에서 자기 안전이 위협받는 것은 물론, 결코 다시 보고 싶지 않은 드래곤까지 만날지 모르는 위험을 무릅써야 했다.

잔인한 독사를 떠올리자, 라그나의 손이 가슴에 난 가려운 상처로 다시금 향했다. 하지만 손을 뻗다 말고 그는 아직도 혼자가 아니라는 사실을 인식했다.

"또 뭐가 있지, 동생?"

라그나가 물었다.

"음...... 그 과일 먹을 거야, 아니면 그냥 놔둬서 쓸모없는 덩어리로 얼어붙게 할 거야?"

라그나는 두 손으로 과일을 쓸어 모아, 동생의 크고 통통하고 비늘 덮인 이마를 향해 하나씩 던졌다.

비골프가 도로 안으로 물러나자 라그나는 자기가 고향이라 부르는 산들을 다시 향했다. 뒤에서 투덜거리는 소리가 들려왔다.

"그냥 곱게 건네줘도 되잖아!"

그가 이제 뱀푸어 경이다. 이 땅을 지배한다. 물론 적절한 애도 기간이 필요하겠지만, 그 기간이 끝나고 나면 모든 것이 그의 손아귀에 들어온다.

하지만 먼저, 그 모든 것을 걱정하기 전에 아버지의 살인자부터 자세히 살펴봐야 했다.

그의 부하들은 아버지의, 아니, 그의 영토에서 찾아낼 수 있는 최악의 악한들과 함께 여자를 놔두었다. 죽을 만큼 오랜 시간은 아니지만 처형 전날이 그녀 인생에서 최악의 날이라는 것을 깨달을 만큼은 충분한 시간이었다. 물론 그 여자는 그런 짓을 당해도 쌌다. 일단은, 아버지를 죽였으니까. 둘째로, 그 조그만 창녀는 그가 침대로 꼬였을 때 단칼에 거절했으니까. 그렇게 예쁜 귀걸이를 주었는데도.

아, 이 땅에서 보내게 될 마지막 날 동안에 여자는 그 결정을 후회하게 되리라. 그는 확신했다.

뱀푸어 경은 부하들의 뒤를 따라 지하 감옥의 가장 깊숙한 곳으로 들어갔다. 부하들은 그 계집이 갇힌 감방에서 몇 발짝 떨어진 곳에 서서 움직이지 않았다. 그는 기대감에 가득 차 짜증스레 부하들을 밀치고 나섰다.

조그만 창녀가 그들을 등지고 있어 그는 소리를 질렀다.

"음, 레이디⋯⋯."

그녀가 화들짝 놀라 빙그르 돌아섰다. 눈은 크게 떴고 입으로는 뭔가를 우물우물 씹고 있었다. 기다란 꼬리가 입술에서 대롱거렸다.

뱀푸어 경과 부하들은 이곳의 인간쓰레기들을 감시하기 위해 기르던 매서운 개들이 앉아 있던 자리를 돌아보았다. 기다란 사슬은 아직도 그 자리에 있었지만, 마지막 고리가 풀려 있었다. 뱀푸어와 부하들은 한몸이라도 된 양 일제히 시선을 그 여자에게로 돌렸다. 여자가 여전히 우물거리면서 한 손가락을 들어 기다리라는 신호를 보냈다. 부하들은 한발 뒤로 물러섰지만, 뱀푸어는 감방을 살폈다. 가죽 목걸이가 찢어져서 여자의 앙증맞은 발밑에 떨어져 있었다. 그 감방에 같이 있던 살인자, 강간범, 도둑들은 한쪽 구석으로 물러나 있었다. 모두 눈을 휘둥그레 뜨고 겁에 질려 부들부들 떨면서 서로 밀치락달치락했다. 심지어 그중 하나는 맨손으로 감방 벽을 득득 긁기까지 했다.

뱀푸어는 여자를 다시 보았다. 여자는 물국수처럼 꼬리를 호로록 입속으로 빨아들여 삼켜 버렸다.

"설명을 할게요."

여자가 운을 뗐지만, 뱀푸어는 고개를 저으며 부하들에게 명령했다.

"물러서라."

"잠깐. 난 당신 아버지를 죽이지 않았다고요. 그건 내가 아니었어요."

"물러서라고!"

그는 다시 명령했다.

"그리고 식사를 챙겨 주는 사람도 없잖아요. 게다가 그 개가…… 앞으로 몇 년이나 더 살겠어요? 뻔하지."

그녀는 조신하게 콜록 기침했다.

"오해가 있는 모양인데."

다시 기침.

"쉽게 풀 수 있을 거예요. 내 설명만 좀 들어 주면……."

여자는 말을 멈추고 한 손을 배에 대더니 다시 콜록거리다 뭔가를 토해 냈다.

상당한 크기의 해골이었다. 산성 용액에 씻은 듯 완벽히 깨끗했고 기다란 송곳니를 꽉 다물고 있었다. 길게 뻗은 턱과 한때는 촉촉한 코가 있었으리라 짐작되는 주둥이 부분. 해골은 여자의 입에서 휙 튀어나오더니 바닥을 툭 치고 튀어 데굴데굴 구르다 닫힌 감방 문 앞에 멈추었다.

뒤따른 침묵은 몸이 아플 정도였다. 뱀푸어는 여자가 작고 하얀 이로 통통한 아랫입술을 지그시 깨무는 것을 보았다. 마침내 여자가 말했다.

"저것도 설명할 수 있는데……."

뱀푸어는 기회를 주지 않았다. 그는 비명을 질렀다. 하늘의 신들이시여! 그는 여자처럼 비명을 지르며 도망쳤다. 바로 옆에 서 있던 부하들도 마찬가지였고, 뒤에 남은 인간쓰레기들 역시 살려 달라고 아우성치며 감방에서 풀어 달라고 빌었다.

뱀푸어와 부하들은 쉬지 않고 달려서 모퉁이를 돌았고 간수의 책상에 이르러서야 멈추었다. 몇몇 경비병들이 방금 빠져나온 문을 창으로 겨누고 있을 때, 뱀푸어는 숨을 고르며 생각을 가다듬었다.

"이제 어찌합니까, 영주님?"

아버지를 옆에서 오래 모셨던 보좌관이 물었다.

"어째야 한다고 생각하나? 대대 단위 군사들로 이 지하 감옥을 경비하게 하고, 사형집행인이 도착하면 저 계집을 죽인다. 알겠나?"

"네, 영주님."

이성과 함께 호흡이 돌아오자, 뱀푸어는 긴장이 풀리는 걸 느꼈다. 온 지하 감옥이 다시 조용해졌다.

그때, 며칠 전만 해도 무척이나 유혹적이라 생각했던 목소리가 부르짖었다.

"그 개를 정말로 굉장히 아꼈던가 보죠? 솔직히 말해 봐요."

그쯤 되자 뱀푸어는 분통을 터뜨렸지만, 부끄럽지도 않았다. 부하들이 항상 이해해 주리라는 것을 알고 있었으니까.

2

아돌가 장군은 서쪽 산맥 바깥에 친 진지 한가운데를 걸어갔
다. 이 년이 넘는 기간 동안, 그와 여동생 글레안나 그리고 그들
이 이끄는 인간 군대와 드래곤워리어들은 이 지역 주변의 마을에
침입한 야만족을 격퇴하려고 싸워 왔다. 몇 달 전까지만 해도 아
돌가는 그들이 전투에서 승기를 잡았다고 말했을 것이다. 하지만
뭔가, 뭔가가 바뀌었다.

그는 여동생의 막사 안으로 들어갔다. 글레안나는 책상에 앉
아 있었다. 손만 뻗으면 닿을 자리에 술잔이 놓여 있었지만 손도
대지 않았다. 그녀에게는 드문 일이었다. 시선은 방 너머에 초점
이 가 있었다.

"동생아."

"무슨 일이야, 오빠?"

그는 동생 앞에 우뚝 섰다. 가지고 온 소식을 말하고 싶지 않았지만 피할 수 없다는 것도 알고 있었다.

"내가 내보낸 부대 말이다, 트리스트람 외곽 작은 마을로. 막 귀환했다."

"그런데?"

아돌가는 고개를 저었다.

글레안나가 눈을 감으며 숨을 내쉬었다.

"제장."

"그래."

"다 죽었다고?"

"그래, 다."

아이들까지도.

"아직도 야만족 짓들이라고 생각하냐, 동생?"

"모르겠어. 하지만 그들이 아니라면 누구란 거지?"

아돌가는 책상 위에 동전 하나를 놓았다. 마을에서 발견한 시체 아래 있던 것으로 문양이 선명했다. 모든 사우스랜드 드래곤이 다시는 보고 싶지 않은 적들의 표시였다. 글레안나는 동전을 쳐다보지도 않았다.

"그자들이 감히 그런 짓을 하고 있다고 진지하게 생각하는 건 아니겠지."

"이것을 무시할 만큼 우리가 바보는 아니야. 가반아일로 전언을 보내서 이제까지 알아낸 정보를 보고해야만 해."

"그렇게 경기를 일으키기엔 너무 섣부른 거 아닌가?"

"경기가 아니다. 신중한 계획이지. 나만큼이나 너도 잘 알 거 아니냐."

그는 동전을 도로 가져가 동생이 볼 수 있게 들었다.

"그들이 교란을 좋아한다는 걸 알잖냐. 우리가 알기로, 이런 급습 작전이나 이런…… 살상 행위는 그저 시작일 뿐이야."

글레안나는 오빠를 올려다보며 단조롭게 말했다.

"오빠는 참, 내 삶의 밝은 햇살이야."

"그리고 네 행복이 내가 사는 모든 이유지. 솔직히, 걱정은 내 팔자라서 잠도 제대로 못 잔다. 딱 보면 모르겠냐?"

노스랜드를 서둘러 떠나기도 했고 바람을 제대로 타기도 한 덕에 그들은 이른 오후에 아우터플레인에 도착했다. 그래도 그 시간 내내 ─신들이여, 맙소사! 길기도 한 시간이었다─ 덩치만 컸지 백치인 블루 드래곤은 쉬지 않고 떠들어 댔다. 얘가 대체 몇 살이라고? 여든넷? 아흔? 맙소사, 이제 철이 들 때도 되지 않았나! 적어도 입 다무는 법은 배웠어야지. 가급적 둘 다였으면 얼마나 좋겠는가 말이다.

이 꼬마를 지난 이 년 동안 지켜봐야 했던 마인하르트는 전투 중 사고인 척 녀석을 죽여 버리고 싶은 마음을 참느라고 무던히 애를 썼던 덕분에 이제는 그의 말을 무시하는 데 아주 도가 텄다. 또 비골프는 라그나의 약을 올리기를 좋아하는지라 덩치만 큰 그 개자식을 부추겼다. 오 분 동안 녀석이 말을 하지 않고 있으면 비골프가 떠들 거리를 던져 주었다. 그러면 또 녀석은 나불댔다.

먹을 때와 잘 때만 입을 다무는 녀석이었다. 그렇지 않으면 생각이 끝도 없이 줄줄 이어졌다.

드래곤 퀸의 제안대로 그들은 뱀푸어 경이 지배하는 도시 외곽에 멈췄고, 라그나는 마인하르트에게 주변 지역을 정찰하고 오라고 했다.

마인하르트가 돌아와서 말했다.

"여왕의 말이 맞을지 모르겠다. 여기서부턴 걸어가는 편이 좋겠어."

"왜?"

"요새 벽에 최근에 본 중에서 가장 많은 무기와 병력이 되어 있는데, 원거리 살상 무기야."

라그나는 얼굴을 찡그렸다.

"우리가 올 줄 저들이 알았다고?"

"아니. 무기는 마을 안쪽을 향하고 있어. 하지만 우리가 날아드는 모습을 본다면……."

라그나는 여왕이 경고해 주어 다행이라 여기며 동의했다.

"좋은 지적이야. 걸어가지."

그래서 그들은 사슬 갑옷 셔츠와 딱 붙는 바지, 가죽 장화, 라인홀트 가문의 문장이 새겨진 겉옷을 입었다. 라그나가 그 지역으로 수없이 여행 다닐 때 인간의 전쟁 군주에게서 얻은 것들─전쟁 군주의 딸에게는 딜어놓지 않은 부분이었다─이었다. 네 남자는 자줏빛 머리카락을 가릴 만큼 머리에 푹 뒤집어쓸 수 있는 후드가 달린 망토를 입었다. 물론 사우스랜드 드래곤의 경우에는 푸른 머리카락이었지만.

일단 채비를 갖추자 그들은 마을로 향했다. 라그나는 마을이 평소만큼 분주하지 않다는 데 놀랐다. 한낮임에도 모든 가게가 문을 닫은 듯했다.

"다들 어디 있지?"

비골프가 물었다.

"모르겠는데."

마인하르트의 말대로 탑과 요새 벽에는 부대가 배치되어 있었지만, 누구도 라그나와 그 무리를 알아채지는 못했다. 이상했다. 방어 수준이 그렇게 높다면 네 명의 건장한 사내가 무장을 하고 지나가면 멈춰 세워 검문을 하는 게 마땅했다.

블루 드래곤이 시내를 가로지르는 대로를 가리켰다.

"저기 아래서 사람 소리가 들리네."

이 왕족은 쓸모없는 녀석이긴 했지만, 라그나가 아는 누구보다도 청력 하나는 뛰어났다.

비골프는 거리 아래를 응시했다.

"돌아가야 하나?"

라그나가 맨 처음 한 생각은 '그렇고말고!'였지만……

"가서 무슨 일인지 알아보지. 경계를 늦추지 마. 상황이 불안정해 보이면 떠난다. 서둘러 조용히."

"우리 도움이 필요하다면 어쩌죠?"

세 노스랜드 드래곤이 돌아서서 왕족을 응시했다.

"누가 우리 도움이 필요하단 거지? 인간들?"

라그나가 물었다.

"네."

"어째서 우리가 그들을 도와야 하는데?"

라그나는 기분 내키는 대로 인간을 개미처럼 밟아 죽이지 않는 것만으로 자기가 무척 자비롭다고 항상 생각했다. 어떤 인간들은 유용하다는 것을 인정하긴 했지만, 굳이 직접 인간 마을에서 일어나는 드라마에 참견할 만큼 유용하지는 않았다.

"나쁜 상황일지도 모르잖아요."

블루 드래곤이 우겼다.

"그냥…… 모른 척 갈 순 없어요. 여자들이나 아이들이 관련되어 있으면 어쩝니까?"

이러고 있느라 삶의 귀중한 일 초도 낭비할 마음이 없는 라그나는 마인하르트를 불렀다.

"형."

마인하르트가 재빨리 왕족에게로 다가섰다.

"떠나기 전에 한 말 기억하나?"

"네. 하지만……."

"네가 약속한 것도 기억하고?"

"하지만 저는 그저……."

"기억하느냐고?"

블루 드래곤이 한숨을 내쉬자 라그나는 저 자식의 따귀를 한 대 때릴까 싶었다…… 그저 울리고 싶어서.

"네, 기억합니다."

"그럼 약속대로 해야지."

마인하르트가 그의 어깨를 토닥였다.

"그래야 착한 애지."

라그나는 거리 아래로 향했다. 길을 따라 내려가면 갈수록, 사람들이 더 많이 보이기 시작했다. 엄청난 군중이 남작의 사 층짜리 성 가까이 몰려 있었다.

"처형식이군."

비골프가 뒤에서 웅얼거렸다.

"그렇다면 설명이 돼."

"좋아."

라그나는 대로에서 벗어난 작은 거리를 가리켰다.

"저 길로 돌아서 빠져나가자. 처형식이 끝날 때쯤이면 우리는 완전히 사라질 거야."

라그나가 그리로 향하자, 그의 일족과 왕족이 뒤따랐다. 하지만 그는 처형식에서 무슨 일이 일어나는지 파악하기 위해 한 귀를 열어 놓고 있었다. 이따금 지역 유명 인사가 처형되기라도 하면 사람들이 들고일어나 상황이 급속도로 험악해지기도 했다. 라그나는 그런 소란 중간에 껴서 붙잡히고 싶지 않았다. 특히 저 착한 척하는 왕족 녀석을 꼬리에 달고 있는 한은.

다음 거리로 돌아가는 길모퉁이에 가까이 갔을 때, 라그나는 처형을 거행하는 사람의 말소리를 들었다.

"마지막으로 할 말 있나?"

마지막 말은 폭동을 일으킬 수 있다는 걸 잘 알았으므로, 라그나는 걸음 속도를 높였다.

"선량한 시민 여러분."

그는 거리 저 멀리에서 울리는 말소리를 듣고 우뚝 멈춰 서다가 넘어질 뻔했다. 드래곤 퀸과 이야기를 나눈 후로 한 번도 아프지 않았던 가슴이 다시 근질거렸다.

그의 형제와 사촌도 옆에 멈춰 섰다.

"뭐야?"

비골프가 물었다.

라그나는 동생을 무시하고 그들과 함께 있는 왕족을 쳐다보았다. 블루 드래곤도 멈춰 섰다. 그는 자신을 바라보는 라그나의 시선을 깨닫고 움츠러들었다.

라그나는 동생을 등지고 처형대를 올려다보았다. 갓 만들어진 올가미가 서늘한 오후 공기 속에 흔들리고, 검은 복면을 쓴 덩치 큰 남자가 임무를 수행할 태세로 서 있었다.

그리고 거기, 처형대 앞쪽에, 이 인간들이 적어도 다른 인간이라고 생각한 것치고는 필요 이상으로 너무 많은 사슬로 묶은 데다 적어도 두 개 부대는 될 만한 남자들이 창을 겨눈 가운데, 한 왕족이 서 있었다. 어딜 가든 말썽 없이 조용히 지나가는 법을 모르는 여자가.

길고 진한 붉은 머리는 뒤에 걸린 올가미와 같은 방향으로 흩날리고 뺨과 코, 푸른 드레스에는 얼룩이 묻은 채로, 그녀가 수갑 찬 손을 내밀었다. 애원하는 커다란 갈색 눈으로 그녀는 다시 말했다.

"선량한 시민 여러분, 지금 행하는 불의를 봐 주십시오. 이 부당함을. 저는 결백합니다!"

그럴 리가.

"저 여자 저기서 뭐하는 거야?"

비골프는 처형대에서 시선을 떼지 못했다.

"연기겠지."

라그나의 대답은 그뿐이었다. 그것만이 설명이었다. 저 여자는 드래곤이잖아! 원래 모습으로 변신하지 않고도 온 마을을 잿더미로 만들어 버릴 수 있다고. 그런데도 처형대 위로 순순히 끌려 올라가다니!

대체 이 사우스랜드 왕족들은 뭐가 잘못된 걸까?"

케이타는 두 손을 맞잡고, 자기 눈에 고인 눈물을 군중이 바라볼 수 있도록 머리 각도를 맞추어 머리 위 하늘을 올려다보았다.

"여러 선량한 시민들께 저는 뱀푸어 경의 비극적 죽음과는 아무런 상관도 없음을 확실히 말씀드립니다. 저는……."

"이거 얼마나 더 오래 걸리나?"

케이타는 입을 딱 다물고 발치의 관중을 쏘아보았다. 그녀는 쓸모없는 경비병들 너머, 자신의 유려한 독백을 끊은 남자에게 집중했다. 외투의 후드가 잘생긴 얼굴을 가리고 있었다.

"미안. 계속하시지."

"고맙기도 하네."

그녀는 퉁명스레 대꾸했다. 그리고 숨을 내쉰 다음 다시 하늘을 올려다보며 물었다.

"어디까지 했더라?"

"뱀푸어 경의 비극적 죽음과는 아무런 상관이 없다는 데까지."

익숙한 목소리가 거들어 주었다.

"고마워."

케이타는 헛기침한 다음, 시선을 내리고 수갑 찬 팔이 허용하는 한 최대로 팔을 벌렸다.

"저는 이 끔찍한 죄를 저지른 범인이 아닙니다. 저는 결백합니다! 그리고 여러분 모두에게 청하옵나니, 이 끔찍한 운명에서 저를 구하여 주시옵……."

그렇게 말꼬리를 흐리면서 몸을 앞으로 약간 내밀어 앞에 선 남자들과 창 너머를 더 자세히 바라보았다. 다음 순간, 그녀는 물었다.

"에이브히어?"

군중의 머리 위로 꼬마 동생이 손을 흔들었고, 케이타도 씩 웃으며 같이 손을 들었다. 그 망할 사슬로 자기 얼굴을 치지 않으려고 조심하면서.

"에이브히어, 여기서 뭐해?"

케이타가 외쳤다.

"그냥 지나가는 길이었어. 누나 괜찮아?"

에이브히어도 소리쳤다.

"그럼, 난 괜찮지."

케이타는 솔직히 대답했다.

"처형식까지 보고 갈 거야?"

"누나 시체를 엄마에게 갖다 주면 좋지 않을까 싶은데."

"어머니한텐 갖다 주지 마. 내 시체에 침을 뱉고 그 둘레를 돌면서 춤을 출걸. 그리고 다음 생에 갇혀 버리면 비참한 존재로 살아가는 어머니를 앞지를 수가 없잖아. 하지만 아버지한테는 안부를 전해 줘."

케이타는 두 손을 맞잡고 물었다.

"자, 어디까지 했죠?"

그때 그녀는 자신의 길동무가 헛기침을 하는 소리를 들었다. 힐끔 보자, 그는 마을 사람들을 밀고 나와 그녀가 선 처형대 앞에 있는 무언가를 가리켰다.

케이타는 그 남자를 찬찬히 살폈다. 그에게서 나오는 번개 냄새를 맡고, 그가 노스랜더임을 알았다. 외투의 파란색 후드는 아마도 자줏빛 머리카락을 감추고 있으리라. 번개 드래곤 사이에서는 흔한 색깔이었다. 하지만 그의 인간 얼굴은 야만족치고는 놀랄 만큼 잘생겼다. 날카로운 광대뼈, 맛있게 보이는 도톰한 입술, 강한 턱, 한 번 부러져서 지나치게 완벽한 외모가 되는 것을 막아 준 코……

하지만 어디서 만난 듯한 기분이 드는 건 그의 눈 때문이었다. 이제까지 본 그 무엇보다도 아름다운 푸른색이어서, 케이타는 만약 이 남자와 잤다면 기억이 날 거라고 확신했다. 케이타는 그런 기억은 잘하려고 애쓰는 편이었다. 특히 한때의 적과 잠을 잔 적이 있다면 기억해야 했다. 그랬다간 온갖 문제가 일어날 수 있으니까.

케이타는 그를 가리켰다.

"우리 아는 사이던가요?"

"대체 뭐하고 있는 거요?"

그는 대답 대신 반문했다.

"하지도 않은 일을 했다는 누명을 쓰고 처형당하려는 참이죠."

"하지만 내 느낌엔 안 한 게 아닐 것 같은데. 자, 이제 무거운 엉덩이를 들고 여기로 내려와요."

"무거운 엉덩이라니……."

케이타는 두 손으로 양쪽 엉덩이를 탁 치려 했지만, 사슬 때문에 쉽지 않았다. 그래도 자기 엉덩이가 그렇게 넓다고 믿고 싶진 않았다.

"내가 화내기 전에 여길 뜨는 게 좋을걸요."

케이타가 그에게 경고했다.

"당신 화난 거야 예전에 봤지. 그렇게 대단하지도 않던데. 자, 말해 봐요. 공주님. 그 자그마한 주먹으로 저 사람들을 때렸나, 아니면 꼬리로 날려 버렸나?"

피부가 근질거리면서 근처에 있는 모든 걸 죽여 버리고 싶은 욕망이 모공에서 꿀처럼 흘러나올 때, 케이타는 이 오만하고 번개 냄새 나며 쓸모없는 개새끼가 누군지 정확히 깨달았다.

"당신! 기회가 있을 때 당신 목숨을 끝장냈어야 했는데!"

"그러지 그러셨나. 당신 삶에는 했어야 할 일이 가득할 것 같지만."

"당신이랑 상관있는 일만 그래. 그 비실비실한 가슴에서 약해 빠진 야만족 심장을 꺼내어 찢어 버렸어야 했는데. 피바다 속에서 고통과 괴로움에 빠져 뒹구는 당신 주위를 빙글빙글 돌면서 춤을 췄어야 했어. 그랬다면 어둠의 신들이 와서 나를 여왕으로 만들어 줬겠지!"

"케이타?"

그녀의 길동무가 살며시 불렀다.

"뭐야?"

그가 대답하지 않자, 케이타는 앞에 선 드래곤으로부터 시선을 들었다. 온 군중이 이제 겁에 질려 그녀를 바라보고 있었다.

"내 생각이 틀렸을지도 모르겠는데."

친구가 말했다.

"'선량한 시민들이여, 나는 누명을 썼습니다.'라는 연설이 잘 안 먹히는 모양이야."

그게 누구 잘못인데? 바로 저 번개 놈의 잘못이지!

"끝내 버려!"

뱀퓨어 경이 안전한 성벽에 나오면서 소리치자, 부하들이 후다닥 나와서 그를 도로 안전한 곳으로 데려갔다.

사형집행인이 케이타의 어깨를 잡고 뒤에서 당겼다. 땅에 선 경비병들은 번개 드래곤을 케이타의 피를 외치는 마을 사람들 속으로 밀어 넣으려 했다.

"뭐, 내게 선택을 안 주시네들."

케이타는 자기를 바라보는 군중을 향해 말했다.

"누나, 안 돼!"

에이브히어가 외쳤다. 동생이 할 만한 말이었다. 이렇게 안 하면 어쩌란 말이야? 이 농사꾼들이 내 목을 매달게 놔둘까? 이 고귀한 몸을 고깃덩이처럼 다루게? 그러길 바라는 거야?

사형집행인이 올가미를 잡으려 하자, 케이타는 공기를 훅 들이마셨다. 경비병들은 옆으로 날아갔고, 생각할 때마다 개새끼라는 말이 절로 나오는 라그나가 처형대 위로 휙 뛰어올라 그녀가 입고 있는 드레스 앞섶을 잡았다.

"아야!"

케이타는 숨을 헉 들이쉬었다.

"내 드레스 조심해!"

라그나는 언제나 그랬듯이 그녀의 말을 무시하고, 그녀를 앞으로 끌어 어깨에 둘러멨다.

"내려놓지 못해!"

케이타가 명령했다.

"조용히 해! 당신 목소리만으로도 신경에 거슬려."

망할 자식이 처형대를 내려가며 으르렁거렸다. 케이타는 고개를 들어, 앞으로 달려오는 경비병들을 보았다.

"이 남자를 죽여!"

그녀가 명령했지만, 오히려 그들은 우뚝 멈춰 서서 그녀를 쳐다보기만 했다. 인간들이란. 내부분이 쐐 재미있는 존재지만 약간 꾸물거리는 경향이 있다니까.

케이타는 사슬에 묶인 두 손으로, 자기를 보릿자루처럼 어깨에 메고 성큼성큼 걸어가는 개자식을 가리켰다.

"죽이라고, 이 남자를!"

그녀는 다시 말했다.

"당장!"

마침내 병사들이 칼을 뽑았고 마을 사람들은 구경을 하러 몰려들었다. 싸움이 벌어졌지만, 케이타가 할 수 있는 일이라고는 이 멍청이의 어깨에 업혀서 인간 병사들이 자기가 이 년 전에 못한 일을 끝내 주기를 바랄 뿐이었다.

"케이타!"

친구의 목소리에 서린 긴박감과 경고를 감지하고 케이타는 자기가 끌려 내려온 처형대를 돌아보았다.

사형집행인은 간밤에 케이타의 감방에 찾아와서 그녀의 목을 잡아 뺀 후 시체를 강간하겠다고 장담하고 갔다. 그녀가 여전히 따뜻하게 살아 움직이는 동안에는 별로 관심이 없을 남자임을 케이타는 감지했다. 그런 그가 이제 처형대를 내려와 그녀에게 다가오고 있었다. 그녀를 둘러멘 야만족은 앞에 있는 경비병들과 싸우느라 정신이 없어서 사형집행인이 다가오는 것을 전혀 눈치채지 못했다.

케이타는 남자가 코 외에는 다 가리는 복면 아래서 미소를 띠고 있는 것을 보았다. 그는 두 손을 뻗어 케이타의 목을 조르려 했다. 인간 몸으로 있을 때의 목이라면 한 번 휙 비틀기만 해도 끝장날 것이다. 인간으로 변신했을 때 감수해야 할 위험이었다. 죽기가 더 쉬우니까.

하지만 케이타에게는 어떤 형태로 있든 쓸 수 있는 능력이 몇 가지 있었다. 그래서 그 커다란 손가락이 자기 목에 닿는 게 느껴졌을 때, 참고 있던 불꽃을 휙 내쏘아 사형집행인을 재로 만들었다. 물론 그 뒤에 있는 나무 처형대도 파괴되었고 근처에 있던 건물 몇 개에도 불이 붙었다. 하지만 어쩔 수 없는 일이었다.

그래도 케이타 주위에 있던 모든 것이 얼어붙었다. 눈길이 모두 그녀와 라그나에게로 쏠렸다.

그 순간 케이타는 이런 생각밖에 들지 않았다.

어머나.

라그나는 멈춰 섰다. 그는 짜증이 나서 눈을 잠깐 감았다.

"당신이 지금 뭔가 저지른 것 같은데, 내 착각이라고 말해 줘."

"다른 선택이 없었어. 아직도 사슬로 묶여 있잖아!"

"당신은 정말 세상에서 가장 멍청……."

"내 잘못이 아니라고!"

그게 아마 이 여자의 영원한 주문일 거라고 라그나는 생각했다. 어째서 그 말만 들어도 벌써부터 질리는지 알 것 같았다.

"죽여 버려, 바보들아!"

성탑 위에서 누군가 명령했다.

라그나는 언짢은 마음으로 한숨을 내쉬었다.

"아주 고맙네, 공주님. 일을 더 꼬이게 만든 네나 과하게 예민한 동생님의 심기까지 거슬린 모양이야."

이 버릇없는 왕족은 자기 목숨이나 그가 한 말에 신경 쓰기보다 따져 묻기부터 했다.

"지금…… 지금 나를 공주님이라고 부른 거야, 공주 년이라고 부른 거야?"

"그게 중요해?"

비골프와 마인하르트가 방패를 쳐들고 칼을 뽑아 든 채로 다가왔다. 에이브히어는 두 손을 들고 인간과 드래곤 사이를 막아섰다.

"잠깐, 잠깐! 이럴 필요는 없잖아요. 말로 풀어 보자고요!"

라그나가 메고 있는 몸이 흔들렸다.

"지금 웃는 거야?"

"쟤 귀엽지 않아? 집을 떠나서 피에 목마른 짐승들과 이 년이나 같이 살았는데도 여전히 알에서 갓 나온 새끼처럼 사랑스럽잖아. 사실, 쟤가 알껍데기에서 기어 나왔을 때 제일 먼저 본 얼굴이 나였지. 어머니는 알이 깨지면 자기에게 알리라고 했는데 난 그러고 싶지 않았거든. 내가 쟤를 독차지해……."

"입 닥쳐."

"방금 나한테 입 닥치라고 했어?"

"그래."

"이 무례하고 자기중심적이고 이기적인……."

바로 그때 라그나는 그녀를 어깨에서 내던졌다.

비골프가 눈을 깜박였다.

"대체 뭐하는 거야?"

"이 여자는 두고 간다. 마저 처형하시지! 이 여자를 마음대로 처분하라고."

라그나가 외쳤다.

"누나를 놔두고 갈 순 없어요!"

에이브히어가 항의했다.

"그럼 넌 남아서 누나와 함께 같이 처형당하든가. 하지만 난 떠날 거야."

"어떻게 그럴 수 있어?"

공주가 떨어진 자리에서 그대로 울부짖었다.

"나보고 여기 남아서 죽으라고? 거리에 버려진 동물처럼? 내 생각은 아무도 안 해?"

"입 닥쳐."

에이브히어가 그를 밀쳤다.

"내 누나에게 그런 식으로 말하다니!"

"한 번만 더 해 봐. 그럼 네가 좋아하든 말든 네 누나 꼴로 만들어 줄 테니."

마인하르트가 상체를 숙여 전투 전의 자세를 취하며 물었다.

"지금 말다툼이나 할 때냐?"

비골프는 자기를 겨누는 무기들을 방패로 물리치며 앞으로 나아갔다.

"우리가 어떻게 했으면 좋겠어, 형?"

병사들이 점점 대담하게 창을 휘두르며 비골프와 마인하르트의 방패를 찔러 대고 있었다.

사실 이런 상황에서 여럿을 구하기 위해 할 수 있는 일은 많았지만, 라그나는 상관할 기분이 아니었다.

"다 죽여 버려."

그가 명령했다.

"아니면 그냥 도망갈 수도 있잖아요."

에이브히어는 여전히 인간들을 구하려 하며 필사적으로 끼어들었다.

"도망가? 멀리?"

비골프가 역겹다는 듯 고개를 흔들었다.

"누구든 해치겠다면……."

에이브히어는 침을 꼴깍 삼켰다.

"나부터 밟고 가야 할걸요."

라그나는 속마음을 누르지 못하고 그 '협박'에 코웃음 쳤다.

에이브히어가 얼굴을 찡그렸다.

"그거, 무슨 뜻이죠?"

발아래 땅이 우르르 흔들려, 라그나는 아래를 내려다보았다. 땅 아래서 무언가 움직이는 것처럼 흙먼지와 돌이 튀어 올랐다.

경비대의 장교들이 부하들에게 물러서라고 지시하는 순간 라그나와 형제들 앞의 땅이 폭발했고, 그가 책에서만 보았던 것이 허공에서 터졌다.

"뭐야? 대체 저 망할 건 뭐래?"

비골프가 물러서지도 않고 말했다.

라그나와 달리, 비골프는 책을 많이 읽지 않았다. 그래서 알 수가 없었다. 드래곤으로 변신했을 때의 라그나만큼이나 길지만 그렇게 몸체가 넓지는 않은 그 존재를. 두 개의 태양 아래서 번득이는 황금 비늘, 검은 갈기와 정수리에서부터 등을 따라 꼬리까지 쭉 난 황금 털은 오로지 혼란스럽기만 했다. 거기에 더해 그 존재에게는 뾰족한 뿔이 아니라 가지가 진 사슴뿔이 나 있었다. 날카로운 발톱은 없지만 커다란 살쾡이에게서나 볼 법한 털투성이 앞발이 있었다. 번개 드래곤이나 화염 드래곤보다는 송곳니가 적었고 보통 이빨은 더 많았다. 그리고 날개는 없었지만, 날개 달린 드래곤만큼이나 편안하게 허공에 떠 있었다. 다른 말로 하면, 비골프는 물론 마인하르트까지 겁을 먹을 만큼 기괴한 형체의 생물이었다.

그래도 라그나가 책을 제대로 기억한다면 그렇게까지 특이한 존재는 아니었다. 그것은 그저 이스트랜드 드래곤이었다.

이방의 드래곤이 날개 없이 그들 위를 빙빙 돌면서 불꽃을 내뿜었다. 이상한 건 불꽃이 열 걸음 이내에 있는 모든 것을 덮었는데도 아무도 다치지 않았다는 사실이었다.

라그나는 한 손을 들어 불꽃을 훑어 보았다. 열기도 아픔도 느껴지지 않았다. 그래도 환영은 아니었다. 그는 불꽃의 힘이 손에 와 닿는 것을 느꼈다. 기이했다. 그저…… 기이했다. 날개도 없고, 날카로운 꼬리도 없고, 불꽃에 다친 자국도 나지 않는다. 약해 빠진 고양이 새끼로군, 저 드래곤은.

불꽃이 멈추자, 오직 그들뿐이었다. 거리가 텅 비어 버렸다.

이방의 드래곤은 허공에 떠 있는 동안 변신했다. 그리고 놀랄 만한 기술로, 그의 인간 형태가 두둥실 땅으로 내려왔다. 맨발이 조약돌이 깔린 땅 위에 가볍게 내려앉았다. 이스트랜더가 잠시 여유를 부리며 긴 검은 머리카락을 흔들었다. 머리카락 끄트머리는 금색이었다.

"다들 괜찮나?"

그가 물었다.

"렌! 다행이다!"

공주가 탄성을 지르자, 라그나는 툴툴거렸다. 아주 살짝.

"날 구하러 와 줬구나!"

이방의 드래곤이 웃으면서 그녀에게 다가가 가볍게 탓했다.

"솔직히 말이야, 케이타. 너 아무 때나 불꽃 쏴 대는 버릇은 정말 고쳐야 해."

그가 금속 수갑을 벗기자, 공주는 손목을 문질렀다.

"난 목숨을 잃을까 겁이 났고, 저기 있는 천박한 영주한테 잡혔잖아. 그냥…… 반응을 보인 것뿐이야."

케이타가 어깨를 으쓱했다.

"거짓말쟁이."

"뭐, 어쨌든 중요한 건 내 연설이 마음에 들었느냐는 거야."

그는 케이타가 일어날 수 있도록 부축해 주었다.

"약간 장황했어. 하지만 눈물 고인 눈으로 하늘 올려다보는 연기를 덧붙인 건 좋았지."

"나도 그렇게 생각했어. 그건 다시 써먹어야겠다."

나머지 사슬까지도 바닥에 떨어지자, 이스트랜더는 모인 이들을 돌아가 몇십 걸음 떨어진 곳에 있던 자기 옷가지를 챙겼다.

비골프와 마인하르트가 무기를 빼 든 채로 이방의 드래곤을 면밀히 감시하는 동안, 라그나는 공주에게 집중했다. 케이타가 먼저 쏘아보았다. 그도 맞받아 쏘아보았다. 코웃음도 쳤을지 몰랐다. 다음 순간, 케이타는 갑자기 그를 휙 지나쳐 뒤에 서 있던 덩치 큰 파란 녀석의 품 안으로 뛰어들었다.

"누나!"

동생이 케이타를 번쩍 안아 올려 빙글빙글 돌렸다. 케이타는 훌쩍 큰 동생을 보고 감탄했다. 이제는 아버지보다도 더 큰 것 같았다. 그리고 할아버지보다도. 동생은 거대했다! 인간일 때도 마찬가지였다. 케이타는 동생이 변신하면 어떤 모습일지 보고 싶어서 좀이 쑤셨다.

그녀는 두 팔을 동생의 목에 감고 꽉 졸랐다.

"정말 반갑다, 에이브히어!"

"나도. 이 년 만인가?"

"아, 그렇지."

케이타는 동생의 뺨에 키스하고 한 번 더 꼭 껴안았다.

"너무 오랜만이야! 이제 나 좀 내려놔 줘. 너 얼굴 좀 자세히 보자."

그는 누나를 땅에 내려놓았고, 케이타는 한 발짝 뒤로 물러섰다. 실제로 동생의 전체 모습을 보려만 한 발이 아니라 여러 발짝 물러서야 했다.

"신들이여, 맙소사! 에이브히어, 너 덩치 좀 봐!"

동생은 겸연쩍어하며 말했다.

"그렇게 심하지는 않아. 지난 몇 달 동안에는 별로 안 컸는데."

케이타는 동생에게 아직도 성장이 끝난 게 아닐지 모른다는 말을 어떻게 해야 할지 몰라서 그저 아무 말 않기로 했다. 새 바지가 필요하게 되면 자기도 저절로 알아차리겠지.

"너 정말 잘생겨졌다."

케이타는 대신 이렇게만 말했고, 동생이 수줍게 웃는 모습을 보며 즐거웠다. 아, 얼마나 보고 싶었는지. 형제 중 막내인 에이브히어를 그녀는 엄마처럼 키웠다. 몇 날 며칠을 함께해도 충분치 않았고, 그렇다고 동생이 당연히 여기지도 않았기 때문에 그런 방식인 편이 좋았다.

피어구스와 브리크는 전통적인 오빠 행세를 했다. 항상 보호하고 챙겨 주려고 했고, 할 수 있을 때마다 감시했다. 그리고 그 웬바엘이 있었다. 케이타는 나이나 기질로는 그웬바엘과 가장 가까웠다. 그웬바엘은 형제라기보다는 친구 같았고, 둘은 어머니의 궁정에서 함께 자라면서 여러 가지 말썽을 일으켰다. 하지만 그것도 벌써 백 년 전 일이고, 시대가 변했다.

에이브히어의 목 굵기가 달라진 것처럼. 신들이여! 저것 좀 보라지.

"그래, 무슨 일로 여기까지 왔어?"

"그런 얘기는 나중에 하면 안 될까?"

그 목소리가 물었다. 몇 날 동안 머릿속에서 몰아내려고 애썼던 목소리. 어쩌면 일주일 넘도록! 그 주인의 얼굴을 ─될 수 있으면 명랑한 노래 같은 걸 부르면서— 발톱으로 갈가리 찢어 놓고 싶었던 목소리.

케이타는 그 목소리의 주인을 쳐다보지도 않고 말했다.

"당신은 가도 돼. 하지만 보시다시피 난 지금 얘기 중이라서."

"여기서 떠야 해. 당장."

그는 마치 야만족 드래곤 전사처럼 그녀에게 말하고 있었다. 그녀가 왕가의 혈통이고, 좀 더 중요하게는 주저 없이 명랑한 노래를 부르면서 그의 얼굴을 찢어 놓을 수 있는 드래곤이라는 사실에도 일말의 존경심조차 보이지 않았다.

오늘 특히 깐깐한 기분이 드는 케이타는 이 무례한 자식을 대놓고 무시하긴 했지만, 다른 목소리가 들려왔다.

"제발, 레이디 케이타. 우린 이 인간 병사들이 병력을 재정비해 돌아오기 전에 떠나야 해요."

아, 그 동생. 케이타는 그의 동생을 기억했다. 그의 사촌도. 그들이 자기 옆에 서 있다는 사실을 몇 분간 잊고 있었다.

이 년 전, 케이타는 이 두 야만족과 그들의 어린 혈족들을 노스랜드에서 사우스랜드로 여행할 때 만나 쉽게 매혹시켰었다. 오직, 저 야만족 자식만이 그녀를 무시했다. 의외로 유난히 거슬리는 점이었다.

케이타는 입술을 삐죽여 적절한 —그리고 꽤 유혹적인— 미소를 띠며 두 번개 드래곤에게로 돌아섰다.

"세상에나!"

그녀는 두 손을 가슴에 댔다.

"당신들이었네요!"

케이타는 재빨리 이름을 기억해서 누가 누군지 맞히려 했다. 둘이 꽤 비슷하게 생겨서 쉽지 않은 일이었다. 둘 다 한 줄로 땋은 자줏빛 머리가 등까지 내려왔고, 어깨가 넓으며 키가 컸고, 상처가 있었다. 그럼 이전에는 어떻게 구분했더라……?

"비골프!"

케이타는 회색 눈과 턱에 깊은 흉터가 있는 자를 껴안았다.

"마인하르트!"

다음으로 녹색 눈에 이마에서부터 눈 아래까지 흉터가 있는 자를 포옹했다.

"두 분 다 다시 만나니 정말 반갑네요!"

케이타는 그들의 손을 한쪽씩 동시에 잡아 꼭 쥐었다.

"그동안 둘 다 잘 지냈나요?"

"잘 지냈죠, 레이디 케이타. 고마워요."

비골프가 대답했다. 그가 좀 더 말을 잘하는 편이었다. 마인하르트는 케이타가 직접 질문을 하면 언제나 안절부절못하다가 웅얼웅얼 대답하곤 했다. 하지만 케이타는 금방 마인하르트가 말보다는 눈으로 더 많은 말을 한다는 것을 알아냈다. 사랑스러운 특질이었다. 대부분 남자들에게는 드문 점이니까.

"그리고 제 동생을 정말 잘 보살펴 주셨나 봐요. 두 분 다 감사해요. 이 아이에게 끔찍한 일이 닥치면 제가 어떻게 될지 모르거든요."

"마인하르트가 내 멘토야."

에이브히어가 끼어들었다.

"제 동생이 당신에게서 많은 걸 배웠나 보네요, 친애하는 마인하르트."

케이타는 가장 아찔한 미소를 지었고, 불쌍한 마인하르트는 곧 그녀의 발밑으로 쓰러질 지경이었다.

그것도 그 무례한 자가 그들 사이에 끼어들어 케이타의 손을 자기 형제들에게서 떼어 내기 전까지 일이었다.

"지금 뭐하는 거지?"

케이타가 물었다.

"이거 치우려고."

"뭐, 좀 더 점잖게 부탁하기만 한다면…… 어머!"

그가 케이타를 번쩍 들어 무슨 쓰레기 더미처럼 어깨에 짊어 메자 케이타는 숨을 헉 들이켰다.

"네가 감히!"

"가자!"

그가 명령했다.

"이자가 이런 짓을 하도록 가만히 놔둘 거야?"

케이타는 렌에게 따져 물었다. 오래고 오랜 세월 동안 둘은 길 벗이 되어 함께 여행했고 절친한 친구가 되었다. 렌은 언제나 그 웬바엘처럼 케이타를 웃겼지만, 오빠와는 달리 렌은 훨씬 믿을 만했다. 그웬바엘은 다재다능했지만 불운하게도 믿을 만하다고 는 할 수 없었으니까.

"그 친구 결심이 아주 대단한데."

렌은 슬쩍 미소를 지었다.

"그자가 일을 끝낼 때까지 가만히 편히 있을 수 없어?"

"살아 있는 한 다시는 그런 질문을 어떤 여자에게도 하지 않길 바라, '선택된 자' 렌!"

케이타가 명령했다.

하지만 아무도 도와주려 하지 않았기 때문에, 그녀는 어쩔 수 없이 가만히 기다릴 수밖에 없었다. 그래도 한 발을 들어 올릴 수 있는 기회를 한껏 이용해 라그나 개자식의 코를 뒤꿈치로 걷어차 주었다.

적어도 기분만은 꽤 상쾌했다.

3

　'파괴자' 피어구스, 드래곤 퀸의 장남, 드래곤 왕좌의 계승자, '피투성이' 앤뉠의 반려, 다크플레인의 악마 쌍둥이의 아버지이자 앤뉠 여왕의 궁전에서 가장 의심 많고 질투 많은 남자는 대전으로 향하는 계단 위에 앉아, 자신의 짝이 경비 초소 뒤에서 걸어 나오는 모습을 바라보았다.

　앤뉠의 뒤에는 책사인 다그마 라인홀트가 준 개 두 마리가 졸졸 따르고 있었다. 피어구스는 개들을 상관하지 않았지만, 배가 고파졌다. 앤뉠은 말을 사랑하듯 개도 예뻐했고 피어구스가 개뼈다귀로 잇새에 낀 고깃덩어리를 빼내는 모습을 보기라도 한다면 화를 낼 게 뻔했다. 하지만 그는 그녀와 다툴 기분이 아니었다.

　피어구스는 실눈을 뜨고 짝을 찬찬히 살폈다. 둘이 만난 이래로 앤뉠은 항상 훈련을 열심히 했지만, 쌍둥이가 태어나고 몇 달

후부터는 훨씬 강도를 높였다. 그도 앤널을 다그치는 동기가 무엇인지 알고 있었다. 공포. 자신에 대한 공포가 아니라, 쌍둥이의 안전에 대한 공포. 아이들을 지킬 수 없었다는 공포.

그는 어째서 앤널이 그렇게 생각하는지 알 수가 없었다. 그녀는 아이들을 지키기 위해 미노타우루스 무리 전체를 살육했다. 하지만 미노타우루스보다 더 사악한 것이 오고 있다고 생각하는 듯했다. 그 사악한 것이, 혹은 그것이 무엇이든지 아기들을 찾으러 온다고.

어쩌면 앤널의 생각이 맞을지도 몰랐다. 아직 두 번의 겨울이 지나지도 않았건만, 아이들을 두려워하는 이들은 많았다. 악마들, 혐오스러운 존재들, 불경한 것들—이런 말들이 가장 최근에 들어온 보모와 함께 위층에서 놀고 있는 멋진 아이들을 묘사하는 데 쓰였다. 어떤 보모도 진득하니 붙어 있지 못했다. 피어구스는 자기 자식들이 남다를 것을 알았다. 하지만 이렇게 다를 줄은 몰랐다. 이렇게 위험할 줄 몰랐다. 그리고 신들이여 맙소사, 그렇게 작은 존재치고 아이들은 분명 위험했다.

땅에 떨어진 막대기들을 집어 든 앤널이 개들에게 그것들을 밀고 당기면서 대전의 계단 앞까지 이르렀다.

"아, 아가씨."

피어구스는 인사의 의미로 말했다. 앤널이 아직도 그의 가슴을 덜컥 내려앉게 하는 초록 눈으로 그를 올려다보았다.

"아, 당신."

"뭐하고 있었어?"

"훈련."

그도 그 정도는 알았다. 그녀의 몸이 땀과 새로 난 멍, 여기저기 찢기고 베인 자국으로 덮여 있었으니까.

"훈련이라니, 누구와……?"

앤닐은 어깨를 으쓱하고는 아직도 막대기를 빼앗으려고 덤비는 개들을 내려다보았다.

"부하들 몇 명하고."

그때 피어구스는 그녀가 거짓말한다는 것을 알았다.

"어땠는데?"

그는 증명할 수 없는 것으로 짝을 추궁하지는 않는 편이었다.

"괜찮았어."

그 말에는 진실이 보였다. 앤닐은 매일 튼튼해지고 있었다. 더 강력해졌다. 근육은 잘 잡혔고, 몸에는 지방 한 점 없었다. 부하들조차도 그녀의 힘을 두려워했다. 그래서 피어구스는 그녀가 부하들과 훈련하지 않았다는 것을 알아챈 것이다. 그의 일족도 앤닐을 두려워했다. 그 누구도 대적할 수 있다고 알려진 드래곤들조차도 피어구스의 짝이 대결 상대를 찾는다고 하면 될 수 있는 한 멀리 피했다.

하지만 누군가 그녀를 돕고 있었다. 앤닐이 그에게 말하지 않는 누군가가.

"브라스티아스와 다그마가 당신을 찾던데."

그의 말에 앤닐이 몇 번 눈을 깜박였다.

"아…… 아이들이 잘 있는지부터 확인해도 되겠지? 브라스티아스와 다그마는 그 후에 찾아볼게."

앤닐이 브라스티아스를 먼저 찾던 때가 있었다. 그녀는 싸움과 전투, 전쟁, 피를 흘릴 수 있는 거라면 뭐든 찾아다녔다. 하지만 그것은 쌍둥이를 낳기 전이었다. 이제는 육군 원수와 총사령관이 시내에서 최신 유행 소식을 듣고 오는 자라도 되는 양 피하고 있었다. 쌍둥이는 자기를 조여 오는 것을 피하기 위한 변명일 뿐이었다.

하지만 이런 식으로 얼마나 오래가리라고 생각하는 걸까? 앤닐은 여왕, 그것도 천 년 내로 가장 강력한 여왕이었고, 수없이 많은 이들이 그녀에게 의지했다. 사실 그녀도 다른 전제군주—그의 어머니를 포함해서—들처럼 전투에는 병력과 물자만 파견하고 자신은 요새 안집에 안전하게 앉아 있을 수도 있었다. 하지만 그것은 앤닐이 아니었다. 앤닐은 결코 그럴 수 없었다. 그래서 이런 그녀를 보자니 피어구스의 가슴이 찢어졌다.

앤닐이 이상하게 혀 차는 소리를 내자, 개들이 막대기를 놓고 계단을 올라 대전으로 뛰어갔다. 앤닐도 그들을 뒤따르다가 피어구스 옆에 섰다. 그녀가 물었다.

"당신 괜찮아?"

"난 괜찮지."

나야 편집광에 남을 믿지 못하고 당신에 대한 걱정은 가득하지만 말이야. 그래도 괜찮아.

앤닐이 그의 옆에 주저앉았다. 눈 밑 그늘이 짙어 피곤해 보였다. 그녀는 몇 달 동안 잠을 잘 자지 못했고, 가끔 두 개의 태양이 떠오르기도 전에 침대를 떴다. 침대에서 일어나는 것은 꿈 때문이었고, 잠이 들어서도 뒤척거렸다. 피어구스가 옆에 있어도 평소처럼 편안해지지 않았다.

앤널이 키스할 수 있도록 몸을 앞으로 숙이고 피어구스가 얼굴을 자기 쪽으로 돌리기를 기다렸다. 그녀의 입술은 부드럽고 달콤했으며 혀는 사악하고 거침없었다. 입은 따뜻하고 맛있었다. 그는 앤널이 훈련을 빼먹고 무엇을 하는지 그렇게 편집적으로 굴 필요 없다는 것을 알고 있었지만 어쩔 수 없었다. 그녀는 뭔가 하고 있었지만, 그에게 말하려고 하지 않았다. 이전에는 모든 이야기를 나누었건만.

앤널이 부드럽게 한숨을 내쉬며 몸을 뗐다.

"그럼 이따 볼까?"

그녀의 어조에 서린 희망을 그는 알아챘다. 그의 시선이 뜰을 훑었다.

"목욕부터 해야지. 원하면 등 밀어 줄게."

"등에는 손이 닿지 않으니까."

앤널이 웅얼거리면서 손가락으로 그의 목과 어깨를 쓸었다. 피어구스는 그녀의 손이 맨살과 미늘 셔츠를 통해 느껴지는 감촉에 눈을 감았다. 물론 비늘과 날개에 닿을 때 그 손가락은 더 기분이 좋았다.

"당신이 도와주면 무적 고마울 거야."

그렇게 말한 앤널은 위층의 쌍둥이를 보러 대전으로 들어가 버렸다.

피어구스는 혼자 남아 자신의 짝에게 대체 무슨 일이 있는 건지 곱씹어 보았다.

맨발들이 얼음 위를 걸었다. 벌거벗은 몸들은 주위에 휘몰아치는 거친 눈보라를 아랑곳하지 않고 눈 속에 무릎을 꿇고 앞에 있는 신에게 경배하며 고개를 조아렸다. 그들은 전체 인원이 아니라 이 임무를 수행하러 온 자들일 뿐이었다. 그들의 세력은 숫자에 있는 것이 아니라 힘에 있었으므로. 그들의 분노에 있었으므로. 아무 질문도, 후회도, 생각도 없이 죽이고자 하는 의지에 있었으므로. 신의 이름으로 기꺼이 행하려 하는 임무로 인해, 그들은 아이스랜드에서 가장 무서운 자들이 되었다. 가장 경멸당하는 자들이 되었다. 하지만 그중 누구도 외부자에 대해선 신경 쓰지 않았다. 손에 무기를 들고, 입술로 주문을 외고 있을 때는 아니었다.

가라.

거센 바람이 그들 주위에서 포효했다. 이 신은 그들에게 직접적으로 말을 걸지 않았다. 다른 신들 같지 않았다. 대신, 아이스랜드의 바람이 임무를 실어 왔다. 단단히 다져진 눈과 얼음은 앞으로 펼쳐질 긴 여행에 쓸 체력과 힘을 도리어 키워 주었다. 그리고 두 개의 태양이 죽음 혹은 영광으로 그들을 이끌 것이었다.

가라!

바람이 다시 명령했다. 곧이어 울부짖는 바람이 속삭였다.

앤널……

4

"약간 놀랐다는 건 인정해야겠네, 라그나. 그 인간들을 다 죽여 버릴 줄 알았는데."

라그나는 물통을 기울여 물을 꿀꺽꿀꺽 들이켰다. 그들은 아우터플레인의 빽빽한 숲 속 깊숙이까지 쉬지 않고 나아가다가 담수호 앞에 멈춰 섰다.

"난 당신이 가만히 앉아서 사형당하진 않을 거라 생각했지. 우리 둘 다 틀린 것 같은데."

공주가 갈색 눈을 굴렸다.

"물론 가만히 앉아서 사형당했을 리는 없지."

"그럼 대체 뭘 하고 있었던 건데?"

케이타는 어깨를 으쓱하고는 호수에서 직접 자기 통으로 물을 뜨지 않고, 말도 없이 그의 물통을 빼앗았다.

"그 사람들을 말로 설득할 수 있는지 보려고 했지."

"어째서?"

공주가 다시 어깨를 으쓱했다.

"하면 안 돼?"

그녀는 마시기 전에 물통을 살피더니 입구를 드레스 자락으로 닦았다. 라그나는 어느 쪽이 더 거슬리는지 알 수가 없었다. 그의 물통을 빼앗았다는 사실인지, 쓰기 전에 닦았다는 사실인지, 드레스 자락이 완전히 더럽다는 사실인지.

"당신한텐 모든 게 게임이군?"

그가 물었다.

물을 몇 모금 마신 후, 케이타는 예의 그 미소를 지어 보였다. 그녀에겐 여러 종류의 미소가 있었지만, 대부분이 그녀처럼 인위적이었다. 하지만 왼쪽 입꼬리를 오른쪽보다 아주 살짝만 올리고 짙은 속눈썹 사이로 그를 올려다보며 짓는 이 미소, 이것이 진짜 케이타였다. 그의 형제와 사촌은 이 케이타를 보려 하지 않았다.

"그건 그렇고 어째서 처형당할 뻔한 거야, 누나?"

에이브히어가 물었다.

그녀는 물병을 라그나에게 도로 건넸다.

"내가 뱀푸어 경을 죽였다고 생각하더라고."

"아, 누나."

에이브히어가 우는소리를 냈다.

"누나가 죽인 건 아니겠지."

"사실, 내가 죽인 건 아니지."

동생이 진청색 눈썹을 치켜세우자, 케이타는 발끈해서 우기듯 소리쳤다.

"내가 안 했다고!"

"그럼 어째서 당신을 고발한 거지?"

라그나가 물었다.

"나를 그 사람 방에서 찾아냈으니까."

"그 시체와?"

"그래. 하지만 내가 한 건 아냐."

어째서 라그나에겐 그 단호한 문장에서 '이번에는'이라는 말이 빠진 듯한 느낌이 드는 걸까?

"그 방에서 뭘 하고 있었지?"

그녀는 라그나를 잠시 빤히 보다가 대답했다.

"그 사람에게 아침 인사 하려고?"

"그게 대답이야, 아니면 질문이야, 공주님?"

케이타는 두 손을 쳐들었다.

"아, 그게 중요해? 내가 안 죽였다니까."

그러고는 살짝 입을 삐쭉이며, 코를 찌그렸다. 애매하게 귀여운 표정이었다.

"그 사람들 내 말을 들으려고도 안 했어. 그저 그 방에 시체와 함께 있는 나를 찾았다는 이유만으로 내가 죽인 게 분명하다고 우겼지. 시체가 아직 따뜻하고, 내가 독약병을 들고 있었다고."

남자들이 모두 그녀를 쳐다보기만 할 뿐 아무도 물어볼 생각을 하지 않자, 라그나는 자기가 해야 한다는 것을 깨달았다.

"그럼 어째서 독약병을 들고 있었지?"

"대체 그게 무슨 상관이 있어?"

"내 생각엔 분명히, 아주 많이 있을 듯한데."

"아냐, 중요하지 않다고. 요지는 약병은 아직도 가득 차 있었다는 거야. 그 이야기인즉 쓴 적이 없다는 거고, 그 말뜻인즉 내가 뱀푸어를 죽이지 않았다는 거지."

라그나는 장단을 맞춰 주기로 했다.

"당신이 죽이지 않았다면…… 그럼 누가 했는데?"

"내가 그의 방에 들어갔을 때 있었던 벌거벗은 금발 여자애."

"알겠군. 그럼 그 여자는 어떻게 됐지?"

"내가 창밖으로 던져 줬지."

"물론 그러셨겠지."

"걱정 마. 내가 그 여자를 잡아서 사뿐히 내려놓았으니까."

이스트랜더가 끼어들었다.

"봤지?"

케이타가 말했다.

"뭘 봐?"

"내가 그 여자를 구했다고. 그 여자 생명을 구해 줬잖아. 그런데도 그 사람들은 나를 처형하려 했어. 그게 공정해?"

라그나는 고개를 끄덕였다.

"당신이 거짓말하는 게 아니라고 치자."

"뭐?"

"어째서 그 살인자 여자를 구했는지 잘 모르겠는데."

"뭐, 그 여자는 세계에 좋은 일을 한 거니까."

"알겠군."

"그자는 좋은 사람이 아니었어."

"아하."

"죽어야 했다고!"

"왜 그런 건데? 당신에게 충분히 안 해 주던가? 선물 같은 걸 안 줬어?"

"아, 줬지."

케이타는 목에 건 목걸이를 만졌다.

"이걸 주더라고."

손목에 건 팔찌도 만졌다.

"이것도 주고."

귀걸이도 건드렸다.

"그리고 이것도…… 잠깐, 아니다. 이건 그 아들이 준 거지. 금발 여자가 아들까지 처리할 기회는 없었던 게 아쉽네."

라그나는 그 보석들을 가리켰다.

"그것들을 빼앗아 가지 않고 놔둔 게 놀라운데."

"그냥 놔둘 생각은 아니었던 것 같은데…… 내가 개를 먹은 후에는 사슬 채울 때 말고 가까이 오지 않으려 하더라고."

"누나!"

에이브히어가 불쑥 끼어들었지만 이스트랜더는 웃어 버렸다.

"배가 고팠다고! 아침도 못 먹었는데, 먹을 걸 안 주잖아. 게다가 그 개가 날 물려고 했어! 그건 자기방어에 가까운 거야!"

"별로 미덥진 않지만."

"당신은 조용히 있어."

그녀가 라그나에게 말했다.

"그만, 그만, 그만."

에이브히어가 다시 끼어들었다.

"그런 건 다 됐어. 중요한 건 누나가 안전하다는 거야."

공주는 그 말에 미소 지었지만 그녀의 동생은 다음 말까지 덧붙였다.

"누나도 우리랑 같이 가반아일로 돌아가면 되겠다."

"아."

라그나는 팔짱을 끼고 나무에 기대며, 공주님이 여기서 어떻게 빠져나갈지 구경했다. 충격 어린 눈빛만 보고도 그녀가 필사적으로 여기서 빠져나가려 하는 것을 알 수 있었기 때문이다.

"가반아일이라…… 그것도 선택이 되겠네."

그녀는 이스트랜더 친구를 흘끔 보았지만, 그도 도와줄 기분이 아닌 듯했다.

"그럼…… 거기서 만나면 어떨까…… 언젠가?"

"거기서 만나? 왜 지금 가면 안 되는데?"

에이브히어가 물었다.

"할 일이 있으니까?"

"그게 질문인가, 대답인가?"

라그나가 다시 물었지만, 그에게 쏟아진 눈초리는 다른 연약한 남자였다면 갈라 버릴 듯 사나웠다.

"그럼 잔치는 어떻게 해?"

케이타는 어깨를 으쓱했다.

"잔치라니? 잔치는 항상 있잖아, 에이브히어. 우리 가족은 잔치를 이만저만 좋아하는 게 아니잖아?"

"하지만 이건 쌍둥이 생일잔치야. 난 전쟁의 열기에 휩싸여 있느라 돌잔치도 못 갔는데."

비골프가 코웃음 치는 소리에 라그나는 금방 시선을 땅으로 떨어뜨렸다.

"그래서 이번 잔치는 놓칠 수 없어. 하지만…… 누나는 돌잔치에 갔으니까 이번은 어떻게든 가족들에게 설명할 수 있을지도 모르겠네."

어쩌면 라그나가 너무 빤히 쳐다보았는지 모르지만, 그녀의 얼굴이 완전히 백지가 되고 진실을 읽힐까 두려운 듯 갈색 눈이 휘둥그레지자 그는 물어볼 수밖에 없었다.

"그 첫 번째 돌잔치 얘기 좀 해 보지, 레이디 케이타? 자세하게 털어놔 봐. 마지막 디저트까지."

"정말로 난……."

"아, 그러지 말고. 기억나는 게 있을 거 아냐. 사우스랜드 축하 잔치는 어떤지 늘 궁금했거든. 예를 들자면, 인간 여왕의 드레스는 무엇이었는지?"

"드레스? 그런 걸 입었었나……."

"입었었나? 모르는 거 아닌가?"

맙소사. 저 여자 지금 나 보고 씩씩댄 거야? 그래, 날 보고 막

씩씩댔어.

"누나 안 갔었어?"

에이브히어가 물었다.

"에이브히어, 난 꽤 바빴단다. 시간이 없었어."

동생이 눈을 가늘게 뜨고 누나를 한참 매섭게 쳐다봤다.

"집에 마지막으로 간 게 언제야?"

"사우스랜드 전체가 내 집이 아니겠니, 에이브히어. 그리고 난 언제나……."

"나랑 장난칠 생각 마, 누나. 마지막으로 가반아일이나 데벤알트 산에 간 때가 언제냐고?"

"우리네 긴 삶을 생각해 보면 시간이란 참 덧없는 거란다."

라그나는 공주를 놓아주었을 때의 표정을 똑똑히 기억하고 불편한 감정이 들었다. 그녀가 꼬리로 그를 찔렀을 때─마지막 숨을 거둘 때까지 기억 속에 아로새겨질 순간이었지만─가 아니라 그 전의 기억이었다. 여왕이 딸의 안전한 귀환을 위해 아무런 대가도 내놓지 않았다는 말을 들었을 때의 표정. 왕족적인 분노가 궁극에는 모든 것을 덮었지만, 진실로 그 전에는 고통을 보았다. 예리한 고통이었다.

라그나 또한 번개 드래곤의 중대사가 있을 때마다 '저 약해 빠지고 이상한 녀석'보다 다른 아들을 고르곤 했던 아버지 밑에서 자랐으므로, 부모의 무심한 행동 하나가 자식의 마음을 얼마나 상하게 하는지 잘 알고 있었다. 여왕이 그렇게 말한 것은, 오직 진정한 마녀만이 그러하듯이 그가 딸을 해치지 않으리라는 것을 알았기 때문임을 라그나는 나중에야 깨달았다.

라그나는 케이타가 원치 않는데 억지로 끌고 갈 생각은 없었다. 자기 어머니가 그런 일을 당한 것을 아는 그로서는 그럴 수 없었다. 어머니가 오직 날개 하나만을 달고, 싫어하는 드래곤의 짝으로 갇혀 사는 것을 보았기에 그럴 수 없었다. 라그나는 어머니의 과잉보호하에 자랐고, 아버지는 일찍부터 책과 공부로 소일하는 이 자식을 싫어하기로 작정했다. 어머니는 라그나를 지켜보며, 생각하고 추론하는 법을 길러 준 동시에 마법 기술을 가르쳐 주었다. 그리고 전사였던 마인하르트의 아버지에게서 자상한 마음을 찾아내 올게어 모르게 아들을 훈련해 달라고 부탁했다. 라그나는 어머니에게 그만큼 은혜를 입었고, 숨 쉬는 공기까지도 감사했다. 어머니가 없었더라면 그는 스무 해 겨울까지도 살아남을 수 있었을지 알 수 없었다.

라그나는 혼자 떠나 아이스랜드 근처 산속 깊이 틀어박힌 은자 드래곤의 삶을 살까 생각하기도 했지만, 어머니의 말이 언제나 그를 붙들었다.

'아들아, 이 세상에선 혼자 살 수 없단다. 너에겐 가족이 필요해. 그리고 언젠가 그들이 얼마나 너를 필요로 하는지도 알게 될 거다.'

어머니의 지혜로운 말씀은 언제나처럼 그에게는 사실이었지만, 케이타 공주에게는 더욱 딱 들어맞는 말이있다. 그녀는 가족들을 사랑했고 그들이 자기를 사우스랜드로 데려갈 거라고 끊임없이 말하곤 했다. 주로 오빠들이 라그나를 붙잡으면 어떻게 할 거라고 즐겨 얘기했고, 라그나는 그 말에 애정이 서려 있다는 것을 알았다.

그러므로 자신과 마지막으로 나눈 이야기 때문에 그동안 내내 케이타가 가족들과 연을 끊고 살았다는 생각은 라그나로서는 잘 받아들일 수가 없었다.

지금 그녀는 그들과 다크플레인으로 돌아가지 않으려고 애쓰고 있었고, 블루 드래곤 녀석은 이 반 쪼가리 진실을 믿어 보는 것 같았다. 이 녀석은 직접적인 질문을 어떻게 해야 할지 몰랐고, 그 누이는 직접적 질문이 아니라면 쏙쏙 빠져나가는 데 상당히 능했기 때문에 문제가 되었다.

그래서 라그나는 단도직입적인 질문을 던졌다.

"조카들 얼굴을 보긴 했나, 케이타 공주?"

이러면 그녀의 부아를 돋우겠지만, 어차피 이 모든 일이 오래지 않아 끝날 테고 다시는 그녀를 볼 일이 없을 테니 아무래도 상관없었다.

고맙게도 케이타에게는 먼 거리에서 그를 죽일 만한 마법 기술이 없었다. 라그나는 그녀의 타오르는 시선을 맞받아쳤다

에이브히어가 진실을 깨닫자 그의 거대한 인간 머리가 폭발할 것만 같았다.

"쌍둥이를 본 적도 없어?"

"에이브히어."

"한 번도?"

"너 지금 말이지……."

"탈라이스의 딸은? 그 애도 본 적 없어?"

투쟁심은 그녀에게서 빠져나간 듯했다. 오롯이 라그나를 향한 증오를 느끼며, 케이타가 말했다.

"곧 보려고 했어…… 시간이 나면."

"지금 시간이 있잖아."

"사실 없단다."

"좀 만들어."

"내가 집에 가고 싶지 않은데도?"

"누나가 하고 싶은 게 가족이랑 무슨 상관이 있어?"

"아, 그래, 네가 그런 식으로 말한다면 말이지……."

"알았어!"

"난 약간 냉소의 기법을 쓴 것……."

"나도 누나 머리채를 붙잡고 질질 끌고 가고 싶진 않으니까."

"……뿐인데."

그녀는 말을 끝맺었다.

"그럼 다 정해진 거지?"

케이타가 길고 피곤한 한숨을 내쉬었다.

"그런 것 같네."

"그럼 됐어. 금방 돌아올게."

에이브히어는 갑자기 숲 속으로 걸어가 버렸다.

진갈색 눈이 라그나를 선 채로 쪼갤 듯이 쏘아보더니 케이타도 동생 반대편으로 또박또박 걸어갔다.

라그나는 비골프의 시선을 느끼고 그에게 일대를 확인하라는 손짓을 했다. 마인하르트는 여행 중에 마실 물을 더 구해 오겠다며 라그나와 이방의 드래곤만 두고 떠났다.

라그나는 이스트랜더를 마주 보았다. 이렇게 낯선 외모의 드래곤이 왕족 공주님과 무슨 관계인지 확실히 알 수가 없었다.

이스트랜더가 입을 열며 은근한 미소를 지었다.

"그 여자 당신을 절대로 용서 안 할 거야, 노스랜더."

한마디 덧붙일 때 그 미소는 더욱 커졌다.

"하지만 그건 당신도 원하는 바겠지."

이스트랜더는 공주 뒤를 따라가려는 듯하다 라그나 앞에 멈추더니 그를 가리키며 물었다.

"거기 바를 연고가 필요하지 않나?"

라그나는 그의 손가락을 접어 가슴에서 밀쳐 버렸다. 다시 자기도 모르게 긁고 있던 그 망할 상처로부터.

"됐어."

이스트랜더가 어깨를 으쓱했다.

"좋으실 대로."

좋으실 대로? 어쨌든 라그나는 적어도 다음 며칠 동안 자기가 좋을 대로 할 수 있을지 의심스러웠다.

"케이타, 기다려."

"가 버려, 렌. 나 혼자 평화를 누릴 수 있게 해 줘."

케이타는 멀지 않은 곳에서 다람쥐 한 마리를 발견하고 입을 벌려 화염을 내뿜으려 했다. 하지만 손이 입을 덮었고, 친구가 고개를 저었다.

"불쌍한 다람쥐에게 화를 풀어야겠어?"

케이타는 그의 손을 찰싹 쳐 냈다.

"너한테 풀고 싶지만, 넌 그래 봤자 재미있어할 뿐이잖아. 나는 무언가 불쌍하게 만들어 주고 싶은 기분인데, 그러면 무슨 소용 있겠어?"

"네가 고통 받고 있다고 해서 남에게 고통을 줘도 되는 권리가 있는 건 아냐."

케이타는 눈을 치켜떴다.

"개똥철학자 나셨네."

"너 내 개똥철학 좋아하잖아."

"내가 바보같이 화내고 있을 때 방해하지만 않으면. 네가 그렇게 합리적인 얘기를 해 버리면 위엄 있게 튀어 나가기가 너무 힘들잖아."

"위엄 있게 튀어 나갈 수 있는 방법은 없어. 그게 법칙이야."

케이타는 웃지 않으려고 입을 앙다물었다. 바로 이래서 렌을 좋아하는 것이다. 상황이 어떻든, 어떤 짜증스럽거나 잔인하거나 끔찍한 일이 있든 간에, 그는 항상 케이타를 웃겨 주었다.

렌이 그녀의 어깨에 팔을 둘렀다.

"내가 가장 친애하는, 세상에서 제일 사랑스러운 케이타."

"'세상에서 제일 사랑스러운'을 붙이는 게 좋더라."

"네가 제일 사랑스러우니까."

"그래서 네가 좋아."

"그럼 정말 마음에 걸리는 게 뭐야, 친구?"

"모르겠어?"

"네 남동생의 현재 목 굵기?"

"아니. 그것도 마음엔 안 들긴 하지만."

케이타는 고개를 뒤로 젖히고 친구를 올려다보았다.

"어째서 저 번개 드래곤들이 내 동생을 다크플레인으로 데려가는지 알고 싶어."

"집에 안전히 도착하는지 확인하기 위해서겠지."

"뭐, 물론 왕족으로서 쟤도 경호가 필요하지. 그건 문제 삼지 않겠어. 하지만 '교활한 자' 라그나가? 번개 드래곤의 현재 수장이? 그리고 부사령관 비골프까지? 마인하르트와 전사 몇 명만 보내도 해결될 일인데."

"네 말뜻을 알겠어. 그럼 너희 어머니가?"

"그럴 가능성이 높지. 그래서 불안한 거야. 어머니가 이족의 드래곤을 아무 이유 없이 받아들일 리 없으니까."

"에이브히어는 대답을 알고 있을 거라 생각해?"

케이타는 미소를 지으며 렌의 뺨을 토닥였다.

"그런 생각을 하다니 참 귀엽네."

렌도 웃었다.

"너무 뻔한 걸 물어보기에 적당한 대상이 아닌가, 우리의 에이브히어는?"

"그럴 리가 있겠어, 그 애는 모든 이를 좋게만 생각하는걸."

케이타는 렌에게서 떨어져서 옷 주름을 폈다.

"직접 대답을 알아내야겠어. 어차피 데벤알트 산으로 돌아갈 때까지는 저 야만족 자식들을 견뎌야만 하니, 되는 한 정보라도 캐내는 편이 낫지."

렌이 한 손가락으로 케이타의 뺨을 쓸면서 놀리는 어조로 말했다.

"너는 괜찮아, 그자를 다시 만났는데도?"

케이타가 피를 흘리는 '교활한 자' 라그나를 혼자 두고 가반아 일의 숲에서 도망쳤을 때 처음으로 찾아간 이가 바로 렌이었다. 주변의 동굴 벽이 흔들리도록 케이타가 분노를 쏟아 낼 때 그 이야기를 다 들어 준 이도 렌이었다. 그리고 케이타에게 아누바일 산으로 가서 인간의 모습으로 있을 때 쓸 수 있는 전투 기술을 훈련받는 게 좋겠다는 제안을 한 것도 렌이었다. 그 상황이 결과적으로 좋지 않았다고 해도 렌의 잘못은 아니었다. 그러나 이 년 전, 솔직히 말하자면 케이타는 약간⋯⋯ 음⋯⋯.

"이젠 그자를 잊었겠지?"

렌이 캐물었다.

"다른 생각할 일이 많아서."

"어떻게 그래? 그저⋯⋯ 흘려보내나?"

케이타는 두 손을 들었다가 다시 떨어뜨렸다.

"할 말이 뭐가 있겠어? 나는 원망을 품고 있기엔 너무 아름답고 자비롭잖아. 게다가⋯⋯."

그녀는 친구의 팔을 잡았다.

"노스랜더에게 화를 내는 건, 우르르 몰려가는 황소나 피를 질질 흘리는 토끼, 아니면 상처 입고 깜짝 놀란 곰에게 화내는 거나 다를 바 없지 않아?"

렌이 케이타를 내려다보았다.

"정말로 동료 드래곤을 멍청하고 생각 없는 동물들에 비유하는 거야?"

노스랜더들이 모여 있는 곳으로 돌아가며 케이타는 더 환한 웃음을 지었다.

"안 될 게 뭐 있어. 그래, 그래서 내가 이렇게 사랑스러운 거야. 그들의 결점에도 '불구하고' 그들을 받아 주니까."

"천둥 신들의 이름으로 말하는데, 케이타 너는 참 너그러워."

"나도 알아!"

5

몇 시간 후, 그들은 아우터플레인의 빽빽한 숲 속에 착륙했다. 케이타가 속속들이 아는 지역이었다. 지나치게 잘 아는 곳. 이모가 조용한 삶을 선택하고 지난 몇백 년 동안 익명으로 살아온 곳이었다. 어머니와 왕궁은 여전히 반역자로 생각하는 이모.

공포가 날카롭게 찌르는 감각에 케이타는 렌을 힐끔 쳐다보았지만, 그는 어깨를 으쓱할 따름이었다.

"우리 오늘 밤에 여기서 야영해?"

꼬마 동생이 따뜻하고 피가 통하는 먹을거리를 찾아 나선 사이 케이타는 라그나에게 물었다. 뱀푸어의 영지를 떠난 이래 처음으로 그와 말을 나누는 것이었다.

"그럴 필요가 없다면 안 하겠지."

"그럼 여기서 잠깐 쉬기만 하는 거야?"

"그래."

케이타는 설명을 더 기다렸으나, 라그나는 그녀를 무시하고 동생과 수군대기 시작했다. 그리고 말을 마치자 걸어가 버렸다.

케이타는 번개 드래곤이 가는 방향이 마음에 들지 않았다. 그녀는 렌에게 몸을 바싹 기대며 한없이 장난스러운 모습으로 자기 꼬리를 그의 꼬리에 감고는 낄낄대고 애교를 부리면서 몸을 숙여 속삭였다.

"저자가 어디로 가는지 보여?"

"그래, 보이는데."

"나 저자를 죽일 거야. 네가 다른 둘을 맡아."

케이타는 라그나를 따라가려 했으나, 렌이 뒤에서 붙들었다.

"아직도 이런 대화를 해야만 해?"

"그럼 뭘 했으면 좋겠어, 살생 금지주의자님?"

"네가 저 큰 머리 대마왕을 붙들고 있어. 내가 나머지 둘을 처리할게."

렌은 케이타의 뺨에 입 맞추고 뒤로 물러섰다. 그는 주변을 돌아다니며 나머지 두 번개 드래곤의 주의를 끌었다. 어렵지 않았다. 그들은 처음 본 순간부터 이미 렌에게 공포에 가까운 감정을 품고 있었으니까. 적어도, 노스랜더가 다 숨기지 못할 만큼은 공포가 느껴졌다. 그들이 아는 것이라고는 렌이 다르다는 사실뿐이었다. 그리고 확실히 이 다른 점에 그들은 불안해하고 있었다.

번개 드래곤들이 쳐다보는 동안, 렌은 작은 언덕을 오르더니 사라져 버렸다.

"망할, 저게 무슨……."

번개 드래곤들이 렌을 찾으려면 한참 걸릴 것이라는 사실을 알고 있는 케이타는 라그나의 뒤를 쫓았다.

다그마 라인홀트, 노스랜더들에게 '야수'로 알려진 그녀는 정오 점검을 하러 개 우리로 들어갔다. 최근에 태어난 새끼들은 잘 자라고 있었고, 그녀가 직접 뽑아 전투 시에는 개들과 함께 싸울 수 있도록 훈련시킨 부하들은 기대보다 훌륭했다.

항상 미리 생각을 해 두는 다그마는 사우스랜드의 여왕과 그 군대를 위해 강한 전투견을 준비할 계획을 세우고 있었다.

다그마는 개들이 먹이를 잘 먹었는지, 다들 건강해 보이는지, 우리에 물은 떨어지지 않았는지 확인했다. 그리고 옆으로 쭉 걸어가며 한 마리 한 마리에게 말을 걸어 달라진 점은 없는지 살피고 훈련을 어떻게 할지 고심했다.

하지만 마지막 우리에 다다랐을 때, 그녀가 옆에 있을 때면 항상 시끄럽게 짖어 대던 개들이 갑자기 조용해졌다. 다그마는 뒷덜미의 털이 오소소 일어나는 기운을 받았다.

잠시 후, 그녀가 말했다.

"안 그랬으면 좋겠는데요."

"뭘?"

다그마는 뒤에 선 신을 마주 보았다. 이제 다그마가 얼마나 귀찮아하든, 그 대화가 얼마나 무의미하든 여러 신이 그녀를 즐겨 찾았다. 하지만 에이리안웬, 인간 여신이자 드래곤 아버지 신 뤼데르크 하일의 반려는 다그마를 자기의 '친구'라고 불렀다. 다그마는 여전히 어떤 신도 숭배하지 않았기에 참 기이한 일이었다. 그들은 너무 귀찮은 존재라서 숭배할 수가 없었다.

"그렇게 슬금슬금 덮치지 말라고요."

"난 신이야, 다그마. 누구도 덮치지 않는다고. 내게 어디든 원하면 나타날 능력이 있다는 게 잘못은 아니잖아."

다그마는 머리를 갸우뚱 기울였다.

"한 팔은 어쨌어요?"

에이르가 자기 왼쪽 어깨를 살폈다.

"아, 이거. 전투 중에 잃었어."

그녀는 오른쪽 어깨를 으쓱했다.

"다시 자라겠지."

"참 잘됐네요."

점심 식사 전에 보기 좋은 광경은 아니었다. 물론 더 심할 수도 있었다. 몇 달 전, 이 신은 머리 반쪽을 잃어버린 채로 나타났었다. 하지만 다그마가 속에 든 것을 다 토해 낸 후에는 아주 즐거운 대화를 나눌 수 있었다.

"그래, 어떻게 지냈어?"

에이르가 물었다.

"좋아요."

"당신네 여왕은?"

다그마는 이 의뭉스러운 여자가 그저 여왕의 안부나 물으려는 게 아님을 알았다.

"잘 지내죠."

"거짓말쟁이."

"내가 그렇다는 건 이미 잘 아실 텐데요."

"정확한 지적이야."

에이르는 똥과 피와 진흙을 지나간 자리에 남기며 걸어왔다. 모습을 보아하니 어디 전쟁터에서 바로 온 듯했다.

"이 점은 명확히 했던 것 같은데, 친구. 당신 여왕은 강해질 필요가 있어."

신이 그런 말을 할 배짱이 있다는 데에 화가 난 다그마는 대꾸했다.

"여왕이 더 강해졌다간 온통 근육, 눈, 칼만 남을걸요."

"육체적인 의미가 아니었어, 알잖아."

"앤널은 최선을 다하고 있어요. 앤널이 자기 아이들을 걱정한다고 비난할 순 없잖아요. 당신 짝이 한 짓을 보면."

"그를 욕하지 마."

"못 할 것도 없죠. 이건 그의 잘못이에요."

"아직도 그를 용서하지 못했군, 그렇지?"

"나를 미노타우루스에게 던져 놓았는데도? 농담이겠죠."

"당신네 인간들은 모든 일을 너무 개인적으로 받아들인단 말이야."

"내가 미노타우루스에게 던져진다면…… 그 말이 맞겠죠."

"좋아, 그런 식으로 해."

다그마 뒤의 문이 열리며, 에이르가 휙 스쳐 지나갔다. 다그마는 그녀를 바라보다가 마침내 물었다.

"난눌프는 어디 있어요?"

이 여신이 충실한 늑대 신 친구를 달고 다니지 않을 때가 있다는 생각은 해 본 적도 없었다.

"처리할 일이 있어서 갔어."

다그마는 팔짱을 끼고 얼굴을 찡그렸다. 그 말의 울림이 여하튼 마음에 들지 않았다.

라그나는 에쉴드의 집으로 향하는 나무 사이를 뚜벅뚜벅 걸어갔다. 이러기는 싫었다. 에쉴드를 다크플레인으로 데려가는 임무를 맡기는 싫었다. 하지만 그는 벌써 계획이 있었다.

애초에, 그는 에쉴드에게 도망가라고 말해 주고 리아논에게는 에쉴드가 집에 없었다고 보고할까 하는 생각도 했다. 그러나 여왕이 그 말을 절대 믿지 않으리라는 느낌이 들었고, 번개 드래곤이 여왕에게 대적할 준비가 되었다는 생각은 아직도 할 수가 없었다. 거기에 더해, 에쉴드가 도망가지 않을 위험도 있었다. 에쉴드에게는 그런 분위기가 있었다. 자기 자리를 굳건히 지키기로 결심한 듯한 느낌. 라그나는 그 점을 존경했다.

그렇다면 다음 선택은 완벽하진 않아도 아무것도 하지 않는 것보다는 나았다. 라그나는 리아논과 사우스랜드 장로들 앞에서 에쉴드를 변호할 작정이었다. 그는 화염 드래곤의 법을 약간은 알고 있었고, 좋은 친구—적어도 아직 친구 사이기를 바랐다—의 도움을 받으면 에쉴드를 보호할 확고한 변론을 세울 수 있으리라 생각했다.

그렇다. 그게 가장 공정하고 논리적인 행동 같았고, 그가 할 일이라고는 에쉴드가 걱정하지 않도록 하는 것뿐이었다. 쉽진 않겠지, 그는 직감했다. 그래도 그녀를 안전히 지키기 위해 뭐든 할 생각이었다. 리아논이 정말로 여동생을 죽이고 싶었다면, 라그나 대신 자기 짝의 일족을 보내서 에쉴드를 끌고 오게 했을 테니까.

자기 결정을 확신하며 라그나는 계속 걸어갔다.

하지만 에쉴드의 집에 이르는 공터 가까이 갔을 때 걸음을 멈추고 말았다. 십 분도 넘게 걸었는데, 아직도……

라그나는 고개를 돌려 어깨 너머를 보았다. 그녀가 그의 등에 매달려 있었다. 엉덩이와 꼬리와 날개가 한쪽 옆구리를 덮고 엇갈린 뒷다리가 다른 쪽 옆구리를 덮었다. 그 상태로 그녀는 금속 줄칼을 써서 앞 발톱을 다듬고 있었다. 콧노래까지 부르면서.

대체 얼마나 오래 매달려 있었던 걸까?

라그나는 자신의 날카로운 감각을 항상 자랑스러워했다. 일 리그 바깥에서 토끼가 코를 움찔하는 소리까지도 듣고, 십 리그 위를 날아다니는 매도 보며, 백 리그 떨어진 곳에 있는 신선한 소떼의 냄새도 맡았다. 그런데 어떻게 이 망할 왕족 공주님이 자기를 짐말처럼 쓰고 있다는 걸 모를 수가 있었을까? 어떻게 이 망할 콧노래를 못 들었을까?

그녀를 떨쳐 내려는 순간, 그녀가 물었다.

"우리 지금 어디 가는 거야?"

"처리할 일이 있어."

"일이라니? 여기 이런 데서? 혼자?"

그녀가 앞발을 들어 발톱을 후 불었다.

"금방 돌아갈 거였으니까."

"그래? 하지만 위험할 수도 있잖아. 내가 도울 수 있는데."

그래, 물론 도우실 수 있겠지.

"당신은 내 형제들에게로 돌아가는 편이 더 좋겠는데."

케이타가 등에서 스르르 떨어졌다. 그녀가 돌아서 앞으로 올 때 꼬리가 한참 동안 그의 몸을 타고 올라갔다.

"라그나 님, 질문 하나 해도 될까요?"

"원하시는 대로."

"당신 날 좋아하지 않아?"

무슨 말을 하자고 이러는 건지 확실히 알 수 없어서 라그나는 간단히 대답했다.

"우리 관계는 이 년 전에 정해졌다고 생각하는데, 공주님."

"하지만 그건 오래전 일이잖아. 이제 다시 친구가 되지 못할 이유는 없겠지."

"친구? 당신과 내가?"

케이타가 앞발로 그의 어깨를 훑다가 가슴으로 내려왔다. 발톱이 그녀의 꼬리가 남긴 상처를 긁었다. 라그나의 한 면은 순전한 앙심으로 타올라 그녀의 발톱을 다 부러뜨리고 싶었다. 그러나 다른 한 면, 더 약한 부분은 눈을 감고 신음하고 싶었다.

"당신이 무슨 생각 하는지 알아."

케이타의 발톱은 이제 그 상처에 집중했다.

"내가 당신에게는 너무 벅차다는 거겠지. 물론 어떤 무리 사이에선 당신 생각이 완전히 맞을 거야. 하지만 나는 아주 진보적인 왕족이라서, 별 볼일 없는 혈통이나 야만적 경향 같은 하찮은 점을 따져 가며 친구를 사귀지는 않거든."

"그 참 마음도 넓네."

"나도 항상 그렇게 생각했어."

케이타가 앞발을 그의 가슴에 댔다. 그 아래 망할 상처가 성을 내며 살아나 쿵쿵 뛰었다.

"난 항상 믿을 수 있는 친구를 만드는 게 더 중요한 일이라고 생각했지."

케이타가 중얼거렸다.

"모든 면에서 그저 나랑 동등하다고 생각하는 친구를 갖는 것보다는, 그게 더 중요하다고."

아니. 그는 할 수 없었다. 이 재미없고 얼빠진 여자와는 더 이상 대화할 수 없었다. 아무리 그의 몸이 그녀를 갈망한다고 해도, 그의 남성이 이제 막 아우성치고 있다고 해도. 이 여자를 참아 내는 건 드래곤이자 노스랜더로서 그의 능력 바깥이었다. 그뿐 아니라…… 대체 이 여자가 지금 꼬리로 뭘 하고 있는 거지?

공주의 꼬리가 가지 말아야 할 곳에 이르기 직전, 라그나는 뒷발로 그것을 쾅 내리쳤다.

"아얏!"

공주가 꼬리를 홱 떼며 그에게서 물러섰다.

"미안. 그거 당신 꼬리였나? 뱀인 줄 알고."

그는 그녀의 팔을 잡고 휙 돌렸다.

"이제 내 형제들에게로 돌아가면……."

"그 손 못 떼, 천한 게!"

"나도 금방 돌아가겠다고 약속하지. 그러면 마음껏 천민과 왕족에 관한 당신의 진보적인 관점을 토론할 수 있을 거야."

그는 그녀를 형제들이 있는 쪽으로 밀쳤다.

"자, 가시지, 공주님. 억지로 보내기……."

하지만 이 미친 공주는 그의 머리에 달라붙더니 떨어지지 않았고, 그 바람에 그의 다음 말은 끊겨 버렸다. 라그나는 살짝 한숨지었다.

"뭐하는 거야?"

"당신이 고분고분해질 때까지 혼내 주고 있는 거지!"

"그런 꼴이 조금도 창피하지 않나?"

"내 손에 죽었을 때 당신이 창피해할 것에 비하면 아무것도 아니지."

라그나는 날개를 잡고 공주를 떼어 내던져 버렸다.

그녀는 데굴데굴 구르며 비명을 질렀지만, 재빨리 발로 땅을 짚었다. 엉터리 공격을 준비하는 자세로 그녀가 웅크렸다.

"케이타 공주, 나는……."

그녀는 그에게 덤벼들어 다시 한 번 그의 머리를 끌어안았다.

솔직히, 라그나에게는 이럴 시간이 없었다. 특히 그녀가 인간 남자들이랑 얼마나 오래 있었을지도 모르는 지하 감옥에 갇혀 있다가 나온 여자치고는 좋은 냄새가 날 때는 도움이 되지 않았다.

그가 다시 그녀를 잡아 되도록 멀리 던져 버리려는 찰나, 옆에서 어떤 목소리가 말했다.

"그 여자는 없어."

라그나는 이스트랜더의 목소리임을 알아챘다. 케이타가 머리를 번쩍 들었다.

"그 여자가 없다니 무슨 뜻이야?"

"그 여자는 거기 없더라고."

이 얼빠진 여자가 라그나의 시선을 끄는 동안, 이스트랜더가 그들 주위를 돌고 있었던 것이다. 라그나는 자기가 속아 넘어갔다는 것을 깨닫고 공주를 떼어 내서 땅바닥에 패대기쳤다.

"아야! 무례한 개자식!"

그녀가 고함쳤다.

라그나는 그녀를 무시하고 이스트랜더를 향해 한 발을 들고는 거센 바람을 일으켜 그를 뒤의 나무까지 날려 보내려 했다. 자신은 그렇게 갖고 놀 상대가 아님을 그에게 똑똑히 알려 주고 싶었다. 하지만 머리에 쓴 모피만 뒤로 날아갔을 뿐, 이스트랜더는 그저 그를 가만히 쳐다볼 뿐이었다.

라그나는 자기가 내보낸 기로 풀, 나뭇잎, 나무가 움직이는 것을 목격했으므로 자기 앞발을 내려다봤다가 다시 공주의 길동무를 올려다보았다.

이스트랜더가 지루함에 가까운 나른한 목소리로 말했다.

"아. 내가 그걸 맞고 팔을 막 허우적거리면서 뒤로 나가떨어졌어야 했나? 미안. 다음에는 기억해 두지."

공주는 그 말에 키득거렸지만, 라그나가 매서운 눈초리를 보내자 조용해졌다. 비웃음당했다고 언짢은 것이 아니었다. 이 드래곤에게서 나오는 힘을 감지할 수 없어서 언짢았다. 라그나는 그제야 이 이스트랜더가 그런 힘을 가졌음을 깨달았다. 그간 잘 숨겨 왔기 때문에 알지 못했다. 공주는 감을 잡고 있었던 걸까? 그렇다면 어째서 현자가 이렇게 얼빠진 여자와 함께 다니며 시간을 낭비하고 있을까? 이렇게도 쓸모없는 여자와? 이렇게 예쁜 여자…… 잠깐. 멍청하다고 말하려고 했던 건데. 예쁘다가 아니라. 대체 어디서 예쁘다는 말이 나온 거지?

이스트랜더는 그의 주위를 돌아 여전히 격분해 있는 공주가 일어설 수 있게 도왔다.

"괜찮아?"

"괜찮지 않아."

그녀가 불평했다.

"저 야만족 자식이 나를 공격했어. 그러는 와중에 바위에 엉덩이를 긁혔다고."

그녀는 다친 부위를 보려고 했지만, 빙글빙글 돌 따름이었다.

"네 이모는 사라졌어, 케이타. 내기해도 좋은데 한참은 된 것 같아."

"그럴 리 없어. 에쉴드는 시내에 나갈 때 빼고 집을 비우는 일이 없어."

케이타는 엉덩이를 보겠다는 시도를 그만두고 대신 슬슬 문지르는 쪽을 택했다.

"그거야 네 생각이지. 이모를 매일 보는 것도 아니잖아."

한순간 후회가 스쳐 가며 그녀의 어깨가 약간 처졌지만, 갈색 눈은 라그나를 쏘아보았다.

"내 이모에게 무슨 볼일이지, 라그나?"

"그런 질문은 당신 어머니에게나 해. 나를 여기 보낸 건 당신 어머니니까."

괴로운 한순간, 라그나는 공주를 한 대 때린 듯한 기분이 들었다. 그녀는 너무나 충격을 받은 모습이었다. 자기 말이 그런 반응을 일으킬 줄 알았더라면 그는 아무 말도 하지 않았을 것이다.

"내 어머니가? 내 어머니가 당신을 여기로 보내? 이모를 죽이라고?"

"나는 암살자가 아니야, 레이디 케이타. 그저 당신 이모를 당신 남동생과 함께 여왕에게 돌려보내기로 되어 있었을 뿐. 당신 어머니가 뭘 하려는지는 전혀 모른다고."

"그래도 동의했잖아?"

"내가 안 하면 당신 아버지 일족이 했을 거야. 난 에쉴드가 나랑 함께 있는 편이 더 안전할 거라고 판단했고."

이스트랜더가 공주를 쳐다보았다.

"저 친구 말이 맞아, 케이타."

케이타는 이모의 집으로 향했다. 걸어가는 도중 인간 형태로 변신해서 문을 벌컥 열었다. 이모의 기척이나 갔을 법한 곳의 흔적을 찾아 그녀는 재빨리 방을 훑어보고 뒷문으로 해서 정원으로 나갔다.

"여기 없다고 했잖아, 케이타."

"그럼 어디 있는데?"

"몰라. 하지만 떠난 지 한참 됐어."

"어떻게 알아?"

"모든 물건에 고운 먼지가 한 겹 덮여 있잖아. 그리고 그 여자의 전체적 존재가 이곳으로부터 희미해져 가고 있어."

케이타는 렌에게 등을 대고 한 손으로 배를 누르면서 물었다.

"이모 죽은 거야?"

"모르겠어. 하지만 죽었다고 해도 여기서 죽은 건 아냐."

렌의 직감은 절대로 틀리는 법이 없었고, 그는 케이타에게 거짓말하지 않았다. 누군가 이모를 죽였다면 렌이 알아채서 말해 줬을 것이다.

"잡혀간 걸까?"

"그런 느낌도 없어. 여긴 깨끗해. 막 떠난 것처럼."

케이타는 렌을 마주 보았다.

"그럼 어디로 간 건데?"

"모르겠어. 하지만 뭔가 잘못되었다는 증거도 없어."

"이모가 여기 있다는 걸 어머니가 알고 있었다는 것 말고는."

"네 어머니는 많은 것을 알고 계시지. 그중 오분의 일이라도 행동을 취하실까는 모르겠지만."

"하지만 이건 반역자 에쉴드야."

"여왕이 번개 드래곤을 보내 데려오게 한 상대야."

"어쩌면 이모가 여행에서 살아남지 못하길 바랐을 수도 있어."

"그랬다면 네 아버지의 일족을 보냈겠지. 그들의 충성심은 의심의 여지가 없으니까. 하지만 명예심은 약간 미심쩍고."

"내가 지금 별것 아닌 일로 걱정한다는 거야?"

"네가 걱정하는 일 자체가 별로 없잖아, 친구. 그리고 걱정을 한다면 별것도 아닌 일로 하는 법은 없지. 하지만 이 시점에서 뭘 할 수 있는지는 모르겠다."

"이모를 추적하면?"

"그러면 네 어머니가 이모의 소재를 확실히 알게 될 텐데?"

그의 말이 맞았다. 여느 때처럼.

"그럼 나보고 뭘 하라는 거야?"

"집에 가."

케이타가 코웃음을 치자, 그가 덧붙였다.

"집에 가지 않으면 네 어머니가 무슨 일을 꾸미는지 결코 알아내지 못할걸."

"어머니가 순순히 말해 주겠어?"

"그럴 리는 없겠지. 하지만 네 오빠들은 알고 있다면 말해 줄걸. 그들의 짝이나 궁정에 있는 친구들이라도. 정보를 얻는 방법을 모르는 척하지는 마, 레이디 케이타."

케이타는 미소를 지으며 뒤꿈치를 늘고 서서 두 팔을 렌의 목에 감았다.

"어째서 내 친애하는 친구는 나보고 내 어머니의 궁정에서 스파이 노릇을 하라는 걸까?"

"네가 그런 걸 다 제안한다면 나는 기가 막히겠지."

둘은 함께 웃다가 렌이 문을 손짓으로 가리켰다.

"나가자. 데벤알트 산으로 빨리 돌아갈수록 네 동생의 야만족 경호단을 더 빨리 떨쳐 버릴 수 있을 테니까."

그 생각에 케이타는 뛰다시피 문으로 달려갔다.

에쉴드의 집 밖으로 발을 내디딘 그녀는 문간에 서서 야만족을 찬찬히 살폈다. 라그나는 이모의 집 한가운데 서 있었다. 항상 지니고 다니는 여행 가방을 제외하고는 알몸인 채였다. 거대하고 근육이 발달된 인간 형태로 변신한 그는 무척 맛있어 보였고 끔찍할 만큼 순진해 보이기도 했다. 지나치게 순진했다.

"뭐하는 거야?"

케이타가 물었다.

"아무것도 안 해."

라그나의 시선이 천천히 그녀에게 와 박혔다. 평생처럼 느껴지는 순간 동안 둘은 서로를 바라보았다. 그는 거짓말을 하고 있었다. 케이타는 그가 거짓말을 하고 있다는 것을 알았다. 하지만 증거가 없었다.

"갈 준비가 됐어?"

렌이 물었다.

"그래, 준비됐어."

그녀가 한참 만에 대답했다.

렌이 먼저 걸어 나가고 라그나가 그의 뒤를 따랐다. 숨을 내쉬며 케이타도 뒤를 이었다. 하지만 그녀는 집을 반쯤 빠져나가다 말고 멈춰 서서 눈으로 재빨리 방 안을 훑었다. 뭔가 빠졌다는 기분이 들었다. 하지만 처음부터 없었던 건지, 라그나가 에쉴드의 집에 혼자 있는 사이에 없어진 건지는 알 수 없었다.

라그나를 딱 꼬집어 비난할 수도 없어서 ─그 때문에 무척 짜증이 났지만─ 케이타는 밖으로 나와 원래의 형체로 변신했다. 말없이 그들은 일행에게로 돌아갔다.

남아 있던 야만족 둘은 그때까지도 렌이 사라진 돌벽을 두드리고 있었다. 렌은 어깨를 들썩이며 돌아섰지만, 라그나는 대체 형제들이 무엇을 하는지 짐작하려 하며 그 꼴을 바라보았다. 케이타가 남동생을 보고 눈썹을 치켰지만, 에이브히어도 어깨만 으쓱했을 뿐이다.

맙소사, 신들이여. 적어도 케이타는 며칠은 더 이렇게 지내야 했다. 다만 어머니를 다시 봐야 한다는 두려움이 이런 멍청이들과 함께 붙어 있어야 하는 답답함보다 더 클 뿐이었다.

6

그날 밤은 느지막이 해안 가까이에서 야영했다. 그들은 바다를 등진 채 강이 육지를 가르고 근처에 작은 호수가 있는 지역에 멈췄다.

비골프와 마인하르트는 다음 몇 시간은 안전할지 확인하려고 그 지역을 정찰하러 나갔고, 그동안 에이브히어는 장작을 모으면서 계속 지껄여 댔다. 대부분은 혼잣말이었다.

"기운이 다 빠졌네."

렌이 말했다.

직접적으로 자기한테 한 말은 아니었으나, 그래도 라그나는 어깨 너머로 돌아보았다. 이스트랜드 드래곤이 앞발로 공주의 뺨을 쓰다듬는 모습이 보였다. 라그나는 아무래도 그 둘의 관계를 이해할 수가 없었다. 사귀나? 사귀지 않나? 뭐지?

"그래."

공주가 하품을 누르며 말했다.

"그 끔찍한 지하 감옥에서 잠을 자려고 했는데, 사방에서 흑흑 흐느끼고 신들을 불러 대며 살려 달라고 애걸하는 통에……. 솔 직히 어떤 남자가 '나를 이 짐승에게서 구해 주십시오, 하늘에 계 신 신들이시여. 이 짐승에게서 구해 주시기만 하면 저는 모든 죄 를 회개하겠나이다.'라고 얼마나 많이 읊어 댔는 줄 알아? 뭐, 내 가 그 사람을 먹어 버릴까 생각 안 했던 건 아니지만. 적어도 그 개는 최근에 씻겼더라고."

그녀는 코를 약간 찡그렸다.

"난 아무거나 먹을 순 없어, 너도 알잖아."

"좋은 지적이야."

"하지만 인정은 해야겠네. 배가 고파."

"내가 뭔가 가져올게!"

에이브히어가 벌써 화염을 내뿜어 피워 놓은 모닥불 근처에 장작을 내려놓으며 나섰다. 누이가 같이 가겠다고 한 이후로 그 는 참을 수 없이 좋은 기분이었다.

케이타가 두 발을 맞잡았다.

"그렇게 해 줄래?"

얼마나 다정하게 묻던지 라그나는 뒤쪽 송곳니가 저릴 지경이 었다.

"저기서 영양 같은 것들을 본 거 같아."

케이타가 가리키자 동생이 튀어 갔다.

공주와 그녀의…… 정체모를 남자와 같이 남았다는 것을 깨닫자 라그나는 근처의 강가로 향했다. 바보 같은 대화를 더 참아 줄 마음도, 인내심도 없었다. 개의 꼬리를 먹는 게 에티켓에 맞는지 아닌지 하는 커플의 대화를 듣고 있는 건 드래곤이 참아 내야만 하는 일 이상은 아니었기 때문에…….

라그나는 모래톱으로 걸어가 발에 밀려왔다 밀려가는 파도를 맞으며 저 먼 곳을 바라보았다. 마음이 침착해지고 땅의 일부가 된 기분이 들자, 눈을 감고 마음을 풀었다.

그는 그런 힘을 사용하는 자들을 모두 연결해 주는 마법의 선을 찾았다. 그중에는 드래곤 퀸처럼 무척 강력한 자들이 있어서 더 약한 마녀나 마술사가 그들의 존재를 감지하는 걸 자기 뜻대로 막을 수 있었다. 그러나 라그나는 강력한 기술을 가지고 있고, 어머니의 축복과 희생 덕에 힘도 강력했다. 그는 기술을 사용해서 리아논 여왕이 그를 감지하지 못하도록 피해 갔다. 쉬운 일은 아니었다. 여왕은 이 시간에는 깨어 있어 힘을 불러 모으곤 했다.

일단 성공적으로 여왕을 피한 후, 라그나는 천천히 여유를 갖고 에쉴드를 찾았다. 리아논이 그랬듯 라그나가 처음에 여왕의 자매를 찾아낸 것도 이 선을 통해서였지만, 그날 밤에는 아무것도 없었다. 그는 에쉴드에게 무슨 일이 생겼다는 생각이 싫었다. 에쉴드가 머리가 날아가고 앞다리, 뒷다리 혹은 날개가 잘려 나갈 무슨 일을 하고 있을지 모른다는 생각은 더 싫었다. 지금은 위험한 시기이고 위험에서 떨어져 있는 것이 모든 이가 수행해야 할 과업이었지만, 특히 아우터플레인에 혼자 사는 이에게는 필수적인 일이었다. 현재 사우스랜드 드래곤 퀸이 적으로 여기고 있으니까.

무익한 탐색을 조금 해 보다가 라그나는 에쉴드를 찾을 수 없다는 사실을 받아들였다. 적어도 지금 당장은 찾을 수 없었다.

실망한 그는 주위를 감싸던 에너지를 도로 바다로 풀어 보내고 눈을 떴다. 그때 자기 코앞에서 흔들리는 앞발을 보았다.

그는 다시 눈을 감고 물었다.

"뭐하고 있어?"

"아, 돌아왔네."

"어디 간 적도 없는데."

"그래. 하지만 여기 있었던 것도 아니잖아."

라그나는 눈을 떴다.

"뭐 원하는 게 있으신가, 공주?"

"질문이 있어."

"좀 기다렸다가 하면 안 되나? 하루가 길었잖아. 난 피곤해."

"물론 당신 말이 맞아. 아침에 얘기할 수도 있지."

라그나는 그녀가 떠나는 모습을 보았지만 그가 질문에 대답해 주지 않는다면 그녀가 잠을 못 이루리라는 것을 감지했다. 앞으로 힘든 여행길이 남아 있었으므로 ―그리고 그 길에서 그녀가 자기 등에 업혀 발톱을 갈기를 원치 않았으므로― 그는 물었다.

"에쉴드에 대한 건가?"

케이타가 발을 멈추었다. 그녀의 꼬리가 모래 위에 무늬를 남겼다.

"그렇다면?"

"그럼 빨리 물어보든가."

그녀가 어깨 너머로 그를 쳐다보았다.

"이모랑 어떻게 아는 사이야?"

라그나의 눈이 사시처럼 모아질 뻔했다. 어째서 계속 그녀에게 더 많은 것을 기대하는 걸까? 하지만 적어도 그녀는 이모에게 충실한 듯 보였다. 에쉴드를 도로 다크플레인으로 데려오려면 친구들이 필요하리라. 라그나는 여왕이 자기 여동생을 찾을 때까지 결코 포기하지 않으리라는 것을 알았다.

"더 분명히 해 둘까, 공주. 질문을 빨리 하고 멍청한 소리는 하지 말도록 해."

"좋아."

케이타가 그의 옆으로 돌아왔다.

"이모랑 잤어?"

라그나는 움찔했다.

"멍청한 질문을 계속하는 거 같은데."

"이모랑 잤다면 멍청한 질문이 아니겠지. 그렇다면 당신 연인을 배신하는 걸 테니까."

"내 연인이 아니야."

"지금은?"

"한 번도."

공주가 눈을 가늘게 뜨며 주저앉았다.

"어째서 어머니가 당신을 골랐을까?"

"나도 몰라."

"이모를 어떻게 하실 작정이래?"

"나도 모르지."

"당신이 아는 게 뭐야?"

"수도 없이 많은 것들을 알고 있긴 해. 하지만 당신 어머니 의중은 그중에 끼어 있지 않군."

성난 발톱이 백사장을 톡톡 두드렸다.

"어머니에게 이모가 어디 있는지 왜 말하지 않았지?"

라그나가 물었다.

"이모는 어머니가 할머니의 생명을 빼낸 후에 자기라도 살아남으려고 도망간 거 말고는 반역자라는 오명을 얻거나 유지할 만한 어떤 짓도 하지 않았어. 그 당시에는 탈출이 가장 현명한 방법이었을 테고."

"확실해?"

"무슨 뜻이야?"

라그나는 옆에 놓인 여행 가방을 들어 공주 앞에 놓았다.

"안을 들여다봐."

케이타가 꼬리를 써서 조심스레 가방을 열고 머리를 낮추어 안을 들여다보았다. 보통 때라면 그런 행동에 모욕당한 기분이 들었겠지만, 라그나는 진실을 알고 있었다.

"오빠들이 있다는 걸 좀 덜 티 낼 수 없나?"

"내 형제자매 사이에선, 확인해 보지 않고 가방을 열었다간 독이 있는 바다뱀이랑 떡하니 맞닥뜨리게 될걸. 걔네가 물면 얼마나 아픈지 당신도 알잖아."

기어 다니거나 가방에서 확 튀어나오는 게 없자, 케이타는 앞발로 가방을 들고 안을 뒤적거렸다.

"고작 이 정도 두루마리 가지고 가방이 복잡해지겠어? 그래, 비꼬는 거야."

케이타는 잠시 말을 멈추고 가방에서 로브 하나를 꺼냈다.

"수사복? 농담해?"

"순진한 귀족의 따님? 농담해?"

그가 맞받아쳤다.

"요점은 알겠어."

그녀는 로브를 도로 가방에 쑤셔 넣고 계속 뒤졌다.

"오, 반짝거리기도 해라."

라그나는 왕족 아가씨가 가방 밑바닥에서 목걸이를 꺼내 드는 모습을 뚫어져라 보았다. 그녀의 시선이 목걸이에서 라그나에게로 옮겨 왔다.

"혼자 있을 땐 여기 어울리는 드레스를 입고 예쁜 분홍 슬리퍼도 신고 그래?"

"당신 이모 집에 있던 거야, 침대 위에."

"노스랜드 드래곤들은 드래곤의 단 하나밖에 없는 보석을 훔칠 만큼 가난한가 보지?"

"무슨 양식인지 못 알아보겠어?"

케이타는 목걸이를 찬찬히 살폈지만 결국 어깨만 으쓱했다.

"이런 걸 양식이라고 해도 어느 동네 어느 시장이나······."

"그런 건 모조품들이야. 조잡하고 싸구려로 만들어졌지. 하지만 이건 아냐."

라그나는 목걸이를 들어 뒤집었다.

"제조자 이름이 새겨져 있잖아. 푸치누스."

"그 사람이 만든 작품은 잘 모르겠는데."

"놀랄 일도 아니지. 유일한 상점이 퀸틸리안 독립 구역의 심장부에 있으니까."

왕족 아가씨는 눈만 깜박거렸다.

"그래서?"

라그나는 목걸이를 도로 건넸다.

"그 독립 구역에 마지막으로 들어간 게 언젠가, 공주? 어머니가 내가 모르는 강철 드래곤들과 동맹을 맺었나?"

"그럼 당신 말뜻은 에쉴드가······. 그럴 리가····· 그랬을 리가 없는데······."

케이타의 발톱이 목걸이를 꽉 움켜쥐었다.

"어머니에게 이걸 보여 줘선 안 돼."

"내가 말하지 않으면 당신이 어떤 위험에 처할지 알고 있나?"

"어머니를 대할 땐 어떤 위험이 올지 항상 알고 있지."

"그렇지만 이 사실을 숨기겠다? 어쩌면 우리가 가진 유일한 단서일지도 모르는데?"

"어쩌면 단서겠지. 하지만 내 어머니는 이걸 보자마자 섣불리 결론을 내려 버릴 거야. 언제나 그러니까. 신들에게 맹세코, 그러고도 남지."

"하지만 지금 에쉴드를 보호하는 건……."

"이모를 보호하겠다고는 안 했어. 진짜 증거를 원할 뿐이야. 이 목걸이는 독립 구역에서 밀수한 건지도 모르잖아. 그런 일이 처음도 아니고 마지막도 아닐걸. 에쉴드가 이걸 발견해서 산 걸 수도 있어. 누가 주었을 수도 있지. 그런 모든 가능성이 있는데, 어머니가 이걸 보기만 하면 찾아낼 기회는 다 사라져. 그러니까 다시 말하는데, 이걸 어머니에게 보여 줘서는 안 돼."

라그나는 그녀의 말 혹은 확신에 의심이 가지 않는다는 사실에 자기도 놀랐다. 하지만 그 이유는 궁금했다. 그녀는 이모를 그렇게나 사랑했던가? 아니면 어머니가 더 싫기 때문인가?

"만약 에쉴드가 당신을 배신하면 어쩌려고?"

"라그나, 나를 배신하는 것과 내 어머니를 배신하는 건 별개 문제야."

케이타가 한 발 다가섰다.

"하지만 에쉴드가 왕좌를 배신했다는 증거를 찾아내면…… 절대로 빠져나가지 못할 만큼 큰 문제를 겪게 해 줄 거야."

"왕좌가 바로 당신 어머니 아닌가?"

"아니, 내 어머니는 여왕이지. 하지만 왕좌는 백성의 것이야. 왕좌를 배신하는 건 우리 모두를 배신하는 짓이지."

"에쉴드가 만약 그랬다면……?"

"그럼 자기 목숨을 내놓아야지."

라그나는 얼굴을 찡그렸다.

"당신에겐 그게 그렇게 쉬워?"

"물론 그렇지 않아. 하지만 왕좌는 지켜야만 해."

케이타는 앞발로 움켜쥔 목걸이를 자세히 살폈다.

"근사한 물건이네."

"그래. 독립 구역에 가 본 적 있나?"

케이타가 웃었다.

"어째서 내가 그런 미친 짓을 해야 해?"

"당신, 내 아버지가 통치하던 시절에 노스랜드에 있었잖아. 그거야말로 아주 미친 짓 아니었나? 별로 차이를 모르겠는데."

"모르겠지. 노스랜드에서 잡히는 건 강제 짝짓기를 의미할지도 몰라. 그거야 물론 불쾌하겠지, 라그나. 하지만 적어도 살아는 있잖아. 하지만 독립 구역에서 잡힌다는 건 십자가에 못 박힌다는 거야. 십자가에 못 박히면 죽을 거고. 죽으면 할 수 있는 일이 별로 없잖아? 게다가……"

케이타가 코를 찡그렸다.

"십자가에 못 박히면 빨리 죽지도 않는다던데. 특히 드래곤은 말이야."

라그나는 다시 앞에 있는 광활한 바다를 향했다.

"빨리 죽지 않지. 비명도 지르고 피도 철철 흘리고 사람들이 마구 환호할걸. 아주 불쾌할 거야."

케이타가 돌아와서 그를 쳐다보았다.

"본 적 있나 보네."

"난 본 게 아주 많아."

"독립 구역에서 십자가형을 본 적이 있나 보다는 뜻이야."

"본 적 있지."

"어째서 위험하게 거기까지 갔어? 강철 드래곤은 번개 드래곤을 혐오한다고 들었는데."

"혐오하더군. 하지만 본 적 없는 적과 싸우는 건 힘들잖아."

"그들이 당신네들을 혐오한다는 말은 들었지만, 당신네 적이라는 말은 들은 적 없는데."

"그들이 적인지는 모르지만, 독립 구역이 전쟁에 대비하고 있다는 말은 수년간 들어 왔으니까."

케이타는 코웃음을 치더니 고개를 저으며 바다 너머를 바라보았다.

"친애하는 라그나, 독립 구역은 항상 전쟁을 대비해 왔어. 그러니 딱히 특별하게 여겨지지도 않는데."

그녀가 살며시 미소를 지으며 그를 쳐다보았다.

"내가 알기로, 그자들은 아무나 죽여."

"신들이여, 맙소사. 렌, 독립 구역? 이모가 그들과 관련이 있다면 난 도울 수 없어. 아무도 도울 수 없을 거야."

'선택된 왕조'의 렌은 친구이자 길동무가 호수 너머를 아득히 바라보는 모습을 쳐다보았다. 그들은 에이브히어가 잡아 온 고기가 요리되기를 기다리며 호수에서 느긋이 쉬고 있었다.

"겁부터 내기 전에……."

"겁내는 거 아냐."

"뭘 찾을 수 있을지부터 알아보자. 앞으로 이틀 후에는 어쨌든 페넬라를 지나게 될 테니 거기 잠깐 들르지. 목걸이를 감정해 줄 사람을 알아. 입 헤벌린 저 야만족보다는 그자를 더 금방 신뢰할 수 있을걸."

케이타가 큭큭 웃었다.

"그리고 고를라스를 찾아가 볼 수 있을 거야. 뭔가를 아는 이가 있다면……."

"바로 고를라스겠지."

렌도 그들의 옛 친구이자 멘토의 범위가 사우스랜드에 국한되지 않는다는 것을 알고 있었으므로 동의했다. 이 요정은 어디에나 연줄이 있었고 모든 이에 대해서 알고 있었다. 그도 그 사실을 자랑스러워했다.

"하지만 이제 네 이모 걱정은 그만했으면 좋겠다. 이 순간에 네가 할 수 있는 일은 없어."

"그렇겠지."

자신이 통제할 수 없는 일에 집착하는 것이 케이타의 나쁜 버릇임을 잘 알기에 렌은 그렇게 놔두고 싶지 않았다. 그는 그녀의 손에서 와인 잔을 빼앗아 단단히 다진 땅에 내려놓았다. 그리고 자기 머리카락을 가리키며 그녀를 등졌다.

"내 머리카락을 시원하게 좀 만져 줄래, 징징대지 말고."

"난 하녀가 아냐, 이스트랜더."

"하지만 내 사랑스럽고 다정한 오랜 친구처럼 이걸 잘하는 이도 없지."

렌은 어깨 너머로 친구를 돌아보며 눈을 깜박였다.

"한심하다니까."

그녀는 그의 무릎에 앉아서까지 굳이 그 사실을 깨쳐 주고는 머리에서 온갖 먼지와 때를 문질러 떼어 냈다.

"사실이지만, 난 내 약점을 받아들이는 법을 배웠지. 너도 그래야 해."

렌은 호사스럽게 한숨을 내쉬고는 머리를 약간 더 뒤로 기울였다.

"우리가 다크플레인으로 돌아가면 네 사촌부터 처리해야 할지 모르겠다는 사실을 경고해 둬야 할 것 같더라고."

"좀 더 구체적으로 말해 줘야 하지 않을까. 가반아일에서 잔치가 열린다면 내가 처리해야 할 사촌이 한둘이 아닐 텐데."

렌이 웃었다.

"좋은 지적. 하지만 내가 구체적으로 말하는 이는, 음…… 엘레스트렌이야."

"아."

드래곤워리어의 훈련지가 있는 아누바일 산에서 보낸 마지막 며칠은 덧없이 흘러가는 케이타의 기억 속에서도 굳건히 아로새겨져 있음을 렌은 알았다. 무장하지 않고 전투 훈련을 받은 몇 달은 꼭 필요했던 시간이었지만, 그건 노스랜더의 손아귀에 있을 때 느꼈던 무력함을 극복하기 위해서만 필요했을 뿐이다.

"아직도 그건 내 잘못이 아니었다고 말할 수 있어."

케이타가 말을 이었다. 그녀는 아버지의 긴급한 요청으로 렌이 그녀를 데리러 온 날부터 똑같은 점을 우기고 있었다. 머리 상처에서 피를 흘리고 부러진 팔뚝을 치료하면서도, 케이타는 지금 하는 말을 계속 반복했다.

"그건 사고였어. 자기방어였다고. 걔는 자기 말고 다른 누구도 비난할 수 없어. 게다가 몇 번이나 말해야 해? 왕가의 후손인 내가 사과를 했다는 사실만으로 충분한 거야. 여러 번 사과를 했을 뿐더러 그 징징대는 계집에게 눈이 있던 자리에 난 구멍을 덮으라고 아주 예쁘고 세련된 안대도 보내 줬는데도 무시하고! 내 마음으로는 필요 이상으로 했다고. 네 생각은 달라?"

렌은 입을 꾹 다물었지만, 최선을 다해 억제했는데도 코웃음이 피식 나오더니 웃음을 터뜨리고 말았다. 케이타의 팔이 그의 어깨 위로 떨어지고 뺨이 그에게 닿는가 싶더니 그녀도 같이 웃음을 터뜨렸다. 그들은 눈물이 나올 때까지 웃었다. 더 이상 외롭지 않다는 것을 알 때까지.

노스랜드의 드래곤 군주가 드래곤 형태로 몇십 걸음 떨어진 자리에 서서 찡그린 표정으로 그들을 바라보았다. 렌은 저 번개 드래곤이 혼란스러워한다는 것을 알았다. 그는 그들의 관계를 이해하지 못했고, 렌은 그 점이 재미있었다. 저 드래곤이 혼란스러워하는 감정에 별로 익숙하지 않다는 느낌이 들었다.

"뭐 필요한 거 있어, 전쟁 군주님?"

케이타가 눈물을 닦으며 물었다.

"식사가 준비됐어."

그렇게 대답한 라그나는 그들을 가리키며 다시 입을 열었다.

"당신들 둘…… 그러니까 내 말은…… 당신들…….."

그는 말을 끊고 눈을 잠깐 감았다 떴다.

"됐어."

그들은 그가 야영지로 되돌아가는 모습을 지켜보았다. 렌이 케이타의 두 팔을 잡고 바라보았다.

"저 친구 자기에게 아주 오금을 못 펴는데?"

케이타가 얼굴을 찡그렸다.

"그렇게 생각해?"

"넌 모르겠어?"

"주로 나를 째려보기만 할 뿐이라서. 그리고 이제까지 만난 여자 중에서 내가 제일 멍청한 여자인 것처럼 말해. 날 좋아하는 것 같지 않은데."

"그 점은 반박하고 싶지 않다, 친구. 하지만 그렇다고 해서 저자가 너에게 딴마음을 품지 않았다는 뜻은 아니지."

그 순간 에쉴드에 대한 정보를 더 찾아낼 때까지 친구의 마음을 딴 데로 돌릴 방법을 찾았다는 생각이 렌의 머리를 스쳤다.

"하지만 네가 저 친구를 잡을 수 있을까 모르겠는데."

"뭐, 하려면 하지."

"정말?"

"남자들은 다 똑같아, 렌. 아래만 잡고 끌고 가면 머리는 멍청하게 따라온다고."

"얼마나 걸래, 허풍쟁이 공주님? 그렇게 자신만만하시다면."

"웃겨. 남자에 관련된 내기 중에 이게 가장 쉽겠다."

"저 드래곤은 보통 남자가 아냐. 자기평가가 높은 자라서 재미를 본다거나 불필요하게 여자랑 놀아난다거나 하는 짓은 스스로 허락하지 않을걸. 중요한 할 일이 많잖아, 중요한 드래곤들이랑. 하지만 넌 아니지. 물론 그의 평가로 그렇다는 거야, 내 생각이 그렇다는 게 아니라."

케이타는 웃어 버렸다.

"그래, 두고 볼까……."

그녀는 턱을 톡톡 두드리다 하늘을 올려다보았다.

"네가 가진 그 황금 의자는 어때?"

"내 골동품 왕좌? 그거 내가 동굴 속에서 파내느라 몇 달이나 걸린 거야. 무게만 적어도 오백 킬로그램은 나갈 거고."

"배송비도 포함해 줘."

"네가 지면 난 뭘 갖지?"

"그런 일은 일어나지 않겠지만……."

케이타가 입술을 꾹 다물고 생각에 잠겼다.

"마법 주문을 건 그 칼은 어때, 네가 갖고 싶다던?"

"말로우크의 검?"

케이타는 어깨만 으쓱했다.

"거짓말쟁이 계집애! 나한테는 잃어버렸다며!"

"아냐, 내가 한 말은 '여기 어딘가 있을 텐데…… 아마도 그럴걸.'이었지."

"넌 정말 세상에서 제일가는 사기꾼이야……."

렌이 고개를 쳐들며 콧구멍을 벌름거렸다.

"냄새 나?"

케이타도 코를 들고 킁킁거리다 깊이 숨을 들이마셨다.

"에이브히어가 요리한 고기네."

그녀는 한숨을 지었다.

"에이브히어가 요리한 고기라."

그도 따라 했다.

그들은 서로를 밀며 물 밖으로 걸어 나왔다. 처음에는 인간 형태였지만 곧이어 드래곤 형태로 변신하여 에이브히어가 준비한 맛있는 식사 자리에 먼저 가기 위해 서로 밀치며 달렸다.

검劍은 등이나 허리에 둘러맸다. 전투 도끼와 활은 안장에 묶었다. 말을 닮았지만 구부러진 뿔과 붉은 눈을 가진 짐승들이 발길을 재촉하며 얼음으로 덮인 땅을 긁었다. 옆에서 같이 여행할 애완동물들은 휘파람을 불거나 고함을 질러 불러 모았다. 한때는 인간이었던 존재들은 우리에서 데려와 목에 목걸이를 걸었다. 그들은 열정 넘치는 개처럼 네발로 걸으며 길을 안내했다. 그들의 의지는 벌써 오래전, 두려워해야 한다고 생각도 해 보지 않은 자들에게 도전했을 때 꺾이고 말았다.

끊이지 않는 얼음 폭풍이 몰아쳤지만 그들 부류에게는 문제가 되지 않았다. 그들은 위대한 신이 내린 임무를 수행 중이었으므로. 그들이 숭배하는 신은 몇 되지 않았지만 모두에게 존경을 받았다. 그들이 임무를 부여받으면 그 무엇도, 절대로 아무것도 그들이 끝까지 임무를 마치지 못하도록 막을 수는 없었으니까.

짐승 위에 올라타고 충성스러운 애완동물, 네발로 뛰는 인간들을 대동한 그들은 아이스랜드 요새의 문이 열리자 지옥에서 나타난 악마들처럼 수상한 점 하나 없는 땅 위로 풀려 나갔다. 그들은 신들의 명령을 따랐다. 그것이 그 길에 나선 자들 모두의 죽음을 의미한다 할지라도.

거대한 말발굽이 바위처럼 단단한 얼음 땅을 내딛는 소리가 귓가에 아직도 선명히 울리는 가운데 케이타는 잠에서 깨어났다. '교활한 자' 라그나가 그녀를 내려다보고 있었다. 그녀는 놀라 비명을 지르며 외쳤다.

"악마가 지옥에서 일어나 나를 죽이러 와!"

그가 얼굴을 찡그렸지만 분노보다는 당혹감 때문인 듯했다. 케이타는 돌아누우며 뒤에 있는 비늘로 덮인 가슴에 머리를 묻었다. 렌이 털이 가득 덮인 앞발로 그녀의 등을 쓰다듬었다.

"자, 자, 꼬마 아가씨. 두려워할 건 없어. 네가 사랑하는 모든 걸 부숴 버리려는 음모를 품은 무서운 노스랜드 드래곤 하나일 뿐이야."

케이타는 몸을 부들부들 떨면서 누구나 들을 수 있도록 큰 소리로 속삭였다.

"저자가 나한테 겁을 줘. 쫓아 버려."

"훠이! 훠이!"

렌이 케이타를 가슴에 더 가까이 끌어당기며 외쳤다. 목구멍에서 터져 나오는 웃음을 막기 위함이었다.

"오 분 후에 출발이다."

"준비하지."

렌은 대답했다. 그리고 번개 드래곤이 일족에게 명령을 외치며 쿵쿵 걸어가 버리자, 쿡 웃음을 터트렸다. 케이타도 그의 가슴에 대고 키득거렸다.

"둘 다 좀 그만할 수 없어? 못 참아 줄 지경이야."

에이브히어가 정신없이 야영지를 청소하며 비난했다.

케이타는 도로 반듯이 누우며 앞발을 보고 찡그렸다. 발톱 끝이 갈라져 있었다.

"누가? 우리가?"

"그래, 누나랑 라그나. 둘이서 하는 짓을 능가할 자는 그웬바엘밖에 없을걸."

케이타와 렌 둘 다 한숨을 내쉬었다.

"아, 그웬바엘."

케이타가 말했다.

"좋은 시절이었지."

렌이 덧붙였다.

"그래, 좋은 시절이었어. 셋이 놀면서 어딜 가든 아수라장을 만들었지."

케이타는 한 팔로 무릎을 짚으면서 일어나 앉았다.

"오빠가 정말로 짝을 맺은 건 아니지?"

"진짜로 했어. 정말 대단한 여자야."

에이브히어가 말했다.

케이타는 렌을 힐끔 보면서 눈을 살짝 찡긋했다. 에이브히어는 모든 이가 대단히 흥미롭고 아름답다고 생각하는 단계였다. 케이타는 알에서 깨고 일 년도 안 되어 그 단계를 졸업했고, 제대로 들었다면 피어구스와 브리크는 그 단계를 거친 적이 없었다. 어쩌면 에이브히어는 그 모든 이를 보충하는지도 몰랐다. 물론 모르퓌드만 빼고. 완벽하고, 때 묻지 않고, 사랑이 넘치는 모르퓌드.

"엄청 똑똑해. 지나치게 똑똑하지."

"책을 많이 읽는군?"

렌이 묻자, 케이타는 즉시 팔꿈치로 그의 갈빗대를 쳤다.

"그래. 하지만 그것뿐이 아니야. 제정신이 아닐 정도로 논리적이지. 누나랑은 완전히 달라."

일어나 앉아 있던 렌은 웃다가 뒤로 넘어갈 뻔했고, 케이타는 두 발을 위로 쳐들었다.

"내가 지나치게 논리적인 사실을 알려 주지."

그 전날 저녁 식사 후에 남은 뼈를 그 지역의 포식자들이 먹을 수 있게 뿌리고 있던 에이브히어가 고개를 저으며 말했다.

"다그마 라인홀트라면 사형대 위에 끌려 올라가는 꼴은 당하지 않았을걸."

"너 아직도 그거 가지고 지겹게 지껄일래?"

케이타가 따졌다.

"누나는 언제든 빠져나올 수 있었지만 꼭 그렇게 시시한 장난을 쳐야 성에 차지."

"너 끝내준다. 내가 가만히 사형당했으면 화를 냈을 거면서. 하지만 내가 마을을 불태웠다면 더 화를 냈겠지."

케이타는 자리에서 일어나며 아직도 킬킬대는 렌의 얼굴을 꼬리로 휙 쳤다.

"정말 못 말린다니까!"

에이브히어가 어깨 너머로 케이타를 빤히 보았다.

"애초에 그 사람을 안 죽였다면 그런 상황에 처할 일도 없을 거 아냐."

"넌 '내가 한 짓이 아냐.'라는 말이 그렇게 이해하기 어렵니?"

동생은 머리를 갸우뚱했고, 케이타는 으르렁거리며 고함을 질렀다.

"내가 한 짓이 아니라고!"

에이브히어가 발톱을 가리켰다.

"하지만 죽일 작정이었지?"

"그게 무슨 상관이야?"

"미안한데."

라그나가 끼어들었다.

"하지만 그게 무슨 대답이야?"

케이타는 이글이글한 눈빛으로 그를 쏘아보았다. 맙소사, 너무나 거대했다. 그 큰 몸과 더 큰 머리로 두 개의 태양을 완전히 가리다니! 게다가 저 자주색하며! 얼마나 거슬리고 이상한 색깔인지!

"어느 시점에서 이 대화에 끼어들어도 된다고 생각한 거야, 백치 주제에?"

"누나!"

에이브히어가 매섭게 말을 막으며 번개 드래곤 옆에 섰다.

"무례하잖아, 사과해!"

케이타가 망할 사과 받아 봤자 뭐에다 쓰려고 하냐고 동생에게 쏘아붙이려는 순간, 렌이 귀에 대고 속삭였다.

"우리 내기 벌써 잊었어, 친구?"

망할. 잊고 있었다. 하지만 대부분의 일들이 그러하듯이 그것도 케이타의 잘못은 아니었다. 이른 시각이었고, 아침도 못 먹었으니까.

"게다가 저자들을 앞으로 며칠은 더 참아야 해. 친절하게 군다고 손해날 거 없잖아."

렌이 부드럽게 덧붙였다. 친구 말이 옳다는 것을 아는 케이타는 허공에 발을 슬쩍 흔들었다.

"세상에! 미안해요, 라그나 님. 보시다시피 나는 아침형 드래곤이 아니라서요. 아침을 먹기 전에는 좀 퉁명스럽답니다. 진심으로 사과해요."

"우리 다 그렇죠."

마인하르트가 짐을 싸며 웅얼거렸다.

"걱정할 거 없어요."

비골프도 거들었다.

"내가 할 말은 직접 할 수 있는데."

라그나가 그녀에게서 시선을 떼지 않은 채로 말했다.

"뭐, 용서해 줄 거죠? 아닌가요, 라그나 님?"

케이타는 꼬리를 흔들며 그에게 다가갔다. 꼬리 끝이 그의 가슴을 타고 올라갈 수 있을 정도로 가까이.

"아직도 나한테 화가 나 있다면 너무 미안해서."

라그나가 그녀의 꼬리를 보는 동안 그의 형제와 사촌이 똑바로 일어났다. 그들의 관심은 그녀의 ……에 쏠려 있었다. 바로 그때 남동생이 그녀의 꼬리를 잡아 숲 속으로 끌었다.

"금방 돌아올게요."

에이브히어는 그렇게 말하며 누나를 한참 끌고 갔다. 그 와중에 부딪치는 나무와 덤불은 무시하거나 완전히 무너뜨려 버렸다.

"에이브히어! 이 꼬맹이 새끼가, 놔줘!"

동생이 누나의 꼬리를 홱 놓아 버리자, 몸이 자연적으로 따라갔다.

"무슨 짓을 꾸미는 거야?"

"무슨 말을 하는지 모르겠구나."

에이브히어가 몸을 앞으로 숙이며 발톱으로 그녀를 가리켰다.

"나한테 거짓말할 생각 마. 누나와 렌이 함께라면 외부자에게 좋은 일일 리가 없잖아. 다시 묻겠어. 무슨 짓을 꾸미는 거야?"

케이타는 일어서며 앞발로 비늘에 묻은 숲의 흙을 털었다.

"아무 짓도 안 꾸민단다, 꼬마 동생아."

"변명할 생각 마. 그런 게임 다시는 안 하는 게 좋을걸."

"무슨 게임?"

"누나……."

"뭔데, 동생아? 이 년이나 떨어져 있다 보니까 이제 피어구스나 브리크처럼 너도 나한테 제멋대로 명령할 수 있다고 생각하는 거니?"

에이브히어가 눈을 깜박였다.

"형들이 누나한테 제멋대로 명령해?"

"그러려고 했지. 실패했지만. 너라고 별수 없을 테니 좋은 말 할 때 잘 들어라."

동생이 케이타의 어깨를 잡더니 뒤로 약간 밀며 목소리를 낮추었다.

"이거 봐, 누나가 저 드래곤을 미워할 이유가 많다는 건 나도 알아. 누나를 납치했고 포로로 삼았고 엄마랑 누나를 두고 협상하려 들었으니까."

케이타는 어깨를 으쓱했다.

"그런 건 극복했어."

동생이 그녀를 놓아주었다.

"극복했다는 게 무슨 뜻이야? 어떻게 극복할 수 있어?"

"그냥 극복했으니까. 우리 가족 다른 이들과는 달리 나는 뒤끝이 없어. 그런 적이 한 번도 없다고. 그래 봤자 지루하기만 하지. 넌 어떻게……."

"그래! 누나가 지루한 것을 얼마나 싫어하는지 잘 알지."

에이브히어가 말을 잘랐다.

"그럼 내가 복수할까 봐 걱정할 필요도 없겠네. 그자가 나를 신체적으로 해친 적은 없어. 그의 형제들과 사촌들도 상황을 감안하면 무척 친절했지. 그러니…… 난 극복했어. 그리고 관련된 모든 이들이 잘되기만을 바랄 뿐이야."

에이브히어는 얼굴을 자기 발에 묻었다.

"아, 누나. 그자와 자려고 하는 거지?"

"네가 무슨 말을 하는지 모르겠는데……."

동생이 은빛 눈을 번득이며 고개를 휙 쳐들었다.

"누나."

"왕좌를 위한 거야! 그리고 렌과 내가 누구를 두고 뭘 걸고 내기를 하든 네가 왜 신경 쓰니?"

"누나랑 렌 둘이 이런 일을 시작하면 얼마나 난장판이 되는지 똑똑히 기억하고 있으니까. 그러니 둘 다 지금 그만두었으면 좋겠어."

"난 누구한테도 명령 안 받아. 특히 동생에게는 더 안 받지. 게다가 나는 정말로 저 왕좌를 원해."

케이타는 몸을 돌려 가려 했지만, 에이브히어가 뒷발로 누나의 꼬리를 밟았다.

"망할! 왜 내 꼬리를 공격하는 거야?"

"누나에게서 가장 위험한 부분이니까. 게다가 나는 누나가 누구와 침대로 들 수 있는지 렌과 내기했다는 걸 믿을 수가 없는데. 그런 짓 하기엔 이제 둘 다 나이기 들지 않았어?"

"왕좌가 관련된 한 그럴 리 없지!"

으르렁대며 동생이 말했다.

"내 말 들어. 잔치가 끝나면 나는 라그나랑 다른 이들과 함께 돌아가고 싶어. 나를 생각해서라도 이거 망치지 마."

"돌아간다고? 노스랜드로? 뭣 때문에?"

"난 많이 배우고 있어. 여기 그대로 있다면 브리크나 피어구스만큼 실력을 쌓을 수 없을 거야."

"그웬바엘은 은근히 빼 버렸다?"

"그웬바엘도 어떨 때는 대단하지. 징징대지 않을 때는."

케이타는 몸을 앞으로 내밀며 속삭였다.

"너 저 노스랜더들처럼 되고 있는 건 아니지?"

"무슨 뜻이야?"

"짝을 찾아서 날개를 잘라 내고 싶진 않을 거 아냐?"

"그쪽에서도 그런 짓 더는 안 해."

케이타가 히죽 웃자 동생이 강하게 말했다.

"안 한다고!"

"네가 이상한 생각을 하지 않는 한, 아니면 노스랜드로 돌아감으로써 특정한 누군가를 피하려고 하는 게 아닌 한……."

"피하는 사람 없어!"

"으흠. 혈연관계는 없지만 귀엽고 키가 껑충한 조카딸도 피하지 않는다 이거야?"

"이런 대화는 하지 말자, 다시는."

"혈연관계는 없지만 귀엽고 키가 껑충한 데다 남자들이나 신들에게 유명할 정도로 사랑스러운 미소를 가진 조카딸도?"

"이제 갈까?"

에이브히어는 고함을 치며 누나 옆을 쿵쿵 지나갔다.

"아니, 안 되지, 동생아. 내 생각이 틀렸나 봐. 네가 피하는 사람이 있을 리가 없잖아."

라그나는 길을 떠나려고 대기 중이었다. 어느덧 두 개의 태양이 더 높이 올랐다. 그가 발톱을 톡톡 두드리고 있을 때 형제들이 돌아왔다. 덩치 큰 블루 드래곤 왕자 녀석도 뾰루퉁한 아이처럼 씩씩대며 걸어오고, 그 누이도 고함치면서 따라왔다.

"그냥 인정해! 네 감정을 인정하라고!"

에이브히어가 짐을 들어 올렸다.

"가만둬, 누나."

"그냥 인정해 버려! 그러면 기분 좋아져."

"입, 닥쳐."

"닥치게 해 보든가."

케이타가 뒷다리로 서서 앞발을 들어 올리고 주먹을 쥐었다.

"해 봐. 바로 여기서 지금 해 봐. 네가 아무리 덩치가 크고 강해졌다고 해도 이 누나는 못 당할걸."

비골프가 몸을 숙이며 라그나에게 속삭였다.

"저 여자는 진실을 전혀 모르나 본데."

마인하르트가 뒷발로 비골프를 내려쳤다.

"아얏!"

상처 입은 동물의 우아한 자세로 공주가 남동생 주위를 돌며 춤을 췄다.

"자, 최선을 다해 주먹을 날려 보라고, 꼬마 동생아."

"난 누나 안 때려."

케이타가 머리를 수그리며 옆으로 휙휙 움직였다. 그 모든 게 다 엉터리였다.

비골프가 한숨지었다.

"여자들도 남자들처럼 싸울 수 있다고 생각하게 놔두면 저런 일이 생기는 거야."

"저들의 인간 여왕은 훌륭하다고 들었는데."

마인하르트가 한마디 했다.

"그 여자는 괜찮지."

이스트랜드 드래곤이 끼어들었다.

"미노타우루스와는 친한 사이가 아니라고 듣긴 했지만……."

비골프가 코웃음 쳤다.

"우리 이모 프레이다도 외팔이에다 발이 하나 없지만 오천 레기온을 거느리면 잘할 수 있지."

"안 돼, 누나!"

에이브히어가 비명을 내질렀다.

"간지럼은 안 돼! 그만둬!"

"저 왕족 녀석을 누나에게서 구해야 한다고 생각해?"

마인하르트가 라그나에게 물었다.

"세상 망하기 전에 출발하고 싶다면……."

괄크마이 바브 과이어 왕가의 차남이자 형과 악마의 씨 쌍둥이에, 드래곤 퀸의 왕좌 계승 순위 사 위, 드래곤 전쟁의 방어 영웅, 드래곤 퀸 왕좌의 전 수호대장, 아름다운 탈라이스의 심장을 차지한 너그러운 지배자이자 자기 딸이라는 이유만으로 딸 둘이 완벽하다고 여기는 자랑스러운 아버지인 '막강한 자' 브리크는 작전 회의실에서 형을 찾아냈다.

피어구스는 거대한 탁자 옆에 서서 앞에 방대한 지도를 펼쳐 놓고 있었다. 왼쪽에는 앤널 군대의 장군인 브라스티아스가 있고, 오른쪽에는 동생 그웬바엘을 참아 낼 능력이 있는 유일한 여인인 다그마 라인홀트가 있었다. 앤널의 소수 정예 근위대는 탁자 주위를 둘러싸고 있었다.

피어구스가 지도에서 고개를 들었다.

"뭐지, 브리크?"

"방금 에이브히어에게 소식을 들었어. 집으로 오고 있다는데."

"잘됐군."

피어구스는 다시 지도로 관심을 돌렸다.

"케이타가 함께 오고 있고."

"좋아!"

피어구스가 다시 고개를 들었고, 그와 브리크 둘 다 병사 몇몇이 히죽 웃으며 서로의 등을 두드리는 광경을 바라보았다. 브리크가 콧구멍에서 검은 연기를 피우자 그들은 딴청을 피우며 미소를 지웠다.

브리크는 방 안으로 더 들어갔다.

"이게 뭐야?"

그가 지도를 가리키며 물었다.

"다그마가 글레안나 고모에게서 소식을 들었는데……."

하지만 피어구스가 말을 시작하자마자 곧장 되물었다.

"이지?"

"그 애는 괜찮아. 긴장 풀어라, 동생아."

브리크의 큰딸 이지가 앤녈 군대의 병사로 글레안나 고모의 군대와 함께 출정한 지도 거의 이 년 가까이 되었다. 브리크는 이지의 친아버지는 아니었으나 매일같이 그 애를 걱정했다. 혈연이든 아니든 이지는 그의 딸이었다. 언제나 그의 딸일 것이다.

"그래서 이게 뭔데?"

브리크가 다시 물었다.

"웨스트랜드에 문제가 더 생겼다. 아리시아 산맥 근처 마을이 모두 파괴되었다는군."

"군대가 웨스트랜드의 야만족은 처리했다고 생각했는데."

"서부 산맥 근처는 그렇지. 하지만 아직 그들을 지나가지도 못했어."

"아직도? 그 야만족 백치 놈들을 자기들 진흙 오두막으로 도로 몰아넣는 게 얼마나 힘들다고?"

그는 다그마를 힐끔 쳐다보았다.

"기분 나쁘게 생각하지는 마시오."

작은 유리알에 가려진 차가운 회색 눈이 지도를 보다 말고 그를 올려다보았다.

"제 동족인 진흙 오두막에 사는 야만족 백치 백성들은 웨스트랜드 출신이 아니니까, 언짢게 생각할 일 없죠."

"웨스트랜드의 왕들에게서 지원 요청을 받고 있습니다."

브라스티아스가 설명했다. 하지만 브리크는 문제를 알 수 없었다.

"그럼 레기온을 하나 더 보내."

"나는 마음에 안 들어."

피어구스가 툴툴거렸다.

"형이 좋아하는 것도 있나."

"너는 물론 싫어하지. 하지만 어머니에게는 거짓말로 너를 좋아한다고 말하잖냐."

피어구스가 다그마를 보았다.

"뭐 들은 것 없소?"

"어째서 제가 뭘 들었으리라 생각……."

방 안은 노스랜더들이 못 믿겠다는 뜻으로 코웃음 치는 소리로 가득 찼다.

"제가 좀 더 정보를 얻으려고 하긴 했죠."

다그마가 인정했다.

"무슨 정보요?"

"아리시아 산맥 너머에서 올 수 있는 잠재적인 문제에 관한 정보요."

"산맥 니머에서?"

브리크는 얼굴을 찡그리며 지도를 살폈다.

"아리시아 산맥 너머에 있는 것이라고는 오직……."

방 안이 조용해졌고 다그마가 손바닥을 바깥으로 하고 두 손을 들었다.

"어떤 결론에 이르기 전에 제가 정보를 더 모을 수 있도록 시간을 주세요."

"저 먼 웨스트랜드에서 오는 문제라면…… 앤널도 무시할 수 없을 겁니다."

브라스티아스가 중얼거렸다.

"앤널은 뭐든 무시하지 않지. 절대 무시하지 않아."

브리크는 피어구스의 목소리에서 뼈를 느꼈다.

"'어떤 결론에 이르기 전에 정보를 더 모을 수 있게 해 주세요.'라는 말 어디에 분명히 이해하지 못할 부분이 있죠?"

다그마가 말했다.

"좋소. 정보를 모아 와요. 그럼 앤널이 어떻게 하고 싶은지 결정할 수 있겠지."

인간 전사들이 뭐라고 말한 것은 아니었다. 그러나 그들의 침묵은 크게 울렸다.

"뭐지? 뭐야?"

피어구스가 물었다.

"앤널이 다음 십육 년 동안 여기 틀어박혀 있을 거라면, 피어구스는 우리 부대를 이끌고 전쟁에 나갈 다른 사람을 찾아야 할 겁니다. 만약……."

브라스티아스는 다그마를 건너보며 덧붙였다.

"전쟁이 온다면요."

"그건 당신 일이 아닌가, 장군?"

"제 일은 부대를 이끌고 전투에 참전하는 겁니다. 하지만 앤윌은 우리 여왕이죠. 앤윌이 우리를 이끌어야 합니다."

피어구스가 큰 한숨을 내쉬었다.

"아이들을 놔두고 가야만 그렇게 할 수 있겠지?"

"그렇겠죠. 하지만 그렇다고 선생을 피할 수도 없습니다. 여기에 부대 한 대대, 저기에 레기온 한 기, 그런 식으로 문제를 땜질하려 해 봤자 누구에게도 도움이 안 됩니다. 군대를 분산시키기만 할 뿐이죠."

브리크가 형을 바라보았다. 피어구스는 장군의 말이 옳다는 것을 알았지만, 그렇다고 상황이 더 쉬워지진 않았다.

브라스티아스의 관심을 끌기 위해 브리크는 제안했다.

"케이타가 집에 온다고 당신이 모르퓌드에게 경고해 줘야 할지 모르겠군."

"경고를 해요?"

"내 말 믿어, 장군. 경고해."

그러면서 브리크는 머리를 살짝 젖혀 문을 가리켰다. 브라스티아스가 고개를 끄덕이고는 부하들을 데리고 나갔다.

일단 문이 닫히자, 브리크는 형 반대편의 의자에 주저앉으며 두 발을 탁자 위에 올려놓았다.

"좋아, 내가 모르는 게 뭐지?"

피어구스가 웅얼거리는 말은 알아들을 수 없었지만, 브리크는 형에게 반복해 달라고 요구하는 대신 ―피어구스는 원래 웅얼거리는 습관이 있으므로 귀찮을 뿐이었다── 다그마에게 집중했다.

"앤널은 우리를 전쟁에 몰아넣을지 모르는 결정을 내키지 않아 해요."

다그마가 말했다.

"형의 여자를 오래 봐 왔어. 내겐 항상 전쟁을 벌일 준비가 되어 있는 여자 같은데."

"앤널은 무너졌어. 서부 산맥을 지나 이 영역을 공포에 몰아넣는 게 뭐든 짓밟아 버릴 준비가 되어 있지만, 아이들을 떠나는 걸 두려워하지."

피어구스가 마지못해 인정했다.

"왜? 아이들만 있는 것도 아니잖아. 우리도 있어. 카드왈라드르 일족도 있고. 이보다 더 훌륭하고 강한 보호자들을 바랄 수 없을 텐데."

"설명할 수는 없다, 브리크. 앤널이 말을 안 해. 요새 내가 어떻게 해도 앤널은 내 동굴 너머 이상은 가려고도 하지 않아."

"그리고…… 가반아일 바깥에서 일어나는 문제를 의논하는 것도 꽤 힘들어요."

다그마가 덧붙였다. 그녀는 탁자를 돌아가 거기 기대며 팔짱을 꼈다.

"보모조차 한두 달 이상 붙어 있지 않은 판국에, 잠시 동안은 앤널 없이도 아이들이 안전할 것이라고 확신을 줄 수는 없죠."

"잠깐. 지난번 보모는 어떻게 됐는데?"

브리크의 물음에, 다그마는 고개를 저었고 피어구스는 긴 한숨을 내쉬며 뒤의 벽을 돌아보았다.

브리크는 얼굴을 찡그렸다.

"아."

고맙게도 그의 어린 딸에게는 이런 문제가 없었다. 그의 딸은 상상 이상으로 순했다. 엄마에게서 물려받은 특질일 리는 없으니 아빠인 그를 닮은 것이 분명했다. 그래서 아이를 누구에게 맡겨 두어도 별걱정이 없었다.

브리크의 걱정은 그 아이가 작은 어깨에 짊어지게 될지 모르는 무게였다. 그는 어린아이에게서 그렇게 진지한 표정을 본 적이 없었다. 항상. 그 애는 결코 웃지 않았다. 전혀. 그저 누구든 빠져 버릴 듯한 눈으로 주변의 사물을 가만히 응시하기만 했다. 마치 그 아이가 자신들의 영혼을 들여다보듯이 바라본다고 말하는 이들도 있었다.

솔직히, 브리크는 그 아이에게 그런 능력이 있다고 생각했다.

하지만 이제 그 무엇도 형을 도울 수는 없었다. 편집광에 훈련을 잘 받았으며 모든 일에 준비가 된 앤널이 전쟁이나 전투에 뛰어들지 않는다면 폭발 대기 중인 화산이나 다름없었다. 가반아일의 모든 이가 그 사실을 알았다. 그래서 모든 이의 신경이 그렇게도 날카로운 것이다.

"방법을 강구할 수 있을 거라고 봐. 케이타가 도와줄지도 모르지. 그 애가 여기 오면."

피어구스가 콧방귀를 뀌었다.

"그 애는 이 년 동안 아무 소식이 없었어. 그런데도 아무 일도 없었다는 양 돌아오려 하다니."

"형도 케이타가 어떤 애인지 알잖아. 우리 모두를 막아 버린 거야. 에이브히어까지도."

"그래. 하지만 그 애가 그웬바엘 같진 않지."

"솔직히 그 애의 생사는 우리가 신경 쓰고 있으니까?"

"바로 그거야."

"두 분, 제가 여기 있다는 사실은 알고 계신가요?"

다그마가 물었다.

"당신이 여기 있다는 사실을 우리가 아느냐 모르느냐가 중요한 게 아니오. 당신이 여기 있다는 사실을 우리가 신경 쓰느냐가 문제지. 그리고 언제든 뭉개 버릴 수 있는 조그만 인간이여, 당신은 놀랄지 모르겠지만 우리는 별로요. 신경 안 쓴다고."

브리크의 말에, 다그마가 안경을 고쳐 쓰며 대꾸했다.

"솔직히 제가 놀란 건 당신이 자는 사이에 탈라이스가 당신을 죽여 버리지 않았다는 사실이에요."

피어구스는 웃음을 터뜨렸고, 브리크는 씩 미소를 지었다.

"그래, 탈라이스 스스로도 놀라고 있을 거요."

8

　그날 오후 처음으로 휴식을 취했을 때도 그들은 여전히 아우
터플레인을 벗어나지 못한 상태였다. 고작 삼십 분 정도밖에 쉴
수 없는 짧은 휴식이었지만, 공주는 인간의 모습으로 변신해서
드레스를 입었고 그것만으로도 충분히 기이했다. 그런 후에 그녀
는 라그나의 가방을 뒤져 그의 미늘 바지와 셔츠를 던졌다.

　"갈아입어."

　"어째서?"

　"묻지 말고 그냥 해."

　케이타는 생긋 웃으며 걸어가 버렸다. 라그나가 가방에서 육
포를 꺼내 계속 씹기만 하자, 비골프가 마침내 어깨를 밀었다.

　"가 봐."

　"어딜 가?"

"그 여자가 간 곳. 바보같이 굴지 말고."

"난 더 중요하게 할 일이……."

마인하르트가 다른 쪽 어깨를 밀었다.

"가. 네가 돌아와도 여기 있을 테니까."

"지금 떠나야 해."

"반시간 정도 더 있다고 해서 죽지 않잖아, 형?"

비골프가 공주를 가리키며 씩 웃었다.

"가 봐. 기다려."

이게 다 시간 낭비인 건 알지만, 그가 배고픈 강아지처럼 그 여자를 따라갈 때까지 형제들 등쌀에 못 이길 걸 알았기에, 라그나는 인간으로 변신하고 바지와 셔츠를 입었다. 또한 등에 칼을 꽂고 장화에는 단검 몇 자루를 찔러 넣었으며 머리 색을 감추기 위해 모자 달린 케이프를 입었다. 일단 채비를 마치자 그는 공주 마마를 찾아 나섰고 그녀가 일 리그도 떨어지지 않는 곳에 선 나무에 기대 있는 것을 발견했다.

"오래도 걸렸네."

공주는 투덜거리더니 그의 팔짱을 끼고 끌고 가기 시작했다.

"어디 가는 거야?"

"두고 봐. 멀지 않아."

그녀가 그를 올려다보았다.

"무척 긴장한 얼굴인데. 그렇게 스트레스 받으면 건강에 좋지 않아."

"난 항상 긴장한 얼굴이야. 그렇다고 해서 진짜로 긴장했다는 뜻은 아니지."

"하지만 그렇게 잘생긴 얼굴인데, 어째서 항상 찌푸리고 다니면서 낭비해?"

라그나는 발을 멈췄다. 공주도 여전히 그의 팔짱을 낀 채로 멈춰 섰다.

"무슨 수작이야?"

"당신 데리고 산책하려는 거야."

"어째서?"

"나랑 산책하고 싶지 않아?"

라그나가 대답하지 않자, 그녀가 말했다.

"당신 일을 쉽게 해 줄게. 이제 빠져나갈 수 없어."

그녀는 작은 손으로 그의 손을 잡고 깍지를 꼈다. 라그나는 그녀의 말이 옳다는 것을 깨달았다.

그들은 케이타가 그 일대를 미리 날며 보아 둔 공터에 이르렀다. 케이타는 라그나를 올려다보며 생글 웃었다. 하지만 그는 눈을 부릅뜨고 백만 리그 바깥으로 떨어지고 싶은 표정을 짓고 있었다.

"아, 그러지 마. 몇 분만이야. 크게 손해 볼 거 없잖아?"

"난 장터를 즐길 기분이 아닌데, 공주님."

"아직도 공주 년처럼 들리는데. 하지만 신경 쓰지 않겠어."

케이타는 다시 그의 팔짱을 끼고 그가 같이 걸을 때까지 계속 끌고 갔다.

"난 시장이 좋아. 정말 재미있잖아."

그들이 더 가까이 갔을 때 케이타가 말했다. 공 묘기를 보이는 사람이 앞에서 뛰어다니며 허공에 곤봉을 던지고 있었다.

"그리고 우리는 사우스랜드에 더 가까워지고 있는 것 같은데."

"노스랜드에는 장터가 없어?"

"없어."

"그럼 꼭 열도록 해. 장은 인간들에게 근사한 행사야. 내 짐작으로 인간들은 충분히 즐기고 사는 것 같지 않다니까."

"인간을 무척 사랑하는군."

"항상 그랬던 건 아니지. 가끔은 잔인한 짓도 했어. 특히 남자들에게. 한번은 마을 전체를 무너뜨릴 뻔도 했지. 내가 아직 일흔다섯 번째 겨울도 지나지 않았을 때였을 거야."

"어째서?"

"마을 촌장이 나를 묶어 두고 보호용으로 써먹으려 했어. 별로 재미없는 방법이지만, 경비견처럼. 나를 말이야! 고귀한 왕가의 피가 흐르는 드래곤을! 하지만 내가 의견을 명확히 밝히고 그에 어울리는 근사한 새 이름을 얻었지. 그나마 살아남은 사람 몇 명은, 주로 여자와 아이들이지만, 다른 드래곤들에게는 다시 그런 짓 못 할 거야."

"아마 그렇겠지."

"하지만 나는 그 사람들이 그저 자기 마을, 자기네 백성을 보호하려 했던 것뿐이라는 걸 알았어. 우리가 하는 것과 별로 다르지도 않았지. 그저 책임자 몇 명이 아주 형편없이 일을 처리했던 거야. 그리고 시간이 흐르자 나는 가장 중요한 건 역시 지도력과 지도자에 달려 있다는 것을 깨달았어. 나쁜 지도자는 친절하고 좋은 이들을 아주 나쁜 상황에 몰아넣고, 그들은 헤어 나올 길도 몰라."

"그래서 뱀푸어의 요새를 파괴하지 않은 건가?"

케이타는 고개를 끄덕였다.

"지도자가 나쁘다고 그 사람들까지 다 괴롭힐 수는 없잖아?"

그녀는 공 곡예사를 보고 윙크했고, 둘은 돌아다니다 음식부터, 옷, 무기에 이르기까지 모든 것을 파는 매대로 향했다.

"요새, 사람들과 같이 있다 보면 나는 할아버지와 더 비슷한 것 같아. '아름다운 자' 아일레안."

"나는 그의 이름이 '사악한 자' 아일레안인 줄 알았는데."

"누군가에겐 그렇겠지. 하지만 나에겐 '아름다운 자' 아일레안이야. 할아버지는 나를 귀여워해 주셨어. 그리고 할아버지처럼 나도 주로 인간 모습으로 인간들 사이에서 시간을 보내지. 인간들은 재미있고 귀여워."

"오리 새끼처럼 그렇단 뜻인가?"

그의 목소리에 담긴 억누를 수 없는 냉소를 감지하고 케이타는 생긋 웃었다.

"바로 오리 새끼랑 똑같지!"

그녀는 내장장이 앞에서 멈춰서 물건을 살폈다.

"이거 좋은 무기네."

"그렇게 말하면 그럴 수도."

대장장이의 타는 눈빛을 느끼자, 케이타는 재빨리 노스랜더를 끌고 떠났다.

"적어도 좀 더 사근사근하게 굴 순 없어? 주인이 바로 앞에 서 있는데 물건 흉을 보면 뭐해?"

"거짓말이라도 하란 말인가?"

"그래! 그래야지. 그러면 죽기라도 해?"

"저 사람이 만든 허술한 무기가 진짜 전쟁에서 나를 보호해 주리라고 믿는 척하라는 거면, 그래."

케이타는 발길을 멈추고 라그나를 올려다보았다.

"당신 항상 이래?"

그는 그녀의 시선을 맞받아쳤다.

"사실을 말하자면, 그렇진 않지. 당신한테만 그러는 것 같아."

공주는 그의 팔을 놓고 혼자 가 버렸다가 몇 분 후에야 다시 돌아왔다.

"당신도 알겠지만, 나 착하게 굴려고 노력하는 중이야."

"알아. 하지만 이유는 모르겠군."

"난 언제나 착하거든. 착한 걸로 유명해."

"사람을 죽이지 않으려고 노력하는 중이란 뜻이겠지."

그녀가 자기 가슴을 가리켰다.

"나 그 사람 죽이지 않았어."

"하지만 그러려고 했잖아."

그녀는 숨을 내쉬더니 주위를 둘러보았다. 그들에게 관심을 보이는 사람이 없자, 그녀가 한발 가까이 다가서며 말했다.

"비밀리에 할 말이 있어."

"좋으실 대로 해 봐."

"뱀푸어는 요람에 있는 내 오빠의 아기들을 죽이려고 암살자를 보냈어. 아기들이 악마라고 믿고서."

"진짜 악마야?"

"당연히 아니지!"

"어떻게 알아? 집에 가 본 적도 없으면서."

그녀는 벌컥 화를 내며 휙 몸을 돌렸다.

"악! 뭐하러 내가 당신한테 굳이 말을 꺼냈나 몰라."

라그나도 알 수 없었다. 하지만 이 공주의 약을 올리면 은근히 재미있었다. 별로 명예로운 짓이 아니라는 것은 알지만, 자기도 어쩔 수 없었다.

라그나가 따라잡았을 때, 그녀는 드레스 매대 앞에 서 있었다.

"원하는 게 뭐야?"

그녀는 딱딱거리며 기성품 드레스를 살폈다.

"당신을 화나게 할 생각은 없었어."

"그게 사과라는 거야?"

"아니, 그건 아니지."

그는 인정했다.

"당신은 정말…… 답답하게 하는 남자야."

"그렇다고들 하더군."

그녀가 나무 옷걸이에서 드레스 하나를 빼더니 몸에 대 보며 물었다.

"어떤 것 같아?"

"당신이 아름답다는 건 우리 둘 다 알잖아. 그 사실을 끊임없이 확인해 달라고 조르는 거야?"

"그냥 그렇다고 말하면 죽기라도 해?"

그녀는 옷을 도로 옷걸이에 걸어 놓고 계속 뒤적였다.

"짝이 있어, 라그나?"

"아니."

"이 질문에 놀랐어? 나는 별로 놀랍지 않은데."

"당신도 짝이 없잖아."

"난 짝 필요 없어. 남자들은 매달리면서 붙잡으려고 할 뿐이잖아. 그저 우월감을 느끼고 싶으니까 고리타분한 의식을 치르면서 내게 낙인을 새기고 싶어 안달이지만, 그래 봤자 내 아름다운 인간 피부나 망칠 뿐이겠지."

케이타는 오른팔을 들어 자신의 왼쪽 팔을 쓰다듬었다.

"이 피부 좀 봐. 정말 멋지잖아. 별로 노력을 들이지 않고 이 피부를 꽤 오랫동안 유지해 왔어. 어떤 한심한 남자가 친구들에게 나중에 떠벌이고 싶어서 이걸 망쳐 놓게 두진 않을 거야."

"아, 온 세계 드래곤들에게 영겁의 세월 동안 전해 내려온 강력하고 신비로운 의식을 당신 중심적으로 '난 남자가 싫어요.'라는 비난으로 바꿔 버리는군."

"난 남자들이 싫지 않아. 대체로 그들을 아끼지."

그녀가 코를 찡그리며 다른 드레스를 집었다가 재빨리 도로 내려놓았다.

"어떻게 아낀다고 말할 수 있어?"

"하지만 사실인걸. 아주 짧은 기간 동안만이지만. 그리고 아이들도 아주 짧은 동안은 아껴 주지. 아주 짧은 기간 동안만 비가 내리고, 뜨겁고 햇볕이 쨍쨍한 날이 아주 짧은 동안만 지속되는 것처럼. 하지만 오랜 시간에 걸려 이어지는 것은 뭐가 됐든 신경에 거슬려."

"알게 되어서 다행이군."

"그럼 당신은 여자에게서 어떤 점을 봐?"

그녀가 묻자 라그나는 살짝 얼굴을 찡그렸다.

"뭐라고?"

"잠자리 파트너에게 따지는 점이 있을 거 아냐? 키가 큰 여자? 통통한 여자? 긴 꼬리? 짧은 꼬리? 엉덩이가 넓은 여자? 조그만 여자?"

라그나는 한 손을 들었다.

"알았어…… . 그만해."

그는 이 대화가 흘러가는 방향이 마음에 들지 않았다.

"여자들에게서 어떤 점도 따지지 않아."

케이타가 손에 들린 드레스를 보면서 말했다.

"아아, 당신이 렌에게 관심이 있는 게 아니면 좋겠다. 그건 개 취향이 아니거든."

그녀는 시선을 다른 데로 돌렸다가 덧붙였다.

"내 생각엔 그래."

"그런 걸 따지는 것도 아냐."

"그렇게 비판적으로 말할 필요는 없잖아."

"비판적이지 않아. 다만 당신이 왜 이런 질문을 하는지 모를 뿐이지."

"나는 당신이 왜 대답을 하지 않으려 하는지 모를 뿐이고."

"좋아. 나는 착하고 다정한 여자, 같이 잘 때 다음 날 아침에 멀쩡히 일어나지 못할까 봐 한 눈 뜨고 자지 않아도 되는 여자가 좋아."

"드래곤 중에 그런 여자를 찾을 수 있길 바랄게."

그녀가 웅얼거렸다.

"뭐라고 했어?"

라그나는 제대로 들었지만, 다시 한 번 물었다.

"아무 말도."

그녀는 다시 드레스를 내려놓고 매대를 떴다. 라그나는 으르렁거리며 뒤따랐다.

에이브히어는 일행에게로 돌아갔다가, 자기가 떠날 때보다도 수가 줄어 있음을 깨달았다. 고작 잠깐 자리를 떴을 뿐인데도.

"다들 어디 갔어요?"

남아 있는 둘, 비골프와 마인하르트는 대답 대신 툴툴댔다. 노스랜드에 있는 동안 에이브히어가 익숙해지려 했던 태도였다. 천성적으로 번개 드래곤들은 별로 말이 없었다. 술을 마실 때는 달랐지만 밤에나 그럴 뿐이고, 솔직히 에이브히어는 노스랜더처럼 매일 밤 술을 마실 수가 없었다. 다음 날 동틀 때 훈련을 하러 일어나려면 그럴 수 없었다.

하지만 에이브히어는 자신의 실수를 알아차릴 정도로는 번개 드래곤들과 많은 시간을 보냈다. 그는 번개 드래곤들이 음식을 퍼먹다가 멈출 때를 기다려 다시 물었다.

"누나는 어디 있죠?"

"라그나와 함께 갔다."

마인하르트가 대답했다.

"렌도 같이 갔어요?"

"아니. 그는 저기 어디 있을걸."

젠장. 괜히 겁먹지 않으려 애쓰며 에이브히어는 물었다.

"케이타와 라그나가 어디로 갔는지 알아요?"

"아니."

"언제 돌아올지는요?"

비골프가 음식을 씹으며 그를 찬찬히 보았다.

"내 형제가 네 누이와 같이 있다는데 지금 그의 명예를 의심하는 거냐?"

에이브히어는 고개를 저었다.

"아니, 아니, 그런 건 절대 아니죠."

그는 꼬리 끝으로 머리를 긁적거렸다.

"하지만 내 누이는 아무 명예가 없어요. 그게 문제가 될지 모르죠."

두 남자가 에이브히어를 빤히 올려다보았다. 아주 역겹다는 표정이었다.

"오해는 하지 마세요. 내 누이는 사랑스러운 드래곤이죠. 정말로 그래요. 하지만 걱정이 되는 건, 누나가 음…… 어떻게 하려고 할지……."

에이브히어는 설명하려 애썼다.

"뭘 어떻게 하려고 한다는 거야, 애송이? 제대로 말해."

"누나는 그를 이용하려 들지도 몰라요."

다음 말은 소곤대듯이 덧붙였다.

"……성적으로."

번개 드래곤들이 서로 마주 보다가, 마인하르트가 에이브히어에게 말했다.

"내가 너라면 걱정하지 않겠다, 애송이."

에이브히어는 그들에게 가까이 다가섰다.

"당신들은 이해 못 해요. 내 누이는…… 수법이 있어요. 남자들이 달라붙게 하는 수법이죠, 광적으로 달라붙게 하는. 단지 하룻밤만 같이 지내면, 가끔은 한 시간만 같이 있어도 그게…… 나쁠 수 있어서. 만약 아버지가 끼어들기라도 하면……."

"내 생각엔 그저 산책 간 것 같은데."

비골프가 웃어야 할지 어리둥절해야 할지 모르는 표정으로 말했다.

"그래요, 그냥 걷는 것뿐이겠죠. 그러니까 우리가 찾으러 가 보면 어떨까요?"

"이봐, 애송이. 무슨 문제가 있는지 모르겠다. 둘 다 성인 드래곤이고 산책을 나간 것뿐인데. 그 산책 중에 무슨 일이 일어나든 그거야 그들 일이지."

마인하르트가 피곤하다는 투로 말했다.

"맞아요. 하지만 나는 다만 영토 간 관계에 조금 걱정이 있을 뿐이에요."

"뭐가 걱정스러운데?"

비골프가 물었다.

"우리의 동맹이죠."

"그게 지금 위험에 빠졌다고 생각해?"

"이런 일이 어떻게 되는지 알아요. 그들 사이에 무슨 일이 생기는 거죠. 라그나 님은 집착하게 될 거고, 하지만 케이타 누나는 아닐 거고. 라그나 님은 이 문제를 밀어붙이겠죠. 어머니는 아버지, 형들, 사촌들을 끌어들여 밀어낼 거고, 그러면 무슨 일이 생기는지 알기도 전에…… 전쟁."

"달랑 산책 한 번으로?"

마인하르트는 에이브히어의 걱정을 손짓으로 물리쳤다.

"네 누이가 라그나를 원한다는 전제하에 하는 얘기잖아."

"뭐, 내기가 걸린 이상……."

에이브히어가 차마 막기도 전에 말이 흘러나오고 말았다. 그는 즉시 자기가 너무 말을 많이 했다는 걸 깨닫고, 고개를 끄덕이며 말했다.

"렌을 찾아볼게요."

그러고는 빠져나가려고 했지만, 번개 드래곤들이 양쪽에 서서 커다란 팔로 그의 목을 감아 꼼짝 못 하게 했다.

"착하게 굴어라."

마인하르트가 씩 웃으며 말했다.

"내기에 대해서 다 털어놓으시지."

케이타는 기분 좋게 보석 매대 앞으로 향했다. 맙소사, 보석이
정말 좋았다!

"그러면 어째서 뱀푸어 건을 직접 처리해야겠다는 필요성을
느낀 거지?"

라그나가 물었다.

"난 시내에 있었으니까."

그가 그 대답에 얼굴을 찡그리고 있을 때 케이타는 목걸이 하
나를 들어 보였다.

"어떤 것 같아?"

"비쌀 것 같은데."

"싸구려만 좋아하긴."

그녀는 한숨을 쉬며 목걸이를 내려놓았다.

"우리 노스랜드에서는 그걸 절약이라고 부르지."

그 말에 케이타는 질색하며 ―어떤 드래곤도 싸구려만 좋아
하거나 '절약'해서는 안 될 일이므로― 물었다.

"그럼 짝짓기 준비가 되면 여자를 납치할 거야?"

"우리는 그런 짓 더 이상 안 해."

"당신 아버지가 나한테 그렇게 했잖아."

"이제 아버지는 죽었어. 시대는 변했고."

"잘됐네."

그녀는 다른 매대로 옮겨 갔다. 이번에는 수정 보석을 놓은 자리였다.

"내 여자 사촌들이 여럿 잔치에 참석할 텐데, 당신이나 당신 일족이 그 아이들과 도망가지 못하게 할 필요는 없겠네."

노스랜더가 코웃음을 치자, 그녀는 동작을 멈추고 그를 마주보았다.

"뭐가 그렇게 웃겨?"

"우리가 카드왈라드르 일족 여자들과 도망갈 거라 생각하다니 말이야."

"왜 안 한다는 건데?"

그가 눈썹을 치키자, 그녀도 인정했다

"그래, 걔들 중 몇몇은 아주 조금…… 기골이 장대한 편이지. 하지만 마음이 착하고 잘못일 정도로 성실하다고."

"그렇다고 들었지."

"봐, 모두가 나처럼 아름다울 순 없어. 게다가 나는 누구에게도 애착을 품지 않잖아. 그러니까 얻을 수 있는 것 중 최선의 것을 가지라고."

"어떻게 하면 그렇게 오만할 수 있나?"

게이다는 웃음을 터뜨렸다.

"내 가족을 만나 봤을 텐데."

라그나가 억지로 사 줘야만 했던 칠면조 다리를 케이타가 뜯어 먹는 동안 ─자기에게 동전 한 푼 없다는 것을 알렸을 때 그녀는 이미 한입 뜯어 먹은 뒤였다─ 그들은 나머지 일행이 있는 곳으로 향했다.

케이타는 걸으면서 계속 떠들었고, 라그나는 그녀의 인간 몸이 흔들리는 모습을 볼 수밖에 없었다. 드레스는 헐렁했고 새것이었다. 어디서 그 옷을 얻었는지 라그나로서는 알 수가 없었다. 마지막으로 본 옷이 그가 구해 주었을 때 입고 있었던 더러운 드레스였다는 것을 감안하면. 그는 알고 싶지도 않았으므로 묻지 않기로 했고, 대신 그녀가 새 드레스를 얻은 것은 확실하지만 여전히 맨발이라는 사실에 주목했다. 라그나는 이유를 알 수 없었다. 어째서 그녀의 발에 그렇게 매혹되는지도 알지 못했다. 그 다리에…… 그리고 뭐가 되든 드레스 아래에 있는 것에.

그러나 왕족 아가씨가 신발이 없다는 사실에 집착하는 자기의 성향을 진짜로 걱정하기도 전에, 라그나는 발걸음을 멈추고 바로 전에 그녀가 했던 이야기를 머릿속으로 재생해 보았다. 그는 명확한 설명을 요구할 수밖에 없었다.

"당신이 사촌의 눈 하나를 베어 냈다고?"

"베어 낸 게 아냐."

케이타가 손가락 사이로 흘러내리는 칠면조 육즙을 핥으며 말을 이었다.

"꼬리 끝으로 뽑아낸 거지."

그의 입이 떡 벌어지자, 그녀는 재빨리 설명을 덧붙였다.

"자기방어였어."

"당신이 먹은 경비견에 대해서도 같은 변명을 대지 않았나?"

"어쩌면. 하지만 엘레스트렌 일은 정말로 자기방어였어. 그 애가 나를 전투 망치로 쳤으니까. 머리와 팔을. 그리고 확실히 말하겠는데, 힘을 단단히 실었다고."

"왜? 당신이 무슨 짓을 했기에?"

이제 그녀의 입이 떡 벌어졌다.

"난 아무 짓도 하지 않았어."

"케이타……."

"안 했다고! 그때만은. 내가 그 전에 그녀를 뚱뚱한 궁둥이라고 부른 걸 치지 않는다면 말이지. 하지만 그건 몇 년 전이야."

그들은 다시 걷기 시작했다.

"어쨌든, 그녀가 그 망할 망치를 가지고 나를 덮쳤다고. 이미 내 팔뚝을 부러뜨리고 머리를 내려친 다음인데 말이지. 난 겁에 질려서 꼬리를 쓴 거야…… 훈련 중에서 해서는 안 되는 일이었던 것 같지만."

"뭘 위한 훈련이었는데?"

"전투 훈련. 다음번에 당신이나 당신 아버지 같은 부류가 나를 납치하려고 하면……."

라그나는 다시 걸음을 멈추고 양손을 불끈 쥐었다.

"나를 다시는 아버지와 같은 범주에 넣지 마."

그가 딱 잘라 말하자 케이타가 눈을 휘둥그레 떴다.

"나는 그런 뜻으로……."

"그리고 내가 당신을 구했어. 당신네 영역에 안전히 들어서는 순간 풀어 줬고. 두 날개를 온전히 붙여 놓은 채로. 건달 올게어 라면 그렇게는 안 했으리라는 것은 확실히 말해 두지."

"알겠어."

라그나는 자신이 그녀를 윽박질렀다는 것을 알았으나 어쩔 수가 없었다. 그래도 나쁜 놈이 된 듯한 기분이 들었을 때, 그녀가 그 대답처럼 남은 칠면조를 들어 올리며 물었다.

"남은 거 먹을래?"

그는 사과를 해야만 했지만, 하지 않을 것이다. 그녀가 감히 그를 아버지와 비교한 이상은.

"음…… 돈은 내가 냈으니까."

라그나는 그녀의 손에서 다리를 받아 들어 남은 살을 뜯고 물 렁뼈를 빨았다. 다 먹은 후에는 남은 것을 건넸다. 한 뼘 정도 되는 뼈였다. 그녀가 그것을 받아 들었다. 그녀의 시선이 뼈와 그를 번갈아보았다. 몇 번이나. 그녀가 아무 말도 하지 않자, 그가 대신 말했다.

"돌아가지. 오늘 밤 멈추기 전에 몇 리그나 더 가야 해."

그들이 다시 걷기 시작했을 때, 케이타는 그 뼈를 옆으로 던져 버리고 물었다.

"말해 봐, 라그나. 당신 나를 원해?"

"숨 쉬는 공기처럼."

그들은 다시 걸음을 멈추었다. 그를 올려다보는 공주의 눈이 커졌다.

"하지만 그래서 당신에게서 멀리 떨어져 있어야만 하는 거야. 그렇지?"

그가 물었다. 그녀의 충격받은 표정이 사라지고, 그 미소—그 외에 다른 누구도 본 적이 없을 것이 확실한 그 미소—가 대신 스며들었다.

케이타는 인정했다.

"당신이 끈적거리는 부류라면 그렇겠지. 나는 끈적거리는 남자가 너무 싫더라."

그러고는 아랫입술을 깨물며 그를 머리부터 발끝까지 눈으로 살피더니 쿡쿡 웃었다.

"그리고 신들이여, 맙소사. 당신은 그런 끈적거리는 부류가 아니길 바라."

그녀는 더 활짝 웃으면서 일행에게로 향했다.

"가요, 라그나 님. 오늘 밤 멈추기 전에 몇 리그나 더 가야 하니까."

거의 백 년 만에 처음으로, 라그나는 자기 힘으로도 해결하지 못할 버거운 일이 생긴 기분이 들었다.

9

일행은 시장에서 잠깐 쉬기는 했어도 다시 밤을 보낼 곳에 다다를 때까지 한참이 걸렸고, 다음 날 두 개의 태양이 뜨기도 전에 일어나서 움직였다. 정오쯤 되었을 때 마침내 사우스랜드의 국경 도시 페넬라 외곽 근처에 다다른 그들은 이스트랜드 드래곤의 요청으로 착륙했다. 음식과 물을 구하기 위해 짧게만 머무를 생각이었으나, 공주님께서는 인간 몸을 하고 이스트랜드 길동무와 함께 사라져 버리고 말했다. 새 옷으로 또 갈아입고. 대체 저 옷들은 어디에서 났을까?

"네 누이는 어디로 간 거지?"

라그나는 에이브히어에게 물었다.

"모르겠는데요."

"물어볼 생각도 안 했나?"

"안 했죠."

"걱정도 안 돼?"

"별로."

라그나는 이 왕자 녀석의 목을 조르고 싶어서 앞발이 근질거렸지만, 그래 봤자 나무를 제거하는 일만큼은 완벽하게 해내는 녀석 하나를 낭비하는 셈일 터였다.

"먹을거리 좀 찾아와."

"알았어요!"

에이브히어는 행복하게 대답하고는 오는 길 위에 지나쳤던 양 떼를 습격하러 떠났다.

비골프가 킬킬거렸다.

"저 녀석이 형을 더 화나게 했어?"

"그게 가능할 것 같진 않은데."

"형은 쟤한테 너무 엄격해. 아직 어리잖아. 우리도 한때는 저랬어. 뭐…… 형은 아니었을지 모르지만, 나는 그랬지. 마인하르트도 그랬고. 쟤도 곧 철이 들겠지."

마인하르트가 목을 우두둑 꺾었다. 그 소리가 골짜기에 울려 퍼졌다.

"이제 그 여자를 따라갈 거냐?"

"저 이스트랜드 강아지를 데리고 갔잖아. 대체 내가 왜 필요하셨어?"

"누군가 분통이 터진 것 같은데. 넌 장터에서 돌아온 후부터 더 성질 고약한 개자식이 되었어. 왜? 무슨 일이 있었던 거냐?"

"아무 일도."

그건 절대적 진실이었다. 그들이 돌아왔을 때는 아무 일도 없었다. 대신 왕족 아가씨는 전날 저녁 내내 오로지 이스트랜더 친구 녀석하고만 이야기를 나누었고, 라그나는 아무렇지도 않았다. 공주와 그녀의 게임에 신경 쓸 시간이 없었다.

"그리고 분통이 터지지도 않았어. 그저 경계하는 것뿐이지. 다들 그래야 하니까. 저 아름다운 미소와 살랑거리는 꼬리에 속으면 안 돼."

"형은 정말 꼬리에 약하군."

비골프가 말했다.

"충고를 해 주는 것뿐이다, 동생아."

"게다가 그 여자의 아름다운 미소도 잊으면 안 되지. 우리 둘다 아름다운 미소라는 말을 한 기억은 없는 것 같은데."

마인하르트가 끼어들었다.

라그나는 좌절해서 따지고 물었다.

"둘 다 무슨 얘기를 하는 거야?"

비골프가 그의 어깨를 두드렸다.

"이해해, 형. 정말로 이해한다고. 우리 모두 어느 시점에 이르면 정착하고 싶어지지."

"정착이라고? 그 여자랑?"

그런 일은 일어날 리가 없었다. 그 여자가 누군가의 짝이 되는 걸 일종의 괴로운 구속이라고 보기 때문만은 아니었다. 라그나는 어젯밤 내내 뒤척이면서 가까이에 그 드래곤을 두고는 잠들 수가 없기 때문에 그녀와 얽히는 것이 얼마나 큰 실수가 될지 깨달았다. 어째서? 그녀가 무슨 일을 꾸미고 있기 때문에. 그는 그 사실을 알았다. 그 여자의 동생도 알았다. 이스트랜더는 확실히 알고 있었다. 그 사실을 까맣게 모르는 자들은 오로지 그의 망할 일족뿐이었다.

"하지만 형이 직접 말했잖아. 그 여자 꼬리가 살랑거린다고."

"가지런한 송곳니가 보이는 아름다운 미소라고도 했지."

"난 그 여자의 송곳니에 대해서는 한마디도 안 했어."

"하지만 송곳니가 가지런한 건 맞잖아. 그건 확실히 너에게 중요할 텐데."

진저리가 난 라그나는 자기 가방을 들고 도시로 향하며 인간으로 변신했다.

"우리를 놔두고 가는 거냐, 라그나?"

"도시에 가거들랑 치유사를 만나서 형 가슴도 좀 보여 봐. 최근에 부쩍 더 긁어 대는 게, 좋지 않은 것 같아."

비골프가 말했다.

"비늘 곰팡이일 수도 있다."

마인하르트가 덧붙였다.

"아름다운 미소와 매혹적인 꼬리를 가진, 네 공주님은 그거 별로 좋아하지 않을걸."

"선염될 수도 있으니까!"

"이런, 이런, 라그나! 그거 무례한 행동이 될 거다!"

소도시 파넬라의 중심에 들어서자마자 렌은 케이타와 헤어졌다. 파넬라는 사우스랜드 최고의 대학과 마법사 학교, 마녀 조합을 자랑하는 도시였다. 백 년 전 바로 여기에서 렌과 케이타의 행로가 극적으로 바뀌었다. 그리고 그들이 해답을 필요로 할 때 언제나 돌아오는 곳이기도 했다.

신들은 알고 있었다. 그들에게 대답이 필요하다는 것을, 그것도 빨리.

렌은 노스랜더가 에쉴드의 집에서 발견한 목걸이를 보석상에 넘겼다. 기술이 능숙한 늙은 인간이었다. 인간이 자기 일을 하는 동안, 렌은 뒤로 기대앉아서 마음을 열고 기를 내보내 아무 이상 없는지 도시를 정찰했다. 그는 케이타가 그들의 옛 사부를 찾아낸 것을 보고 살짝 미소를 띠었다. 고를라스라는 이름의 엘프였다. 렌 본인은 엘프들을 그다지 좋아하지 않았다. 그렇다. 그들은 렌의 일족처럼 나무와 땅을 다루는 기술이 있었지만, 잘난 척하는 개자식들이었다. 그들 대부분에게, 드래곤들은 그저 굴복시켜야 할 거대한 도마뱀에 지나지 않았다. 케이타가 어떻게 모든 생명체를 동등하게 존중하는 몇 안 되는 엘프들을 찾아냈는지 렌은 놀라울 뿐이었다. 하지만 어떤 규칙에서 예외를 찾아낼 수 있는 존재가 있다면, 그건 바로 케이타였다.

케이타가 안전하다는 것을 알자 렌은 더 탐색하며 방어벽을 뚫고 들어갔다. 보석상 안쪽 그의 자리에서는 사방에 결계가 느껴졌다. 상대적으로 작고 움직이는 방어벽이라 건물이나 여기 존재하는 여러 비밀 조합을 보호한다기보다는 특정 인간을 보호하고 있다는 뜻이었다. 그래도 렌은 이제까지 뚫고 들어갈 수 없는 방어벽은 별로 만난 적이 없었다. 케이타의 어머니와 누이가 그 둘이었지만, 둘 다 화이트위치였다. 그들 일족의 힘은 전설적이어서 그의 고향에까지 알려져 있었다.

렌은 힘을 더 사용해서 방어벽에 틈을 내고 자신의 본질이 들여다볼 수 있을 정도까지 열어젖혔다. 수도사? 고작 수도사 한 명이 '선택된 자' 렌을 밀어내?

하지만 이 수도사가 천천히 고개를 돌리더니 볼 수 없는 것을 똑바로 바라보았다. 그는 렌이 떠나온 산맥처럼 차가운 푸른 눈으로 이 드래곤을 바라보았다. 힘의 진정한 수준을 감추기 위해 마법을 쓰는 것은 렌만이 아닌 듯했다.

저 노스랜더…….

렌이 거기까지 생각했을 때 번개 드래곤은 한 손을 들고 손가락을 튀겨서 렌의 본령을 도로 그의 육체로 밀어 넣었다. 렌은 앞으로 덜컥 쏠렸고, 가슴을 무릎까지 숙이고 숨을 들이마셨다. 보석상이 그를 바라보았으나 도와주려 움직이지는 않았다.

"케이타는…….."

렌은 숨을 내쉬었다.

"저 자식이 우리를 미행한 걸 알면 좋아하지 않을 텐데."

다음 순간 그는 웃음을 터뜨렸다. 누군가, 하물며 야만족이 그를 놀리게 한 긴 오랜민이었기 때문이다.

케이타는 이십여 분 동안 페넬라에서 가장 큰 서점을 뒤지고 다니면서 옛 친구이자 멘토인 고를라스를 찾았지만 포기하기 직전이었다. 어쩌면 그는 잠깐 이 도시를 떠났는지도 모를 일이었다. 케이타는 여기 대학에서 보낸 일 년을 기억하며 미소 지었다. 그녀는 인간의 몸으로 이곳에 왔다. 어머니가 막내딸이 장로의 아들이나 손자 들을 유혹하는 짓 외에 다른 기술을 익혔으면 하는 바람으로 그녀를 이곳으로 보냈던 것이다. 그해 케이타는 아주 즐거운 시간을 보내기는 했으나, 수업에는 별로 출석하지 않았다. 무척 매력적이었던 그 교수가 가르쳤던 과목만 빼고. 물론 케이타가 교수 책상 위에 엎드려 로브를 머리 위로 벗어 던지고 있던 광경을 딱 들켰을 때…… 뭐, 그게 끝이었다. 그러지 않았나?

하지만 그건 오래전 일이었다. 칠십오 년 전? 거기서 더하기 빼기 몇 년 정도? 그리고 무척 매력적이었던 그 교수는 벌써 이십여 년 전에 노환으로 죽었다.

그것은 케이타의 작은 비밀이었지만, 그래서 인간을 아끼는 것이기도 했다. 짧은 시간이 지나면 그들은 세계를 다음 세대에게 넘겨주고, 새로운 인간들이 재빨리 그들을 대체한다. 케이타가 잠자리를 같이했던 드래곤들과는 달랐다. 드래곤들은 반백 년 후에도 여전히 죽지 않은 사랑을 고백한 긴 편지를 써서, 그녀가 낳을 후손에게 자신들이 얼마나 좋은 아버지가 될 수 있는지 어쩌고저쩌고 늘어놓았다. 부끄러움 없이 인정하자면, 과거에 드래곤 연인들이 약간 지나치게 끈덕지게 굴면 케이타는 아무 문제 없이 오빠나 아버지를 풀어놓았다. 하지만 그 연인들은 그저 날개 한쪽이나 다리 하나를 잃었을 뿐이다. 자기 자신은 그들을 그렇게 곱게 대할 거라는 약속을 할 수 없었다. 케이타는 남이 밀어붙이는 것을 좋아하지 않았다.

다시 일 층을 찾아보기로 결심한 케이타가 계단을 다시 내려가는데, 쿵 하는 소리에 뒤이어 '망할!'이라고 욕하는 소리가 들려왔다. 케이타는 안내 책상으로 가서 그 뒤로 돌아가 보았지만 누구도 찾을 수 없었다. 그래서 보통 매일 밤 동네 학생들이 가득 채우는 원형 탁자를 살폈다. 재채기 소리가 들린 것은 바로 그때였다. 그녀는 바닥에 웅크리고 앉아 탁자 밑을 들여다보았다.

"뭐하고 계세요?"

탁자 밑에서 책에 둘러싸여 손수건으로 코를 풀고 있던 엘프가 올려다보았다.

"케이타?"

"거기 아래가 편하신가 봐요?"

"케이타!"

엘프는 일어서려고 하다 머리를 들이박고 도로 앉았다.

"어머, 고블라스. 세상에나. 괜찮으세요?"

케이타는 웃으면서 탁자 아래를 기어 그에게 다가갔다. 그가 입을 삐쭉거렸고, 케이타는 그의 머리를 품에 안으면서 부딪친 자리를 어루만져 주었다.

소문에 따르면 고블라스는 거의 천 살이 되었다고 하나, 고작 서른다섯 살 정도로밖에 보이지 않았다.

"불쌍한 머리 같으니. 이런 약한 머리로 상처를 어떻게 견딜까 모르겠네."

"머리가 단단한 건 드래곤들만이 아냐, 친애하는 케이타. 우리 엘프들도 돌머리로 유명하다고."

그는 몸을 떼고 케이타를 찬찬히 살폈다.

"여기서 뭐해?"

"정보를 찾고 있어요."

"무슨?"

"에쉴드."

"아, 물론이지."

고를라스는 얼얼한 머리를 문질렀다.

"그러면 그 연인에 대해서도 알아냈겠군?"

케이타가 그를 빤히 바라보기만 하자, 그의 미소가 사라졌다.

"아, 몰랐나 보네."

"라그나 형제!"

"사이먼 형제."

라그나는 인간 형제가 자기를 포옹하도록 놔두었다.

"오랜만입니다, 형제."

"그래요, 그래."

사이먼이 몸을 떼고 얼굴을 찡그렸다.

"은혜로우신 신들이여, 사십 년이 지났는데 형제는 전혀 변하지 않았군요."

"우리 수호신들의 축복 덕분이지요. 제게 자비를 베푸셨나 봅니다."

"그래 보입니다."

사이먼은 고개를 저으며 자기 서재 안의 자리를 권했다.

라그나는 약한 나무 의자가 자신의 인간 몸을 견디지 못할까 걱정이 되어 조심스레 앉았다. 그는 현재 지식 수도회의 수사복을 입고 있었다. 유명하고 강력한 노스랜드 수도회로, 소속 수사들은 그들의 소중한 스파이켄하며 도서관을 떠나는 법이 별로 없었다. 그리고 사이먼 수사가 소속된 빛나는 태양 수도회는 페넬라 경계 너머로 여행하는 법이 없었으므로, 라그나는 항상 자신을 지식 수도회의 일원으로 소개하면서도 안심할 수 있었다. 그는 이백 년이 넘는 동안 수도사로 분장해서 돌아다닐 때 가장 안전하다는 것을 알아냈다. 도둑들과 산적들도 그나 함께 여행하는 자들을 덮치는 법이 없었다. 수사들은 가난하기로 악명이 높고 오로지 신들만 모시며 경건한 자들이었기 때문이다.

"그래, 어쩌다 여기까지 오셨습니까?"

사이먼이 와인병을 들며 물었다.

"아니, 괜찮습니다. 그저 지나는 길에 들렀을 뿐입니다. 하지만 여쭤 볼 것이 있고, 형제님께서 그 답을 해 줄 수 있는 분임을 알았습니다. 물론 괜찮으시다면요."

"물론 괜찮고말고요, 형제!"

사십 년 동안, 신체적인 면을 제외하면 사이민은 별로 변하지 않았다. 그는 지식을 알려 주기를 무척 좋아해서 말해 주는 상대가 누군지는 별로 가리지 않았다. 그저 질문받기를 좋아했다.

"서점에 대해서 궁금한 점이 있습니다."

사이먼이 와인 잔을 들면서 쿡쿡 웃었다.

"그보다는 좀 더 구체적으로 말씀해 주셔야지요, 형제. 페넬라엔 서점이 많습니다."

"아주 큰 것 말입니다, 색스턴 가에 있는 것."

"아, 그래요. 주인이 엘프인 걸로 압니다만."

"엘프요?"

라그나는 어떤 엘프가 한 팔로 케이타의 어깨를 감싸고 서점 뒤로 들어가는 광경을 보았을 때 느꼈던 놀라움을 새삼 꾸며 냈다. 처음에는 시장에서 라그나와, 이제는 그 엘프와. 솔직히 그 드래곤이 유혹하지 않는 남자가 있기는 한가?

"도시에요?"

"여기 페넬라는 엘프와 문제가 없습니다. 고를라스가 그의 이름이고, 괜찮은 이지요. 우리 젊은 수사들이 아무 책도 사지 않고 서가를 몇 시간씩 헤매고 다녀도 가만히 놔두는 몇 안 되는 서점 주인입니다."

"거기 그 외에 다른 것도 있습니까?"

사이먼이 얼굴을 약간 찡그리며 되물었다.

"다른 것이라니요?"

"뭐, 제가 그 안에 들어갔을 때는……."

라그나는 신들 중 하나에게 대답을 구하려는 듯 천장을 올려다보았다. 수사들을 대할 때 극적인 효과를 주기에 적합한 방법이었다.

"뭔가를 감지했습니다. 표면 아래 있는 무언가를."

사이먼이 입을 꽉 다물더니 말했다.

"음…… 소문이야 언제나 있었지요."

"아? 무슨 소문이요?"

"분명히 아무것도 아닐 겁니다."

"분명히 그렇겠지요."

"형제님도 아시다시피 제가 소문이나 가십 퍼뜨리기를 좋아하지 않잖습니까."

"물론 그러시지요. 저는 그저 신들이 우리에게 무언가를 말씀하려 하신다는 것을 감지했기 때문에 여쭙는 것입니다. 그게 무엇인지는 확실히 모르겠습니다만, 도와주실 수 있는 분이 한 분 계시지 않을까 했습니다. 바로 사이먼 형제님이시지요."

"아, 그래요."

정말로, 슬펐다. 이 수사는 칭찬에 얼마나 약한지. 그래서 라그나는 이 남자를 정보원으로 이용하고도 그 호의에 보답하지 않는 것이기도 했다. 적어도 진짜 해로울 게 없는 정보로는.

사이먼은 몸을 앞으로 숙였고, 라그나도 똑같이 했다.

"소문이 있었습니다."

"그래요?"

"그 특정한 서점이 위장이라는……."

"난교 파비요? 매춘 조직? 성 노예 집난?"

사이먼이 눈을 깜박였다.

"아…… 아닙니다."

바보가 된 기분을 느끼면서 라그나는 설명했다.

"죄송합니다. 다시 말씀드리지만, 제가 감지한 것이라……."

"이해합니다만, 그렇게 흥미로운 건 아니지 않을까 합니다, 형제. 실제로 제가 들은 소문은 허황되기 그지없지요. 그 서점은 위장 혹은 속임수라는 겁니다. 뭐랄까, 조합을 감추려는."

"도둑 조합 말입니까?"

라그나는 케이타의 늘어 가는 옷장을 생각하며 무뚝뚝하게 물었다.

"아니, 아니요. 스파이 조합입니다."

라그나는 똑바로 등을 세웠다. 삐걱거리는 의자가 오래 버티지 못할 조짐을 보였지만, 신경 쓰지 않았다. 그는 사이먼 형제의 말에 허를 찔린 기분이었다.

"스파이 조합이라고요?"

"네. 하지만 말한 대로 그저 소문입니다."

실로 그저 소문일 뿐이었다. 그러나 케이타 공주라면 쉽게 믿을 소문이기도 했다. 그도 그 이유를 알고 있었다. 그녀라면 미인계를 쓰는 스파이가 되고 싶어 할 테니까. 자기 몸을 이용해서 두 여왕의 궁정에 관한 정보를 파낼 수 있는 스파이.

라그나는 묻고 싶었다.

그 여자가 그런 것도 모를 만큼 멍청할 수 있을까?

벌써 그 질문의 대답은 알고 있었다. 그렇지 않은가? 그 여자는 그런 것도 모를 만큼 그렇게 멍청했다.

하지만 라그나는 정말 케이타가 자기 침대를 '스파이들'로 채울 만큼 막 나갈 수 있을지 궁금했다. 그 여자가 그렇게 단순히 연인들에게 정보를 주거나 정보를 찾아내려고 할까? 벌써 무엇을 말했을까? 에쉴드가 지금 고통 받는 건 그 조카딸이 이모를 해할 수 있는 자들과 침대 친구가 되었기 때문일까? 라그나는 정말로 알지 못했다.

그래도 그는 자신이 이 화염 드래곤 왕족들을 상대하지 않아도 되는 시절을 갈망한다는 것을 깨달았다.

고를라스는 이 세상에서 제일 좋아하는 생명체가 자신의 개인 사무실을 불안하게 돌아다니는 모습을 바라보았다. 케이타가 그의 가게로 흘러 들어오던 날이 아직도 똑똑히 기억났다. 그때 그녀는 지루한 학생이었고, 고를라스는 케이타를 한번 힐끔 보고 온종일 책상에 앉아 지겨운 늙다리 교수들이 하는 강의를 듣는 것이 이 미녀를 위한 삶이 아님을 깨달았다. 며칠 안에, 그녀가 출석하는 유일한 수업은 그가 하는 강의뿐이었다. 그녀의 이스트랜드 친구 '선택된 자' 렌과 함께. 둘 다 아름답고, 영리하고, 일탈을 좋아했다. 그리고 케이타가 진정으로 가고 싶은 길을 생각하면, 모두에게 어울리는 결합이었다.

고를라스가 언제나 가르치려 했던 가장 중요한 교훈을 케이타가 자꾸 잊어서 안타까울 뿐이었다. 그녀의 어머니는 절대 물 먹일 수 없는 존재라는 것을. 케이타가 믿지 않으려 하는 진실이었다. 그리고 지금…… 지금은 여기에 있었다.

"대체 에쉴드는 무슨 생각이었던 거예요?"

케이타가 따져 물었다.

"아우터플레인에 연인들을 숨겨 놓을 순 없었대요? 꼭 여기까지 와서 만났어야 했어요?"

"진정해."

"진정할 수 없어! 이모는 정신이 나간 거예요? 조기 치매인가? 이모 때문에 우리 둘 다 죽을 뻔했어!"

"케이타……."

케이타는 두 손으로 허리를 짚었다.

"어디죠?"

그녀가 다시 따졌다.

"어디서 이모는 그를 만났죠? 여기인가요? 아니면 빌린 성? 여왕이 제일 좋아하는 인간 술집? 이 멍청한 여자가 연인을 만나기로 한 장소가 어디예요? 제 어머니에게 보고할 자들이 다 훤히볼 수 있었던 곳? 어디죠, 고를라스?"

"캐슬무어에 묵고 있었어."

케이타는 숨을 헉 들이켰고, 다시 의자를 짚으며 주저앉았다.

"아니야! 잘못 알았을 거야."

"내 사람들이 목격한 곳이 거기였어. 한 번 이상."

"이모가 캐슬무어에 있었다고요?"

"난 네가 에쉴드를 거기로 보냈다고 생각했지. 신중하게 일을처리하고 싶을 때 내가 아는 한 유일하게 안전한 곳이니까."

"하지만……."

케이타는 여전히 어안이 벙벙했다.

"캐슬무어? 내 이모가?"

고를라스는 히죽거리며 다시 의자에 편안히 기댔다.

"그 어조에 놀랐다는 말을 해야겠다, 케이타. 네가 그런 어조로 말하다니."

"제가 캐슬무어에 갔다고, 그것도 여러 번 갔다고 해도 아무도 놀라지 않겠죠. 아니면 제가 당신의 기이하게 매혹적인 동료 엘프들과 이름을 부르는 친한 사이라고 해도요. 하지만 에쉴드는 제가 아니에요."

"영리한 선택이야."

캐슬무어는 사우스랜드 정치, 드래곤 퀸이나 인간 여왕인 가반아일의 미친 여왕으로부터 저 멀리 떨어져 있었다. 돈은 충분했기에 연인과 개인적 시간을 보내려 하는 이는 누구나 캐슬무어를 찾았다. 그리고 장원의 주인인 아톨은 입이 무겁기로 유명했다. 고를라스는 항상 습관적으로 누가 오가는지를 확인했지만 자기가 들은 소문을 주변에 퍼뜨리지는 않았다.

"그건 사실인 것 같아요."

케이타가 말했다.

"지금도 이모가 거기 있다고 생각하세요?"

"그럴지도 모르지. 하지만 내가 굳이 네 이모를 감시하고 있진 않았으니까."

미리 짐작했어야 할지도 모르지만, 고를라스는 그 드래곤이 잡힐 만큼 그렇게 멍청하다고는 생각하지 못했다. 이제는 케이타에게 미리 연락해서 자기가 아는 사실을 알려 주었어야 했다는 생각이 들었지만, 그때는 그저 에쉴드도 채워야 할 욕망이 있다고만 생각했었다. 그는 아우터플레인에서 약초와 주문, 숲 속 동물만을 친구 삼아 홀로 사는 삶이 얼마나 힘든지 잘 알았다.

"거기 가 봐야겠네요. 이모 찾을 수 있나 보게."

"마지막으로 거기 간 게 언제였지?"

"오래됐죠. 아톨이 신경 쓸 것 같아요?"

"무척 의심스럽긴 하지. 그는 항상 너를 퍽 좋아했으니까."

"잘됐네요. 제 어머니가 이 사실을 모두 알아낸다면 저야말로 캐슬무어에 숨어야 할 테니까."

"그건 꽤 힘든 고난이 될 텐데, 레이디?"

"그 순간은…… 그래요. 게다가 아시겠지만 전 어디든 갇혀 지내는 걸 좋아하지 않으니까."

케이타는 팔꿈치를 탁자에 대고 손바닥으로 턱을 괴었다.

"또 뭐지, 케이타?"

그가 추궁했다. 그는 케이타가 모든 얘기를 털어놓지 않는다는 것을 알았다.

"만에 하나…… 에쉴드의 연인이 독립 구역에서 온 자일 수도 있어요."

고를라스의 심장이 쿵 떨어졌다.

"오, 케이타."

케이타가 한숨지었다.

"알아요. 이 모든 게 그냥 나쁜 게 아니죠, 아주 나쁘다고요!"

케이타가 막 모퉁이를 돌아 도시 정문으로 향할 때, 렌이 나타나 걸음을 맞추었다.

"뭐?"

그녀는 머리를 돌리면서 물었다.

"목걸이에 대해선 노스랜더 말이 맞았어. 푸치누스 본인이 디자인하고 만든 거야. 거의 확실해."

케이타가 걸음을 멈추고 한 발을 굴렀다.

"씹할!"

그녀는 으르렁거렸다.

친구와 걷던 한 남자가 그녀를 돌아보며 물었다.

"그거 제안인가, 아가씨?"

케이타는 시선을 렌에게서 떼지 않으며 한 손을 뻗어 남자의 바지춤을 움켜쥐었다. 그리고 열기를 내보내 그 남자를 태우면서, 렌에게 말했다.

"문제가 생겼어."

남자가 비명을 지르기 시작했지만, 케이타는 알은척도 하지 않고 신경도 쓰지 않았다. 그녀의 마음속에는 더 중요한 일들이 있었다.

렌이 케이타의 한 손을 남자의 부상당한 사타구니에서 탁 쳐서 떼어 내고는 그녀를 길 위로 끌고 나갔다. 그들이 남자와 친구에게서 충분히 멀어지자……

"너 불쌍한 자식에게 분풀이를 하려나 본데……."

"내가 반역자를 신뢰했을지도 모르기 때문에?"

케이타는 그 대신 말을 맺었다.

"그럼 내가 달리 누구에게 화풀이를 해? 나 자신에게 할 순 없 잖아!"

렌이 걸음을 멈추고 그녀를 놔주었다.

"내 앞에 있는 이가 누군지 깜박 잊고 있었군. 그래, 무슨 문제 가 생겼는데?"

"보아하니 에쉴드는 사우스랜드 영토에 몇 달 동안 들어와 있 었던 것 같아."

"이런, 젠장."

"바로 그거야. 이모는 캐슬무어에 갔었던 거지."

두 친구가 한순간 서로를 빤히 바라보며 입을 모아 합창했다.

"무어, 무어, 무어."

한참 웃다가 마침내 케이타가 말했다.

"웃긴 게 아닌데."

"아니, 아니, 안 웃기지."

렌은 두 손으로 엉덩이를 짚었다.

"그렇지만 에쉴드잖아. 그게 약간 웃긴 거야."

"이모는 연인을 만나러 갔던 거야."

"에쉴드에게 연인이 있어? 독립 구역 주민인?"

"고를라스가 해 줄 수 있는 말은 이 지역 출신이 아니라는 것 뿐이었어."

"그러면 넌 어떻게 하고 싶어?"

"집에 가기 전에 아톨의 거처에 들러야 해."

빛나는 검은 눈썹이 치켜 올라갔다.

"그런 걸 할 시간은 없잖아, 케이타?"

"이거 하나는 확실히 해 두겠는데, 내가 거기 가는 건 질문에 대한 답을 찾기 위해서야. 내 난교의 나날은 오래전에 끝났어."

"허. 그런 말을 하는 건 한 번도 들어본 적이 없는데."

"이유야 많고 많지."

그녀는 렌의 팔짱을 꼈고, 둘은 천천히 도시 정문으로 향했다.

"하지만 솔직히 말하는데, 친구. 난교 파티는 정말 꽤 귀찮아."

마인하르트는 나무 밑에서 자긴 했으나 주변에서 무슨 일이 일어나고 있는지는 잘 알았다. 알에서 갓 나와 연약한 그가 형제들 사이에 집어넣어졌던 바로 그날부터 개발해야 했던 기술이었다. 이백 년도 전 일이었지만 그 기술은 여전했다. 그래서 그는 블루 드래곤을 보내 저녁거리를 찾아오라고 시키기도 전에, 사촌 동생이 돌아온 순간부터 알았다. 마인하르트가 하품을 하고 배를 긁으면서 일어나 앉자, 그가 이십 분이 지난 후에도 여전히 우습게 보이는 무슨 말을 했다.

"그러니까…… 그 여자가 헤픈 스파이라는 거냐?"

"그래."

마인하르트는 라그나를 이해할 수가 없었다. 여기 그의 앞에 아름다운 드래곤이 농익어서 따 주기만을 기다리고 있는데, 이

백치는 케이타 공주와 스파이에 관한 이야기를 믿고 있었다. 솔직히, 쟤 정신이 어떻게 된 거 아닌가?

하지만 그런 생각을 하기는 했어도, 사촌 동생이 약간 덜 차갑고 덜 무심하게 굴면서 좀 더 진정한 노스랜더처럼 행동하는 모습을 보고 있노라니 재미있었다. 소유욕 강하고, 광적이며, 위험할 정도로 불안정한 모습. 라그나가 한 말의 뜻을 명확히 하기 위해, 마인하르트는 물었다.

"그래, 그 여자가 헤픈 스파이라는 사실을 알아냈다는 거지? 아니면, 어쩌다가 네가 바보 천치가 되어서 그 여자가 헤픈 스파이가 되었다고 믿게 된 거냐?"

"그 여자의 어떤 점을 믿기가 어렵다는 거지? 헤프다는 것? 아니면 스파이라는 것?"

라그나가 따져 물었다.

마인하르트는 비골프를 바라보았고, 둘은 함께 대답했다.

"스파이라는 거지."

"스파이라는 거야."

라그나가 이마를 문질러 대자 비골프가 말했다.

"봐, 형. 우리는 공주가 미인계를 쓰는 스파이가 아니란 얘기를 하는 거야. 상대가 남자라면, 그 여자가 그들을 자기 마음대로 주무를 가능성이 높겠지. 하지만 그들에게 정보를 준다? 노스랜드에서 어떤 시간을 보냈는지? 자기 엄마에 대해서? 아니, 그건 아니라고 봐."

라그나는 앞발로 땅을 짚고 서성거리기 시작했다.

"대체 둘 다 그 여자를 감싸고 나서는 이유가 뭐야?"

"우린 너만큼 잘난 척하지 않으니까. 내 침대에 끌어들이려고 여자에게 처녀성의 증거를 요구하진 않아. 사실…… 난 아닌 쪽이 좋지. 처녀라면 책임질 일이 많으니까."

마인하르트가 대꾸했다.

"이건 그 여자의 처녀성하고도 관계가 없고 처녀가 아닌 것하고도 관련이 없어."

라그나는 딱 잘라 말했다.

"그러면 뭐냐? 그 여자의 어떤 점이 그렇게 거슬리는데?"

점점 더 좌절한 표정으로 라그나가 설명을 내세웠다.

"그 여자는 위험한 일에 빠져들었을 수도 있는데, 그 사실을 알아챌 정도로 똑똑하지 못하다는 거야."

마인하르트는 어깨를 으쓱했다.

"나한테는 그 정도로는 똑똑해 보이던데."

라그나가 헛기침을 했고, 마인하르트와 비골프는 다시 서로 마주 보았다.

"아, 알겠다. 그 여자는 너만큼은 영리하지 못하지."

마인하르트가 추측했다.

"내가 그렇다는 게 아니……."

"아니면, 형의 소중한 레이디 다그마만큼은."

비골프가 덧붙였다.

"우리 지금 다그마 얘기를 하는 것도 아니라고."

"어째서 그냥 극복하지 못하는 거냐?"

마인하르트는 마침내 사촌 동생에게 물었다.

"뭘 극복해?"

게다가 이 개자식이 배짱 좋게도 당황한 표정을 지었다.

"너 자신도 믿지 않는 온갖 추잡한 죄목을 그 여자에게 뒤집어 씌우는 대신, 그냥 그 여자랑 한번 해 버려."

라그나는 한발 물러났다.

"뭐라고?"

"한번 해 버리라고. 지난 백 년 내내 아달울프 삼촌의 지하 감옥에 갇혀 있었던 양 진하게 한번 해. 눈알이 뒤집어지고 다리가 후들후들 떨려 걷지 못할 때까지 해 버려. 한번 한 다음에 극복하면, 이 개똥 같은 일은 지난 일로 하고 왕족들을 다 차 버린 후에 원래 우리가 살던 노스랜드로 돌아갈 수 있겠지."

"이 문제를 처리하는 방법에 대한 형의 대답이 그거야?"

"뭘 처리해? 이 여자랑 한번 자고 싶어서 어쩔 줄 모르는 네 욕망과 가슴에서 일어나고 있는 흉측한 가려움증 말고는 처리해야 할 게 있는지 모르겠구나."

"그래, 형의 그 평가는 감사한데, 나는 욕망 같은 건 없……."

"뭐? 무슨 욕망이 없다는 거야? 그 여자랑 자고 싶지 않아? 우리 모두 형이 다 거기 목매다는 거 알고 있는데."

비골프가 끼어들었다.

"아니라고!"

"거짓말쟁이. 형이 얼마나 망할 거짓말쟁이인지 엄마도 알고 있어?"

"사실을 직시해, 라그나. 우리 모두 그 여자랑 하고 싶다고."

셋 중에서, 오직 라그나의 눈만 마인하르트의 말에 위험하게 가늘어졌다. 그래, 확실히 소유욕은 강해졌다.

"아, 그러셔?"

라그나가 물었다.

"인간 엉덩이일 때나 드래곤 꼬리일 때나 끌리잖아. 둘 다 맛있어 보이고."

"그리고 둘 다 원하지 않을 남자가 누가 있어?"

비골프가 거들었다.

"바로 그거야."

마인하르트가 말을 이었다.

"하지만 봐라. 네 길을 막는 사람은 우리가 아니야. 너 자신이지. 넌 생각이 쓸데없이 많아."

"모든 일에 다 그러는 것처럼."

비골프도 동의했다.

라그나는 입을 꽉 다물었다가 말했다.

"난 생각이 많은 게 아냐."

"넌 그래. 지금도 그러고 있고. 그런데도 그 여자를 빠져나가게 두고 있지."

마인하르트가 반박했다.

"그 여자가 나를 원한다고 어떻게 그렇게 확신하지?"

그가 굳이 시선을 피하려 하자, 라그나는 재빨리 발톱을 들어 가리켰다.

"뭐야, 무슨 말을 하려다 마는 거야?"

"말하고 있잖아. 형이 그 여자를 원하면 가질 수 있다고."

비골프가 악문 잇새로 말을 내뱉었다.

"그걸 어떻게 알아? 거짓말할 생각 말고."

"블루 녀석이 약간 걱정하더라고. 음…… 그 녀석이 쓴 표현이 뭐더라?"

"음, 영토 간 관계라고 했던 것 같은데."

마인하르트가 말을 받았다.

"그게 뭔데?"

"자기 누이가 그 관계를 해치는 걸 원치 않는다고."

"어떻게 그렇게 한다는 거야?"

"그 애송이 말로는 약간……."

마인하르트가 앞발 한쪽을 들며 발톱을 흔들었다.

"공주와 그 이스트랜더 친구 사이에 내기가 있었다는 거지."

"심심할 때면 둘이 할 만한 짓이래."

비골프가 말했다.

"내기? 무슨 내기인데?"

"너를 침대로 끌어들일 수 있는지 없는지 하는 것."

마인하르트가 대답했다.

비골프는 형의 얼굴에 떠오른 표정을 보고 고개를 흔들었다.

"그리고 형을 봐. 열 받았잖아, 이 일에."

"물론 열 받았지!"

"왜? 왕가의 피가 흐르는 드래곤이 저절로 굴러 들어와서 네

맘대로 하라고 앞에 벌러덩 누웠는데, 왜 화를 내? 대체 뭐가 잘못된 거냐?"

마인하르트가 물었다.

"나와의 섹스를 두고 내기를 했잖아!"

라그나는 폭발했다. 자기 일족이지만 전혀 이해하지 못할 것 같아 두 발을 허공 높이 쳐들었다. 사실 그는 그들을 이해할 수 없었다. 그들이 그를 이해하지 못하는 것처럼. 특히 이런 종류의 문제에서는.

"그래서? 나라면 그 드래곤이 나와의 섹스를 가지고 매일 내기해도 괜찮겠는데."

"나라면……."

비골프는 자기 요점을 알아듣게 하려고 세 개의 발톱을 튀기면서 말했다.

"그 여자가 내기에 이기도록 놔두겠어. 계속 또 계속 이기도록 하겠다고. 우리 둘 다 움직이지도 못하고 숨도 쉬지 못할 때까지. 나라면 그럴걸."

"둘 다 아무짝에도 쓸모없는 것들이니까!"

라그나는 포효하며 숲 속으로 쿵쿵 들어가 버렸다.

마인하르트가 비골프를 슬쩍 쳐다보며 물었다.

"지금 라그나가 우리에게 고함친 거냐?"

"그런 것 같은데. 여러 번이나."

"라그나가 무슨 일에 대해서건 고함치는 건 들은 적이 없는 것 같은데."

"좋은 지적이야."

마인하르트는 머리를 긁적거렸다.

"하지만 그래도, 그렇게나 바짝 통제하고 있던 감정을 다 잃고……."

"내 말이 그 말이야."

비골프가 멀리 사라져 가는 라그나의 꼬리를 향해 소리쳤다.

"거기에 목매달고 있다니까!"

마인하르트는 아주 짧은 순간밖에 웃을 수가 없었다. 다음 순간 사촌 동생이 그와 비골프의 머리에 던진 돌에 맞고 나가떨어졌으므로.

케이타는 렌과 함께 마침내 도시에서 돌아왔을 때 라그나가 아무런 불평을 하지 않아서 무척 놀랐다. 그들은 천천히 걸어오면서 에쉴드를 찾기 위한 다음 단계를 어떻게 진행할지 계획했다. 그래도 라그나는 아무 말도 하지 않았다. 그의 형제나 사촌도 마찬가지였다. 그리고 물론, 에이브히어가 관심 가진 것이라고는 그녀가 고를라스의 서점에서 가지고 온 새 책뿐이었다.

"와아! 누나, 최고인데!"

에이브히어는 누나를 보고 씩 웃었다.

"너무 늦어서 미안해."

케이타는 변신할 수 있도록 모피 케이프와 실크 드레스를 벗으면서 상냥하게 말했다.

"상관없어."

라그나가 뒤에서 웅얼거리는 바람에 그녀는 깜짝 놀랐다.

"뭐라고?"

케이타는 자기가 제대로 들었는지 의심스러웠다.

"상관없다고. 우린 벌써 여기서 야영하며 밤을 보낼 준비를 했으니까."

그는 완전히 어안이 벙벙한 그녀를 남겨 두고 걸어가 버렸다. 그래서 케이타는 렌의 머리카락을 잡아 가까이 끌어당겼다.

"아얏!"

"저자가 무슨 일을 꾸미는 걸까?"

케이타가 속삭였다.

"몰라. 아마 별일도 아닐걸. 그리고 나 좀 놔줄래. 이 여자야!"

그녀는 그의 말대로 했다.

"아마 별일도 아니라는 게 무슨 뜻이야?"

"아마 별일도 아니라는 거지."

이제 렌을 보는 그녀의 눈이 가늘어졌다.

"뭘 알고 있어?"

"무슨 뜻이야?"

"무슨······? 나랑 장난칠 생각 마, '선택된 자' 렌."

"마음에 안 들 텐데."

"상관없어."

렌이 그녀를 일행에게서 멀리 떨어진 곳으로 데려갔다.

"오늘 오후 저자가 우리 뒤를 밟았어."

"뭘 했다고?"

"걱정 마. 아무것도 못 봤으니까. 저자가 물어보면, 너는 근사하고 깨끗하며 지루한 서점에 있었던 거고 나는 목걸이를 감정받으러 갔던 거야."

"하지만 어떻게 저자가 나를 미행할 수 있지?"

"그건 그냥 넘어가, 케이타."

"참도 그냥 넘어갈 수 있겠다."

그 말과 함께 케이타는 라그나를 쫓아 가까운 호수로 나갔다.

그는 물가에 쭈그리고 앉아 평정한 수면 너머를 바라보고 있었다. 하지만 혼자가 아니었다. 그녀가 한참 동안 그의 뒤에 서 있은 후에야 그의 온몸이 굳어졌다.

"나를 몰래 따라왔나, 공주?"

그가 물었다.

"내가 그랬는 줄은 몰랐는데."

케이타는 거짓말을 했다. 어머니는 그녀에게 깜짝 놀랄 때마다 여러 번 지적했었다.

'뱀처럼 살금살금 기어 다니는 애라니까, 걔는.'

케이타는 그의 옆으로 다가가며 물었다.

"당신 머리 위에 검은 새가 있다는 거 알아?"

라그나가 그녀에게로 시선을 돌렸다.

"그래."

그는 말했다.

"까마귀지. 나도 알고 있어."

"당신을 조각상으로 착각했던 거야?"

"아니."

케이타는 드래곤과 새를 한참 바라보다가 물었다.

"새를 그대로 놔둘 거야?"

"날 귀찮게 하지 않으니까."

"하지만 머리 위에 새가 앉았는데."

"그래. 그 얘기는 벌써 결론을 봤잖아. 하지만 어째서 그렇게 깜짝 놀라는지 모르겠군. 당신도 수행원이 따로 있는 것 같은데 말이야."

케이타가 얼굴을 찡그리자, 그는 뒤를 가리켰다. 케이타는 자기 꼬리에 코를 비비적대는 것을 힐끔 보았다.

"아, 저것들."

"그래, 저것들. 늑대 떼가 종종 저렇게 따라다니나?"

"수컷들만 그래."

"뭐라고?"

케이타는 미소를 띠었다.

"무슨 말을 할 수 있겠어? 수컷들은 나를 좋아해. 무슨 족속이든, 무슨 종이든. 내 잘못은 아니잖아. 나는 굳이 그들을 꼬이려고 하지도 않는데 어쨌든 오더라고."

라그나가 고개를 살짝 저으면서 차갑게 대답했다.

"알겠네."

그가 다른 말을 않자, 케이타는 좀 더 밀어붙여 정보를 얻어볼까 했으나 그러지 않기로 했다. 라그나의 분위기가 마음에 들지 않았다. 그 때문에 마음이 불편했다. 그녀는 마음이 불편해지는 것이 싫었다.

"에이브히어 말로는 저녁이 곧 준비된대."

케이타는 그렇게만 말하고는 그에게서 몸을 돌려 야영지로 향했다.

"뭐 하나만 말해 줘, 공주."

케이타가 멈췄다.

"내 아버지가 당신을 발견했을 때 노스랜드에서 뭘 하고 있었던 거지?"

기대하지 못했던 질문이라 케이타는 허를 찔리고 말았다. 이 년 전이라면 그런 질문을 예상했겠지만, 지금은 아니었다. 여기서는 아니었다. 대체 그게 이 남자가 페넬라까지 따라온 것과 무슨 상관이 있을까?

케이타는 살짝 미소를 띠며 얼굴에 흐트러진 머리카락을 넘겼다.

"그저 반항이었지. 어머니랑 딸 사이라는 게 어떤지 알잖아."

"노스랜드에는 부모가 연을 끊을 만한 딸이 그렇게 많지는 않지만, 대강은 알겠군. 그래도……."

그녀가 다시 한 발 떼려 하자 그가 말을 이었다.

"그건 위험했잖아. 그렇지 않아? 적의 영토에 들어온다는 거 말이야."

이 드래곤은 함정을 파고 있었고, 케이타는 그가 원하는 것을 줄 마음이 없었다. 그래서 누군가를 떨쳐 내고 싶을 때 항상 제일 잘 먹혔던 방법을 썼다.

그녀는 뱀처럼 미끌미끌 빠져나갈 수 있었다.

라그나는 그 순간 가장 소름 끼쳤던 것이 뭔지 알 수 없었다. 이 공주가 직접 스파이 일에 뛰어들었다는 것? 아마도 순전히 지루했기 때문이겠지. 아니면 그와의 섹스를 두고 내기를 했다는 것? 어쩌면 둘 다 소름 끼치는 이유이리라. 대체 어떤 왕족 아가씨가 근처 도시에 있는 스파이 조합을 방문하거나 재미로 남자를 유혹하려 든단 말인가? 그 여자는 라그나의 바보 같은 동생과 바보 같은 사촌이 바친 충성과 욕정을 받을 가치도 없었다.

케이타의 앞발이 라그나의 가슴을 스르르 훑으며, 발톱으로 비늘을 긁었다. 라그나는 퍼뜩 놀라 살짝 뛰었다. 머리 위에 앉았던 새 손님이 나무 사이로 푸르르 날아가 버렸다. 라그나만 혼자 남겨 두고. 그녀와.

"공주……."

그녀는 머리를 그의 턱에 기대고 그의 목을 비볐다.

"나한테 원하는 게 뭐지, 라그나?"

그녀가 허스키한 목소리로 물었다.

"당신은 너무 질문이 많아. 하지만 당신이 원하는 건 모르겠어. 어쩌면 내가 그저 까다롭게 구는지도 모르지. 어쩌면 당신에게서 정보를 끌어내고 싶은지도 모르고."

케이타는 뒷발 발톱 끝을 훑어 올리며, 코와 입을 그의 목에 대고 쓸었다. 그녀의 목소리가 그의 귀에 속삭였다.

"당신이 나를 묶으면 우리 둘 모두에게 더 좋을지도 몰라. 그렇게 해서 내게 대답을 받아낸다면. 어쩌면 사슬도."

그녀는 약간 숨에 차서 가르릉거렸다.

"우리가 몇 시간 동안 단둘이 있으면서 사슬로 뭘 할 수 있을지 상상해 봐."

라그나는 그녀를 어깨로 받치며 자기 몸으로 끌어당기려다가 지금 자신이 무슨 짓을 하는지 깨달았다. 그녀가 자기에게 무슨 짓을 하게 했는지를. 망할, 얼굴을 비비고 사슬 이야기를 꺼냈을 뿐인데!

독사!

라그나는 그녀를 밀쳤다. 케이타는 화를 내는 대신에 웃음을 터뜨렸다. 성적으로 자유분방한 척하던 얼굴은 스르륵 사라지고, 그 아래 냉혹한 드래곤의 진면모가 나타났다.

"뭐가 잘못된 거야, 라그나? 사슬이 별로 마음에 안 드시나? 애교 있는 순진한 처녀가 더 취향인가? 아니면 계속 '싫어요, 싫어요, 싫어요.'라고 발버둥 치면서도 속뜻은 '좋아요, 좋아요, 좋아요!'인 처녀가 좋아?"

그녀의 웃음이 호수 건너까지 울렸다.

"내가 좋아하는 건 말이지, 공주……."

"아니, 됐어. 나한테 말하지 마. 당신이 좋아하는 건 위엄 있고 장엄한 것이라고 장담하지! 꼬리는 올리고, 머리는 내리고, 혈통을 후세에 전하기 위해 상대를 취할 준비를 하는 것?"

그녀는 라그나의 성질을 긁고 있었고, 그는 이 자리를 떠야만 했다.

"사실……."

"나한텐 말이지."

그녀가 말을 끊고 꼬리로 조약돌 하나를 집어 호수 속에 던져 버렸다.

"그건 당신 아버지가 좋아하는 것 같은데."

그녀는 엉덩이로 주저앉으며 앞발을 들었다.

"나 개인적으로는 모르지만 말이야. 하지만 그렇지? 그게 당신이 좋아하는 거야?"

케이타가 갈색 눈으로 그를 재보며 헤죽거렸다. 고의적으로 그의 가장 약한 점을 찌르고 있었다.

"이게 바로 '부전자전'이라는 건가?"

바로 그때 라그나의 안에서 무언가 부서졌다. 그는 어떤 면에서는 그녀가 자신의 질문에 대한 대답을 회피하고 관심을 다른 데로 돌리려고 약 올리는 것뿐임을 알았지만, 화를 억누를 수가 없었다. 이런 모욕을 받고서는 그럴 수 없었다.

"아니, 공주."

라그나는 낮은 목소리로 대답했다.

"내가 좋아하는 건, 내가 항상 좋아했던 건 생각하고 추론하며 미래 후손들이 의미가 있다고 생각할 삶을 살 능력이 있는 이야. 내 말 오해하지 마. 나는 아무 문제 없이 매춘부를 침대로 데려갈 수 있어. 자기 일을 이해하고 돈의 가치를 아는 여자라면 존중하니까. 하지만 머릿속에 아무것도 든 게 없는 얼뜬 처녀는 머릿속에 아무것도 든 게 없는 얼뜨고 헤픈 여자만큼 나쁘지. 섹스가 끝나면 남는 건 상대밖에 없는데, 그러면 어떻게 할까?"

그는 살짝 어깨를 으쓱했다.

"당신이라면 그냥 떠나겠지. 어떤 남자도 너무 가까워져서 당신 안에 아무것도 없다는 걸 보기 전에."

라그나는 발톱이 날아와 얼굴을 할퀼 것을 기대했다. 그러나 그렇지 않았다. 그는 눈물, 증오 어린 비난을 기대했다. 하지만 그런 건 쏟아지지 않았다. 그는 그녀가 분노에 차서 쿵쿵대며 떠나가리라 기대했다. 그렇지도 않았다.

대신 그녀의 눈길은 흔들림 없었고, 등은 꼿꼿했으며 목소리는 평탄하고 차분했다.

"당신이 칼을 매고 있지 않는 걸 감사해야겠네. 분명히 내가 당신 신경을 건드렸을 테니까. 하지만 괜찮아."

그녀는 그의 주위로 돌아갔다.

"우리가 하던 게임이 도를 넘었네. 이제 우리 둘 다 선을 알게 됐어."

그녀가 야영지로 향하며 말했다.

"하지만 다시 한 번 나를 헤픈 여자나 매춘부라고 부르면 죽여버릴 거야. 그런 말을 하고도 무사할 수 있는 건 내 언니와 어머니밖에 없어. 그래서 당신이 어떻게 해도 그들이 훨씬 더 위험한 거야, 라그나."

라그나는 그녀가 떠난 자리에 그대로 서서 멍반 바라보았다. 그는 평생 한 번도 말문이 막힌 적이 없었다. 마법과 좋은 강철 무기처럼 말은 그의 주 무기였다. 그의 일족 대부분은, 특히 아버지는 그 분야에 적수가 되지 않았다. 하지만 라그나는 자긍심을 갖고 생각하곤 했다. 쉽게 필살기를 쓰려고 하지는 않았다고. 한 번도 상처 주고 파괴하려는 목적만을 위해서 말을 쓴 적은 없었다. 말을 이용할 때는 원하는 것을 얻으려는 목적이 있었다. 그렇지만 갑자기, 사우스랜드의 어떤 숲 속 한가운데서, 라그나는 아버지가 전투 망치를 휘두르듯이 자기 말을 써 버리고 말았다. 잔혹하게, 그 결과에 대해선 전혀 신경도 쓰지 않고.

자기혐오를 느낀 그는 다시 물가에 주저앉아, 케이타 공주의 갈색 눈에서 본 고통은 보기만큼 심하지는 않을 거라고 애써 생각했다.

여행의 다음 이틀 동안 그녀가 말을 걸지 않으려 하거나 보지 않으려 했다면 차라리 나았을 것이다. 그가 질문을 할 때마다 총총 걸어가 버리거나 씩씩대거나, 그가 입을 열 때마다 꺼지라고 했다면.

라그나는 케이타 공주가 이렇게 했다고 말할 수 있기를 바랐다. 철저히 상처 입은 왕족 역할을 했더라면. 그러나 운 없게도 케이타의 복수 방법은 훨씬 더 교묘하고 훨씬 더 잔혹했다.

사실 케이타가 말을 걸기는 했다. 매우 예의 바르게. 뭔가 부탁할 때면 끝에 꼭 '제발'을 붙였다. 그가 뭔가 하라고 하면 군소리 없이 하고 그가 한 말을 글자 그대로 따랐다. 자기를 직접 호명할 때만 대화에 끼었고, 답변은 너무 짧지도 너무 길지도 않게 했다.

그녀는 등을 꼿꼿이 펴고, 머리를 높이 쳐들고, 동생의 책을 한 권 빌려서 휴식 시간에 읽기도 했다.

라그나는 케이타가 이제 조신한 공주에게서 기대하고 바랐던 모습대로 되었다는 것을 깨달았다. 한편으로는, 자신이 조신한 공주를 얼마나 싫어하는지도 깨달았다. 그녀가 웃거나 가족이나 그와 시시덕대는 모습을 그리워하리라고는 생각도 못 했다. 그 거슬리게 키득거리는 웃음이나 동생을 놀리는 방식까지도. 라그나는 그 모든 것이 그리웠다. 적어도 케이타에게서는 그런 모습이 그리웠다.

하지만 그녀는 그를 차갑게 밀어내지 않았나? 절벽 아래로 떨어뜨려 묻어 버린 눈사태처럼.

다른 이들도 무슨 일인가 일어났음을 감지했다. 그들은 모두 그와 그녀가 에티켓에 맞게 행동하는 순간들을 관찰했고, 뭔가 바뀌었음을 깨달았지만 뭔지는 알지 못했다. 오직 이스트랜더를 제외하고는. 그는 케이타가 등지고 있을 때마다 이글이글한 눈으로 라그나를 쏘아보았다.

라그나가 이스트랜더나 케이타를 탓하는 건 아니었다. 그는 지난 두 밤 동안 잠을 이루지 못하고 자기가 그녀에게 한 말을 기억할 때마다 움찔거렸다.

그리하여 그날 저녁 일찍 안전한 곳에 도착했을 때 ─이스트랜더가 뜬금없는 자리에서 오늘 일정을 여기서 끝내자고 부탁했다─ 라그나는 진이 다 빠졌고 신경이 날카로웠으며 자기 자신과 세상에 대해 위험할 정도로 성이 나 있었다.

그는 작은 언덕에 등을 붙이고 땅에 주저앉아 오랜 비행으로 저린 날개를 쫙 펼쳤다.

"에이브히어."

이스트랜더가 블루 드래곤의 어깨를 톡톡 두드렸다.

"네 누이를 일 리그 정도 떨어진 호수로 데려가려는데. 미역을 감고 싶대."

에이브히어는 고개를 끄덕이며 누이가 그를 위해 고른 책 한 권을 뽑았다. 둘이 걸어가 버리자, 비골프가 라그나 앞에 주저앉았다.

"무슨 일이야?"

"아무 일도 아냐."

"저 여자는 우리가 항상 놀리던 왕족들처럼 되어 버렸잖아. 형은 비열한 개자식이 되었고. 둘 사이에 무슨 일이 있었겠지. 저 여자에게 뭐라고 한 거야?"

"내가 말하고 싶은 건 아무것도 없다. 그러니까 가라, 동생아."

이제 마인하르트가 앞에 웅크리고 앉았다.

"라그나, 저 여자 마음을 상하게 했다면……."

일 초도 더 견딜 수 없었던 라그나는 일어나서 그 자리를 떴다. 그리고 야영지를 벗어나기 전에 여행 가방을 들었다.

어쩌면 진정 주문을 잘 걸면 긴장을 풀어 줄지도 몰랐다. 게다가 젠장맞을! 케이타와 호숫가에서 마지막으로 만났던 이래로 상당히 심각해진 가려움증을 멈출 수만 있다면 뭐든 하리라. 라그나는 한 나무 앞에 멈춰 인간으로 변신한 후 나무에 기대 가려움증이 가장 심한 곳을 긁었다. 어찌나 심하게 긁었는지 피가 맺힐 지경이었다. 점점 참기 힘들어졌다!

케이타를 따라잡아 그 망할 꼬리로 자신을 꿰뚫을 때 썼던 주문을 풀어 달라고 요구하려던 순간, 라그나는 공주가 나무 사이를 혼자 거니는 모습을 보았다. 그녀도 인간 모습으로 변신을 해서 이전에 본 적이 없던 드레스와 모피 망토를 입었고 신발은 신지 않았다.

라그나는 얼굴을 찡그렸다. 그녀처럼 인간 옷을 좋아하는 드래곤이라면 신발은 필수일 텐데.

그리고 대체 저 여자는 이 뜬금없는 곳 한복판에서 어디로 가려는 걸까? 혼자서, 인간 모습으로, 신발도 없이?

케이타는 캐슬무어를 둘러싼 거대한 문 앞에 섰다.

사우스랜드의 영주들이 사는 요새형 성들이 대부분 그렇듯이 캐슬무어는 궁전 같았다. 경비병이 있었지만, 술을 너무 많이 마시고 질펀하게 놀아난 끝에 걷잡을 수 없어진 자들을 내던질 만큼 강해 보이는 자는 몇 없었다. 그 외에 공습이나 군대 공격을 맞아 성을 보호할 만한 장비도 없었다.

아톨 라이드푸르트에게는 그런 유의 보호가 필요하지 않았다. 그가 마법사나 주술사, 마술사로 불리던 때도 있긴 했지만, 요새는 그런 길을 따르는 자들 누구도 아톨을 자기 부류라고 말하지 않았다. 그는 더 검은 길을 따라갔으며 영혼을 팔았는지도 모른다는 소문이 돌았다. 케이타는 사실을 알지 못했고 별로 걱정이 되지도 않았다. 그녀는 그 정도 위상을 가진 자를 혹할 만한 마법을 가지고 있지 않았다. 다만 그녀가 이곳에 올 때마다 성벽 뒤에서 일어나는 일은 한 가지 초점, 오직 한 가지 초점만을 두고 있는 듯 보였다. 바로 쾌락이었다.

문이 천천히 뒤로 젖혀지며, 개인 보좌관을 대동한 아톨이 그녀를 마중 나왔다.

"케이타."

"아톨."

케이타는 그가 앞으로 뻗은 팔 안으로 걸어 들어가며 진심 어린 포옹을 나눴다.

"오랜만이군요, 나의 아름다운 여인."

그가 두 손가락으로 그녀의 턱을 들었다.

"여전히 아름답네요. 여기 오래 묵을 계획이면 좋겠군요."

"사실 그러지는 못해요. 어쨌든 오래 머무르진 못할 거예요."

"아쉽군요."

그가 웅얼거렸다.

"오늘 밤 멋진 유흥을 계획해 놓았거든요. 당신도 분명 즐기실 텐데요."

분명히 즐기겠지만, 케이타가 여기 온 이유는 아니었다.

"다른 때가 좋을 것 같네요."

"좋으실 대로."

그가 케이타를 놔주었다.

"렌은 어디 있죠?"

"사실은 모른답니다."

케이타는 거짓말을 했다. 렌의 바람과는 반대로, 그녀는 옛 친구를 떼 놓고 오겠다고 우겼다. 그래야만 했다. 렌과 아톨 사이의 긴장감은 언제나 문제였다. 그들은 케이타 때문에 서로를 참아 주기는 했지만 잘 지내진 못했다. 케이타가 이 엘프에게서 뭔가를 얻어 내고 싶다면 렌을 데리고 올 수는 없었다. 아톨이 못 견딜 만큼 속을 긁어 놓을 테니까. 이스트랜더가 무척 잘하는 짓이었다.

"그럼 친구분은?"

아톨이 물었다. 그가 무슨 얘기를 하는지 몰라서, 케이타는 되물었다.

"친구라니요?"

아톨이 턱을 들어 그녀 뒤의 한 지점을 가리켰다. 케이타는 어깨 너머로 돌아보다가 바로 뒤에 선 라그나의 모습에 충격을 받은 티를 내지 않으려고 무진 애를 썼다. 얼마나 오래 거기 있었을까? 그가 뒤를 밟는데도 어째서 눈치채지 못했을까?

라그나가 앞으로 한발 나섰다.

"지식 수도회의 라그나 수사입니다, 영주님. 이번 여행에서 레이디 케이타를 수행하고 있습니다."

"수도사?"

아톨이 케이타에게 눈길을 보냈다. 케이타는 재빨리 아톨의 팔을 잡으며 머리를 굴렸다.

"이분은 제 영혼을 구원하길 바라신답니다."

그녀는 목소리를 아주 낮추고 말했다.

"저는 그의 영혼을 구원하고 싶고요."

아톨이 웃음을 터뜨렸다.

"아. 부끄러움을 모르는 귀여운 케이타 같으니. 이전과 똑같은 모습을 보니 기쁘군요."

그는 그녀에게 윙크하고 라그나에게 인사했다.

"아톨 라이드푸르트입니다. 형제님. 이 장원의 주인이지요."

그러고는 한 팔을 흔들어 그들을 안으로 청했다.

"두 분 다 무척 환영합니다."

라그나는 일단 문을 들어서자 느껴지는 이곳의 힘을 믿을 수가 없었다. 그가 품고 다니는 마법의 힘은 피부 안에 갇힌 듯했고 그의 주문 대부분은 효과가 없었다. 힘이 어찌나 금방 사라져 버렸는지, 라그나는 아무리 노력해도 여기서는 드래곤 형태로 변신하거나 번개를 내보낼 수는 없으리라는 것을 알았다. 신체적 힘도 이전만큼 강하지 않았다. 마치 진짜 인간이 된 듯했다.

라그나가 정말로 놀란 것은 이곳을 지키는 그 모든 힘이 오직 단 하나의 원천에서 나온다는 것이었다. 아톨 라이드푸르트 본인에게서.

그는 엘프 영주를 따라 궁전으로 들어갔다. 케이타가 걸음을 늦추어 나란히 걸었다.

"여기서 뭐하시나요?"

그녀는 부드럽게 물었다.

"당신 뒤를 지키는 것."

"내 뒤를 지켜 줄 필요 없는데……."

아주 짧은 순간, 그는 이전의 참아 주기 힘든 케이타가 돌아왔다고 생각했다. 그녀가 다음 말을 덧붙이기 전까지는.

"하지만 무척 감사해요."

망할!

"케이타!"

케이타는 걸음을 빨리하여 성의 주인과 함께 안으로 들어가 버렸다.

그들 뒤를 따라 라그나도 안으로 들어섰지만 입구에서 바로 멈춰 섰다. 이런 곳 이야기를 들어 본 적은 있으나, 본 적은 한 번도 없었다. 인간 여왕의 궁전조차 이렇지는 않았다. 이곳으로 이어지는 입구 복도는 순수한 대리석으로 만들어졌고, 벽에 새겨진 정교한 문양은 순금으로 군데군데 강조되어 있었다. 황금 횃대가 복도에 줄지어 서 있고, 머리 위에는 크리스털 샹들리에가 있어 사방이 휘황찬란했다. 그리고 현관문 양쪽에는 문 높이의 남근상이 서 있었다.

"뭐 필요한 거라도 있으십니까, 형제님?"

아톨의 보좌관이 물었다.

"아니, 괜찮습니다."

"저를 따라오십시오."

라그나는 작은 무리를 따라 놀랍도록 긴 복도를 걸어가며, 문이 닫힌 방을 지나고 또 지났다. 그래도 그 닫힌 문 뒤에서 흘러

나오는 소리는 순식간에 알아챌 수 있었다. 섹스하는 소리였다. 게다가 섹스의 냄새가 모든 것에 스며 있었다. 이곳이 어떤 종류의 성인지 분명했다. 신들이여, 맙소사. 케이타는 그가 한 말에 그렇게 화를 내고 상처를 받았으면서도 위로를 찾아 여기 왔단 말인가? 차가운 익명의 섹스를 찾아서?

그래도 자신의 마음에 솔직하자면 ―지난 이틀간 라그나는 자기에게 냉정하도록 솔직해지려고 애썼다― 그건 케이타의 방식 같지는 않았다. 냉정한 익명의 섹스가 그녀의 방식일지는 모르지만, 그의 멍청한 말에 상처를 받거나 화가 났기 때문에 그렇게 한다고? 아니, 케이타의 방식은 그보다 더 직접적이었다. 차라리 다시 꼬리로 그를 찌르면 모를까, 아니면 그가 잠들 때까지 기다렸다가 산 밑으로 굴려 버리거나. 그렇다, 그게 독사 케이타의 스타일에 더 어울렸다. 그는 이제 깨달았다.

그러면 대체 왜 여기에 있는 거지?

마침내 그들은 복도 끝의 개인실에 다다랐다. 아톨 본인을 위한 방인 듯했다. 안으로 들어서자, 보좌관이 문을 닫고 라그나와 케이타에게 의자를 권했다. 모두 가죽 의자에 편안히 앉자, 아톨이 물었다.

"그래, 무슨 일로 여기까지 오셨소, 나의 아름다운 아가씨?"

"누군가를 찾고 있는데, 지난 몇 달간 여기 여러 번 들렀다는 이야기를 들었어요."

"캐슬무어에는 수많은 이들이 옵니다, 케이타. 알잖아요."

"그리고 당신은 그들을 하나하나 다 아시잖아요. 그러니까 게임은 하지 말기로 하죠."

보좌관이 와인병을 들었지만, 케이타는 손짓으로 물리쳤다. 그는 라그나에게도 술을 권했다. 라그나는 긴 하루였으므로 한 잔 정도 마셔 볼까 생각이 들었지만, 케이타가 재빨리 머리를 젓는 것을 보았다.

그도 손짓으로 거절의 뜻을 보였다.

"와인이 싫으십니까, 형제님?"

아톨이 그를 면밀히 살펴며 물었다.

"아니, 괜찮습니다."

"그러면 과일이라도?"

아톨은 갓 딴 과일이 놓인 접시를 라그나 앞에 내밀었다. 배가 고팠지만, 음식에 와인만큼이나 약을 섞기 쉽다는 것을 알았기에 그는 고개를 저었다.

"역시 싫으십니까? 이건 장원 주위의 나무에서 딴 것인데요. 매일 신선한 과일로 따 오게 합니다."

그는 케이타에게 말했다.

"여러 손님들에게 큰 인기를 끌고 있습니다만."

"아니, 괜찮습니다."

라그나는 재차 사양했다.

"좋으실 대로."

아톨이 접시를 옆 탁자에 놓고 다시 의자에 기댔다.

"자, 옛 친구여, 찾으시는 분이 누구지요?"

그는 그럭저럭 사근사근했으나, 케이타가 입을 열었을 때 라그나는 그녀가 말을 하려다 말고 마음을 바꿨다는 것을 알 수 있었다. 그 이유와 의도를 알 수는 없었지만, 케이타는 갑자기 이런 말을 불쑥 내뱉었다.

"독립 구역의 사람들도 여기 들르나요?"

"독립 구역? 퀸틸리안 지방 출신?"

"제가 모르는 다른 독립 구역도 아시나 봐요?"

"아, 그래요. 말에 뼈가 있군. 당신 입에서 나오는 것 중에 별로 좋아하지 않는 건데요."

맙소사! 케이타는 아톨이 얼마나 짜증 나는 자식인지 잊고 있었다. 그 점은 하나 변한 게 없었지만, 다른 점은 달라졌다. 그게 뭔지 알 수가 없을 뿐이었다. 하지만 아톨은 한때 그랬듯이 마음만 먹으면 그녀를 불편하게 할 수 있는 자였다. 그래서 케이타는 모욕을 주려는 의도를 마음에 깊이 새기지 않고, 가죽 의자에 앉아 아톨을 보고 으르렁거리는 노스랜드 전투견을 무시하려고 애쓰며 조심스럽게 접근했다. 그녀는 한 손을 들어 라그나의 입을 막으며 아톨에게 말했다.

"알아요, 알아. 당신의 작은 물건이 날 실망시켰듯이 제 비꼬는 말버릇은 언제나 당신의 성질을 건드렸죠. 이런 건 우정이라는 이름으로 넘어가기로 한 점이 아니었던가요."

아톨의 미소가 사라졌다. 케이타는 킬킬 웃으며 말했다.

"장난친 거예요, 친구. 아시잖아요."

"그럼요, 물론이죠."

하지만 그는 그렇게 확신 있어 보이는 표정은 아니었다.

"독립 구역 사람이 한둘 내 집에 온 것 같긴 하더군요. 내 장원에서 하룻밤 묵고 싶어 그 정도 위험을 무릅쓰려는 사람은 많이 있으니까. 그러나 내가 사람들 이름을 남에게 알리는 법은 없다는 걸 알지 않소, 레이디 케이타. 여기 오는 사람들은 개인적 기쁨을 누리고 싶어 하죠. 다들 당신처럼 어딜 가는지, 누구랑 자는지 솔직하게 털어놓는 것이 아니랍니다."

"제가 누구랑 자든 자든 않든, 그에 대한 수치심을 느끼고 싶진 않네요. 그냥 제가 사는 방식일 뿐이에요."

"어쩌면 당신이 찾는다는 이 독립 구역 인간의 이름을 내게 말해 주면……."

"이름은 몰라요. 다만 지난 여섯 달 이내에 여기 왔을 거예요."

"아, 알잖아요, 친구. 얼마나 많은 사람들이 오는지…… 오고 또 오는 느낌을 받으려고."

아톨은 라그나를 슬쩍 보면서 말했다.

"옛날 농담이지요."

라그나가 대답으로 얼마나 빨히 아톨을 쳐다봤는지, 케이타가 기억하는 한 처음으로 아톨 라이드푸르트가 의자에서 불편하게 몸을 꼼지락거렸다. 심지어 누군가 벌거벗고 쾌락을 위해 채찍을 맞고 있는 것이 아니었는데도.

"하지만 우리가 좀 돌아봐도 괜찮겠죠, 아톨?"

케이타는 아주 살짝 입술을 내밀었다.

"제발요."

그러고는 엘프의 동작 하나하나를 관찰했다. 그가 어떻게 숨을 쉬는지, 손이 어떻게 움직이는지, 그의 일부가 어떻게 실룩거리는지. 그 모든 것을 관찰했기에 그가 '물론 괜찮죠.'라고 대답했을 때 거짓말임을 알 수 있었다. 괜찮지 않았다. 아쉽게도 그녀는 그러거나 말거나 신경 쓰지 않았다.

케이타는 박수를 쳤다.

"근사해요!"

캐슬무어 견학을 시작하기 전 케이타가 그에게 한 말은 이뿐이었다.

"아무것도 먹거나 마시지 마."

라그나는 독에 당하는 건 케이타의 걱정 일부일 뿐임을 알았다. 또, 그가 거대한 고양이처럼 바닥에서 꿈틀대게 하려고 최음제를 굳이 먹일 필요도 없었다.

그런 경고를 나누며 그들은 방에서 방으로, 층에서 층으로 이동했다. 뭘 찾아야 하는지 라그나는 여전히 알지 못했다. 그러나 그에 대한 생각을 멈추고 주변에서 일어나는 일에 정신을 쏟았다. 수십 년 전 집단 섹스 마법 의식에 참여했던 이래로 한 번에 한 장소에서 이렇게 많은 섹스를 본 적이 없었다. 주변에서 일어나는 섹스 때문에 그의 물건이 단단해지고 완벽히 비율 잡힌 케이타의 엉덩이에서 헤어 나올 희망 없이 눈을 떼지 못하긴 했지만, 그래도 자기 본능을 따라 그녀와 함께 온 게 다행이라는 생각이 들었다.

전날 밤 그녀의 꼬리에 파고들던 늑대들처럼, 이곳의 남자들은 그녀에게 끌렸다. 그들은 축축하고 기름진 물건을 꺼내 들고 두 손을 뻗고 입을 벌린 채로 그녀에게 덤벼들었다. 하지만 그녀는 모든 남자를 ─가끔은 여자도─ 쉽사리 처리했다. 미소나 손짓으로, 머리를 한 번 흔들어서. 혹은 벌거벗은 잘생긴 사람을 자기 앞으로 내세워서 그녀의 관심을 끌고자 하는 자들의 시선을 딴 데로 돌렸다.

케이타가 또다시 덤벼드는 남자 하나를 물리치고 커다란 일층 무도장을 둘러보았다. 주변에서 일어나는 섹스를 다 보았다고 하더라도 티를 내지는 않았다. 대신에 모든 것을 찬찬히 살피면서 눈살을 살짝 찌푸렸다.

바로 그때 라그나는 케이타의 눈길에서 다른 몇몇에게만 보였던 것을 알아차렸다. 그의 어머니, 다그마, 사촌 몇 명에게만 보였던 것.

바로 차갑고 가차 없는 계산이었다.

"뭘 찾고 싶은 거야?"

그가 물었다.

"내 이모."

어쩌면, 케이타는 그저 이모를 찾고 있는 것이 아닌지도 몰랐다. 그녀는 대답을 찾고 있었다. 물론 그녀의 이모에 대한 대답, 하지만 그 이상이었다. 미묘한 차이였지만, 복잡한 정도에서는 너무나 차이가 컸다.

라그나는 주변을 돌아보았다.

"여기서? 여기서 에쉴드를 찾는다고?"

케이타가 코웃음을 치고 두 손을 허리에 짚었다.

"그게 무슨 뜻이지?"

라그나는 덫으로 걸어 들어갈 뜻이 없었지만, 케이타는 마치 그가 그렇게 하기 직전이라는 듯 한 손을 들었다.

"아, 안 돼. 내가 추측해 볼까? 오로지 창녀만 이런 데 온다는 뜻이겠지? 나와는 달리 내 이모는 창녀가 아니고."

"그런 말 한 적 없어."

"그럼 내 이모가 창녀라는 거야?"

잠깐.

"그런 말도 한 적 없고."

"그럼 나만 창녀고 에쉴드는 성녀라고?"

"그 말도 한 적 없지."

케이타는 콧방귀로 그의 말을 묵살하고 걸어가 버렸다. 라그나는 따라가려고 했으나 젊은 여자가 그의 앞에 털썩 무릎을 꿇었다.

"수도사라니."

여자는 가르릉거리며 그를 곁눈질했다.

"꽤 짓궂은 먹이네."

여자가 그의 수사복으로 손을 뻗었고, 라그나는 그녀의 손을 잡았다. 일단 그녀에게 잡히면 말릴 수가 없을 것 같아 두려웠다. 그는 그저 드래곤이지 성인이 아니었다.

"아니, 아닙니다."

그는 재빨리 말했다.

"만지지 마시오."

"부끄러워 그래?"

여자가 치댔다.

부끄러움은 그의 문제가 아니었다. 부끄러움 많은 수도사라고 말한다면, 결코 이 방을 떠날 수 없으리라는 감이 들었다. 모퉁이를 돌아가는 케이타의 모습을 놓칠 것도 확실했다.

"부끄러운 게 아니오, 저주받은 거지."

여자의 눈이 그 말에도 빛나자 그는 재빨리 덧붙였다.

"병의 저주를 받았소, 전염병에."

여자가 두 손을 확 떼자 라그나는 여자를 돌아 케이타를 따라갔다.

케이타가 복도 끝을 내려갈 때, 벌거벗은 남자가 그녀의 손을 움켜쥐는 모습이 보였다. 하지만 그런 어색한 상황을 쉽게 빠져나갔던 이전과는 달리 그 남자는 케이타를 놓으려 하지 않았다. 더더욱 심란하게, 그는 케이타를 뒤쪽 출구로 끌고 나가려 했다.

라그나는 머리를 낮추고 그들을 따라 같은 문으로 나갔지만 바로 우뚝 섰다. 수많은 검 끝이 그를 향하고 있었기 때문이다.

"이자는 또 뭐지?"

싱클레어 드라발 경이 성난 황소처럼 뒷문으로 뛰어나오는 라그나를 보고 물었다.

"또 다른 연인?"

"순진한 수도사예요."

케이타는 그를 달랬다.

"그 이상은 아니죠."

신들이여, 맙소사! 드라발이 여기 있다니 이게 무슨 실수람. 십이 년 전 일인데도, 이자는 그들의 하룻밤을 그저 흘려보내려 하지 않았다. 그를 자주 만나진 않았지만, 기회가 생길 때마다 그는 케이타를 다시 찾기 위해 어르고 선물 공세를 퍼붓고 유혹했다. 사실, 그 밤은 즐거웠다. 기억이 정확하다면. 하지만 밤이 끝난 후에도 매달리는 남자들은 언제나 케이타를 초조하게 했다.

그리고 그것이 바로 이유였다.

케이타는 싱클레어를 보고 미소를 띠었지만, 눈은 뒤의 문에 초점을 맞추었다. 지금 당장은 그녀도 라그나도 원래 모습으로 돌아가거나 타고난 재능을 아무것도 쓸 수가 없었다. 아톨은 장원에서 놀랄 일이 일어나는 것을 싫어했기 때문에 그 점만은 확실히 했다. 그래도 일단 그 문을 지나면 두 드래곤을 막을 수는 없었다. 문제는 문까지 어떻게 가느냐였다.

드라발은 귀족이었으므로 장원 안에 보호할 경호대를 동반하고 들어올 수 있도록 아톨에게 허락받았다. 그리고 드라발은 언제나 보수를 두둑이 지불했으므로 이곳을 마음대로 이용할 수 있었다. 그런저런 생각을 하다 보니, 케이타는 캐슬무어에 오지 않게 된 이유 중 하나가 드라발 때문이었음을 새삼 깨달았다. 그의 탐욕스럽고 빌사석인 태도 때문에. 하지만 그녀는 이모와 어머니, 저 망할 번개 드래곤에게 너무 집중하느라 드라발을 까맣게 잊고 말았다.

이제 그녀와 라그나 둘 다 덫에 갇혔다.

사실, 그녀는 여전히 라그나에게 말을 걸지 않았다. 그만큼 그녀를 열 받게 한 자는 없었다. 그것도 두 번이나! 하지만 사우스랜드 영토에서 노스랜드의 드래곤 군주를 죽게 했다간 어머니와의 관계에 좋을 일이 없었다. 게다가 속마음을 인정하자면, 케이타는 그가 죽기를 원치 않았다. 무릎 꿇리고 빌게 하는 건 몰라도 죽는 건 싫었다.

"나랑 돌아가지, 케이타."

드라발이 말했다.

"나와 집으로 가. 그냥 얘기나 하자고."

그는 벌거벗은 채로 그 자리에 서 있었다. 물건은 여전히 단단하고 다른 사람의 체액을 뒤집어쓴 꼴이었다. 그런데도 얘기를 하자고 하다니. 그가 지금 하는 짓은 다시 한 번 케이타가 매달리는 남자를 싫어하는 이유를 여실히 보여 줄 뿐이었다!

케이타는 여기서 빠져나가야 한다는 것을 알았다. 그것도 아주 빨리. 변신할 수 없다면 그녀와 라그나는 저 날카로운 무기 앞에서 아주 연약했다.

"싱클레어, 자기."

그녀는 손바닥을 그의 뺨에 댔다.

"나도 그러고 싶지만, 집에 먼저 돌아가야 해서요. 우리는 나중에 만날 수 있잖아요."

드라발의 턱이 굳어졌고, 케이타는 아예 대놓고 거짓말을 했어야 했다는 사실을 뒤늦게 깨달았다. 그를 속여 저 망할 문 너머까지만 갈 수 있다면. 하지만 드라발은 케이타가 떠나갈 때까지 빌고 애원하고 선물을 퍼붓는 대신 ─전에는 항상 그랬다─ 그녀를 붙잡았다. 이번만은 상황이 아주 다르게 흘러갔다. 특히 그의 부하들이 보고 있는 앞에서는.

그녀의 팔뚝을 움켜쥔 드라발의 손에 힘이 들어갔고, 케이타는 아픔에 몸을 움찔했다.

"얘기는 안에서 하지."

드라발은 그녀를 도로 안으로 끌었고, 아톨은 그 광경을 보면서도 손을 쓰지 않았다.

케이타는 주위를 재빨리 훑으며 여기서 빠져나갈 길이 있나 살폈지만, 아톨의 보좌관─그는 무척 걱정스러워 보였으나 주인을 너무 두려워한 나머지 절대 끼어들 수 없었다─을 제외하고는 외로운 여인과 수도사 동행을 기꺼이 도와줄 사람은 아무도 없어 보였다. 드라발에게는 그렇게 보일 것이었다. 그는 케이타에 대한 진실을 결코 알지 못했다. 대부분의 인간 귀족이 그러했다. 그들은 케이타를 다크플레인의 인간 여왕과 함께 사는 고귀한 드래곤들과 연결시키지 못했다.

그래도 이 망할 곳에 그녀를 도와줄 이 하나가 없단 말인가?

한편으로는, 이것이 바로 아톨의 손님들이 삶의 목표로 삼는 쾌락이라고 케이타는 들은 적 있었다. 소문은 들었지만 증거를 보지 못했다는 이유로 그녀는 항상 묵살해 버렸다. 지금 이 순간까지는. 드라발이 그녀를 안으로 끌고 들어가는 광경을 차갑게 바라보고만 있는 아톨의 얼굴에 떠오른 표정을 보기 전까지는.

드라발과 달리 아톨은 케이타가 누구고 무엇인지 정확히 알고 있었다. 아마도 라그나의 직함이나 혈통까지는 몰라도 그의 정체 또한 알고 있을 것이다. 그리고 아톨은 이 상황이 어느 쪽으로든 풀릴 수 있다는 것도 알았다. 라그나가 인간으로 얼마나 잘 싸울 수 있는지, 드라발이 얼마나 빨리 케이타에게 사슬을 채울 수 있는지에 달려 있었다. 그녀가 아톨의 진면목을 알았더라면, 오래 전에 저 엘프의 머리에 불을 질러 버리고 즐거워했으리라. 하지만 지금은 그러기엔 너무 늦었다. 후회하기엔 너무 늦었다.

"케이타?"

그녀는 라그나의 목소리에 서린 의문을 감지했다. 경건하게 맞잡은 손과 수그린 머리 뒤에 무엇이 있는지도 알았다. 그가 드래곤 마법사인지 아닌지는 모르지만, 드래곤으로도 인간으로도 검과 전투 도끼, 창을 쓸 줄 아는 전사라는 것은 분명했다. 이 번개 드래곤이 그녀를 위해 일을 약간 쉽게 해 줄 수도 있었다. 고작 약간뿐일 테지만.

"내 부하들이 안내해 드릴 거요, 형제."

드라발이 라그나에게 말했다. 그리고 케이타를 다시 끌어당겼지만, 케이타는 맨발을 땅에 박고 버텼다. 일단 안으로 들어가면 드라발은 온갖 도움을 받아 아톨의 수많은 무대 중 하나에 그녀를 사슬로 결박해 버릴 것이다.

드라발이 뜨거운 입김을 그녀의 얼굴에 뿜으며 다가왔다.

"당신의 수도사를 죽여 버릴 거야, 아가씨. 그러기 전에 내 부하들이 그를 데리고 재미를 볼 기회를 줄 거고."

이 일을 끝내기 위해 어떻게 해야 할지 알았기에 케이타는 한숨을 푹 내쉬었다. 비록 생각만으로도 싫었지만.

라그나는 무기를 들이댄 남자들과 케이타에게서 시선을 떼지 않았다. 그녀는 버티고 있었지만 오래가지 않을 것이 뻔했다. 더욱 소름 끼치는 건 이 장원의 주인이라는 작자가 가만히 서서 아무 일도 하지 않는다는 것이었다. 케이타가 드래곤 몸으로 돌아가서 스스로를 쉽게 구할 수 있다면 말이 되겠지만, 아톨은 이미 그럴 수 없다고 확실히 밝혔다. 그들에게 오직 한 가지 선택밖에 남겨 두지 않았다.

케이타가 눈을 깔고 머리를 수그리더니 자기를 안은 귀족에게 몸을 바짝 붙였다. 허리 근처로 떨어뜨렸던 한 손을 들며 귀족의 얼굴에 손바닥을 대고, 집게손가락으로 천천히 그의 턱을 훑다가 입술을 눌렀다. 드라발이 그녀의 손가락을 빨았다.

"미안해요."

케이타는 아주 부드러운 목소리로 말했다.

"하지만 난 억지로 강요당하는 건 좋아하지 않아요. 당신도 내가 그렇다는 건 이미 알고 있을 텐데요. 이전에는 존중해 주기도 했고."

케이타가 손가락을 그의 입에서 빼자, 드라발은 눈만 깜박이며 그녀를 바라보다 신음하며 한발 뒤로 물러섰다. 다음 순간 그의 온몸이 떨리기 시작하더니 그가 무릎을 꿇고 쓰러지며 두 손으로 목을 감았다. 그의 부하들이 주인을 돌아보는 순간, 라그나는 가장 가까이에 서 있던 경비병의 한 팔을 잡고 검을 쥔 손목을 비틀면서 다른 손으로 떨어지는 검을 받았다. 그리고 경비병의 손목뼈가 부러져 어깨에 충격이 가는 소리가 들릴 때까지 더 세차게 비틀었다.

드라발의 부하들이 다시 라그나에게 주의를 돌렸지만 너무 늦었다. 그는 이제 무기를 쥐었고, 명령을 받아야 그를 죽일 준비가 될 자들보다는 이백 년이나 더 훈련을 많이 받았다. 라그나는 팔이 부러진 남자가 거치적거리지 않도록 던져 버리고 앞에 있는 남자를 꿰뚫었다. 내장이 땅에 쏟아지자 검날을 빼면서 빙그르르 돌아 머리를 베고, 다시 빙그르르 돌아 아래로 숙였다가 그의 목을 향해 날아오는 단검을 피하면서 검날을 세워 다른 경비병의 사타구니에 꽂았다. 그리고 검을 빼내면서 반대편에서 맨손으로 덤벼드는 또 다른 경비병의 목을 잡아 그자가 더 숨을 쉴 수 없을 때까지 작은 목뼈를 으스러뜨렸다.

라그나는 발버둥 치는 남자를 놓아주고 한발 물러났다. 검은 옆으로 내렸으나 대기 상태였다. 남아 있는 경비병 네 명이 그의 주위에서 움직였다. 케이타는 옆으로 물러서서 그를 바라보았고, 그동안 귀족 놈은 발치에서 꿈틀거렸다. 그녀가 더 이상 자기에게 관심이 없다는 사실을 그 인간이 좀 더 일찍 알아채기만 했더라도, 그리고 그 사실을 받아들이기만 했더라도 지금처럼 죽어 가지는 않았으리라.

라그나는 시선을 들어 남은 경비병들을 보았다.

"덤벼 봐."

그들이 그저 바라보기만 하자, 그는 한 번 더 도발했다.

"덤벼 보라고!"

케이타는 노스랜더의 외침에 펄쩍 뛰었다. 저 고상한 척하는 개새끼가 그처럼…… 야만적일 수 있는지는 몰랐다.

그 점이 마음에 들었다.

불쌍하고 어리석은 경비병들이 안쓰러울 뿐이었다. 정말로 수도복에 속았던 건가? 더 심각하게는, 라그나가 동료들의 창자를 꿰뚫고 머리를 베는데도 그들은 여전히 도망가지 않았다. 어째서? 그녀는 이유를 가늠할 수 없었다. 그들의 주인이 케이타의 발아래에서 부르르 떨며 뒹굴고 입에 게거품을 물고 ―곧 피도 나올 테고― 죽어 가는데도, 저렇게 싸워서 무슨 소용일까?

어쩌면 그저 남자의 문제인지도 몰랐다. 케이타는 필요할 때면 언제나 거리낌 없이 위험한 상황에서 도망쳤다. 그렇지만 오빠들은 그런 적이 없었다. 그웬바엘도 남자기는 했지만…… 대부분은.

그리고 어리석은 남자들이 그러듯이, 그들은 논리를 무시하고 라그나에게 덤벼들었다. 케이타는 약간 움찔하며 이 노스랜더가 자비도 후회도 없이 그들을 갈가리 찢어 놓는 광경을 구경했다. 머리 하나가 데굴데굴 굴러갔고, 케이타는 사방으로 튀는 피에 드레스가 더러워질까 재빨리 케이프로 몸을 감쌌다. 두 번째 경비병이 반으로 잘려 나갔다. 세 번째는 양팔을 잃었다. 네 번째는 라그나의 주먹에 맞았다. 딱 한 번이었지만, 얼굴을 완전히 박살 내기에 충분했다.

모든 경비병이 죽거나 죽어 가거나 사지가 잘리자, 라그나는 아톨에게로 관심을 돌렸다.

케이타는 까치발로 걸어 라그나에게로 다가갔다. 사방이 피바다였다. 그녀는 그의 앞으로 스르르 끼어 들어가며 두 손으로 가슴을 눌렀다.

"놔둬."

"저 자식은 당신을 도우려는 생각도 안 했어."

라그나가 말했다.

"놔둬."

케이타는 피와 인간의 파편을 뒤집어쓴 드래곤 군주를 바라보았다. 라그나는 분노를 가라앉히고 완전히 감정을 통제했다. 그렇게 침착해지자 고개를 끄덕였고, 케이타는 문을 가리켰다. 그가 밖으로 나간 후, 케이타는 아톨에게로 걸어갔다.

아무 일도 일어나지 않은 양 그녀가 말했다.

"그럼, 난 가 볼게요."

"이렇게나 빨리?"

케이타는 이 엘프의 얼굴을 물어뜯어 버리고 싶은 충동을 억눌렀다.

"아쉽게 됐네요. 미인은 잠꾸러기라 잠을 좀 자야 해서. 내일 아침에 일찍 출발해야 하거든요."

"그럼 찾고 있던 자는 찾았소, 아름다운 케이타?"

"아뇨. 하지만 다른 때 다시 돌아와서 찾아봐도 되겠죠?"

"언제든 좋을 때 와요, 옛 친구여. 당신도 잘 알잖소."

친구라고? 정말? 하지만 케이타는 그것에 대해서도 별말 하지 않았다. 아톨 같은 자는 쓸모가 있었다. 더욱이 그는 인간 같지 않았다. 그는 그녀나 라그나가 쉽게 죽일 수 있는 자가 아니었다. 여기 그의 영역 안에서는.

아톨이 케이타의 손등에 키스하며 윙크했다. 개자식. 하지만 케이타는 그의 보좌관에게 살짝 고개를 까딱여 경의를 표했다. 그 젊은이의 얼굴에서 진정한 후회를 보았기 때문이다. 그가 도와주고 싶어 했다는 것을 알았고 도울 수 없었던 이유도 이해했다. 아톨의 손님들처럼 개 목걸이와 줄을 매고 있지는 않았지만, 그는 복종에 묶여 있는 것이나 다름없었다.

케이타는 문밖으로 걸어 나가 길 위로 올라섰다. 금방 아톨의 힘이 사라지는 것을 느꼈다. 이제까지 그 힘이 얼마나 강압적이었는지 깨닫지 못했다는 사실이 오히려 충격이었다. 문이 등 뒤로 닫히자, 그녀는 떨리는 숨을 내뱉으며 이마를 문질렀다.

"괜찮나?"

지금 케이타에게 필요하지 않은 것은 라그나의 친절한 태도였다. 그녀는 아직도 이모가 어디 있는지, 혹은 이모가 왕좌를 배신했는지 알지 못했다. 그리고 하루는 더 날아 여행해야 했고, 그 길의 끝에는 어머니를 대면해야 했다.

드래곤 군주를 자극하는 것은 하나의 선택이 될 것이고 잠깐 그럴까 생각해 보기도 했지만, 그럴 기분이 아니었다.

"난 괜찮아."

그녀가 말했다.

"그자에게 어떻게 한 거야?"

"드라발?"

케이타는 그에게 빨게 했던 손가락을 들었다.

"뢰이즈 약초. 주머니에 약간씩은 항상 가지고 다니지."

"사람들을 독살하려고?"

"그들이 너무 밀어붙이면…… 그렇지."

라그나는 앞에 있는 드래곤을 찬찬히 쳐다보았다. 깨달음이 천천히 기어 들어왔다.

그녀는 비록 인간 몸에 갇혀 있었으나 일말의 패닉이나 공포도 보이지 않고 귀족과 엘프를 다루었다. 드문 뢰이즈 약초에 대해서 알고 있을 뿐 아니라 숨기고 다녔고 쓰는 법도 알았다. 뢰이즈 약초는 음식이나 술에 섞어 봤자 아무런 효과가 없다는 것을 라그나는 알고 있었다. 그 약초는 직접적으로 침이나 콧물과 섞어야 재빨리 죽일 수 있고, 죽음이 일어나기 전에 그 자리를 뜰 시간을 벌려면 살짝 베어 피 나는 상처에 발라야 했다. 그리고 그 약초의 독성을 아는 이는 무척 적었다. 약초 자체를 찾기가 힘들고 개화 직전에 뽑아야만 독이 있기 때문이었다. 너무 일찍 뽑으면 담배용으로 훌륭했다. 너무 늦게 뽑으면 고기 요리에 양념으로 넣으면 맛있었다.

라그나는 한 발 더 다가가 케이타의 눈을 들여다보았다. 그녀는 너무 지쳐서 어떤 게임도 할 수 없었다. 너무 화가 나서 그를 약 올리지도 비웃지도 못했다. 그리고 그는 그녀의 모습을 보았을 때 오직 진실만을 보았다. 어쩌면 이전에 좀 더 자세히 들여다보았다면, 지금처럼 바보가 된 기분이 들지 않았을지도 몰랐다. 그의 사촌과 형제의 말은 줄곧 옳았다. 라그나는 케이타 공주를 잘못 판단하고 있었다. 그는 여전히 그녀가 만나는 누구와도 잠자리를 할 수 있는 여자임을 믿었지만, 그래도 이 드래곤은 전혀 멍청하지 않았다. 위험할 정도로 멍청함과는 거리가 멀었다. 아톨의 조약돌 깔린 궁정 뜰에 피 흘리며 쓰러져 있는 그 귀족 놈도 이제는 깨닫고 있으리라.

"그 밖에 더 물어보고 싶은 게 있어, 라그나?"

다시 대화를 이어가고 싶은 마음에, 그는 물었다.

"에쉴드는 어떻게 된 거지?"

그녀가 시선을 피했다.

"모르겠어."

그러더니 숨을 죽이고 말했다.

"하지만 그자는 뭔가 알고 있는 것 같아."

"누가 뭘 안다는 거지? 아톨?"

케이타는 비밀을 털어놓으려고 한 듯 뭔가 말하려다가 멈추고 안전하면서 멍한 미소를 지었다.

"아무것도 아니에요."

그녀는 이렇게만 대답했다.

그리고 순간, 그들은 다시 지루한 귀족과 모욕적인 군인으로 돌아갔다…… 다시. 라그나는 더 참을 수 없었다.

"케이타……."

"우리 돌아가야겠어요. 내일도 여행을 해야 하고 잠도 자야 하니까."

케이타가 왕궁의 예의범절에 따라 고개를 살짝 수그렸다. 목을 졸라 버리고 싶은 모습이었다.

"오늘 저녁 도와줘서 정말 고마웠어요. 무척 감사드립니다."

하지만 라그나는 이런 식으로 끝내고 싶지 않았다. 그는 솔직하게도 필사적이 되었다. 그에게 익숙하지 않고 즐기지도 않는 감정이었다.

"케이타, 당신이 지금 말하는……."

하지만 그가 생각을 마무리하기도 전에, 그녀는 길을 따라 내려가 버렸다. 라그나는 뒤따를 수밖에 없었다. 또다시.

케이타는 땅에서 몇 뼘 높이에서 둥둥 떠다니며 생각에 잠긴 렌을 보았다. 어떻게 그럴 수 있는지 그녀로서는 알 수 없었다. 케이타가 날기 위해선 실제 날개가 필요했다.

그녀는 한마디 말도 하지 않았지만 렌이 그녀의 존재를 감지하고 땅으로 내려왔다.

"어떻게 됐어?"

케이타는 고개를 저으며 옷을 벗었다. 그리고 호수로 잠수하며 드래곤에서 인간의 모습으로 변신했다 되돌아오기를 반복하다가 마지막에는 인간의 모습을 한 채 렌 옆으로 헤엄쳐 왔다. 그도 인간으로 변신해서 호숫가 옆 물속에서 그녀를 기다렸다.

"아톨이 게임을 했어."

케이타는 수면으로 올라오며 말했다. 그녀는 드라발과 있었던 일을 친구에게 말할 생각이 없었다. 그래 봤자 친구의 기분만 불쾌하게 할 뿐이고, 지금 어떻게 할 수 있는 일도 없었다.

"마음에 안 들었어."

"그자가 뭔가 알고 있는 것 같아?"

"어쩌면. 모르겠어. 그자는 언제나 이상하잖아."

"어쩌면 네가 그의 손님들처럼 물물교환하길 원했나 보지."

케이타는 킥킥 웃었다.

"솔직히 말해 두는데, 나는 내 여성이나 몸의 어떤 부분도 결코 물물교환의 대상으로 쓴 적 없어. 지금부터 굳이 시작하고 싶지도 않고."

그녀는 두 팔을 호숫가에 올리고, 뺨을 그 위에 얹었다.

"집에 가면 고를라스에게 전언을 보낼 수 있을지도 몰라. 그가 우리를 위해 진실을 알아다 줄지도 모르고."

"어쩌면."

렌이 그녀의 어깨에 키스했다

"그 밖에 다른 일은 없었어?"

"아, 별로. 하지만 그 바보가 나를 따라왔어."

"잘됐네."

그의 말에 케이타는 놀랐다. 그녀가 내기를 끝내며 그 이유를 말한 이후로, 렌은 라그나에게 불같이 화를 내고 있었다.

"네가 거기 혼자 가는 게 마음에 들지 않았거든."

렌이 걱정하는 것도 당연했다.

"아톨은 너를 신뢰하지 않았을 거야, 렌."

"하지만 다 잘되지 않았어? 그 노스랜더가 옆에 있었는데도?"

"그는 수사로 변신해 있었어. 그래서 완벽하게 먹혔지."

그리고 케이타는 궁극에는 깨달았다. 라그나의 존재가 무척 고마웠다는 사실을. 그는 그녀를 보호했고 안전하게 지켰다.

하지만 안타깝게도 그는 아직도 그녀에게 사과하지 않았다. 대신에 계속 '말'로 설득하려 했다. 케이타는 그 점이 싫었다. 그녀가 뭔가 일을 망쳤다면 잘못했다고 말하고 바로잡으려 할 것이다. 그녀는 자기가 한 말이나 속뜻이 뭔지 설명하려 하지 않았다. 그런데 라그나처럼 망할 남자들은 단순히 사과하는 대신에 변명을 지어내려 했다. 그가 사과하기 전까지 그녀는 그와 '말'을 할 이유가 없었다. 그가 아무리 한심할 정도로 가련하게 보인다 할지라도.

라그나는 조용한 장소를 찾았다. 문제가 일어나면 해결할 수 있을 정도로 야영지에서 가깝지만, 블루 드래곤 녀석의 끊임없는 수다에 산만해지지 않을 정도로는 멀리 떨어진 곳이었다. 다행스럽게도 다시 드래곤 형태로 돌아와 자리를 잡자, 그는 이런 기분일 때 항상 해 왔던 일을 했다. 이렇게까지 기분이 나빴던 적은 없었지만.

라그나는 마음을 열고 누군가를 불렀다.

몇 초 후, 답변이 왔다.

— 아들아.

— 어머니.

— 무슨 일이니?

라그나는 땅에 앉아서 뒷다리의 무릎을 구부리고 팔꿈치를 그 위에 올려 머리를 파묻었다.

— 저는 바보 천치예요.

그는 간단히 말했다.

어머니의 다정한 웃음소리가 머릿속에 울려 퍼졌고, 라그나는 그 소리에 마음이 편안해졌다.

— 아, 귀여운 내 아들. 내가 해 줄 수 있는 건 없는 것 같구나. 그건 혈통이란다. 번개처럼.

12

프라그마는 그녀가 사는 작은 아이스랜드 마을을 뚫고 지나는 경적 소리를 듣고 화들짝 놀라 막내딸을 잡았다. 다른 마을 여자들도 똑같이 했다. 그들은 가장 어린 딸들을 붙잡고 거리에서 떠나 재빨리 집으로 향했다. 마을의 북쪽을 두르고 있는 산 뒤편, 수백 리그 떨어진 곳에 숨어 있는 위험으로부터 떼어 놓으려는 것이었다.

하지만 그들은 다가오고 있었다. 위험한 산을 내려와 마을을 지나가며 최종 목적지까지 그들을 방해하는 것을 모두 부술 것이었다. 아니면 설상가상으로 멈출지도 몰랐다. 프라그마의 작은 마을이 그들의 최종 목적지일 수도 있었다. 어쩌면 그들이 데려가겠다고 주장할 대상은 프라그마의 딸일 수도 있었다. 혹은 친구의 딸, 아니면 이웃의 딸, 그들의 막내딸 중 누구일 수도 있었다. 프라그마가 아는 어떤 어머니도 그 기회를 기꺼워하지 않을 것이다. 일단 누구의 딸이든 데려가 버리면 다시 그 모습을 볼 수 없을 테니.

또 다른 경적이 크게 울려 퍼지자, 프라그마는 딸을 꼭 껴안고 집으로 뛰어 들어갔다. 그녀는 문을 꼭 닫고 등으로 막았다.

그들이 오고 있었다. 그런데도 프라그마가 할 수 있는 일이란 그들이 그저 지나쳐 가기만을 신들에게 기도하는 것뿐이었다. 그들이 데리러 오는 게 다른 여자의 아이이기를. 그녀의 아이가 아니라. 제발, 신들이시여, 내 아이만은 아니기를.

화이트위치 모르퓌드는 짝의 손을 잡고 그들의 방을 떠나 계단으로 향하는 복도를 지났다. 그들이 목적지에 다다르기 전에 브라스티아스는 멈춰 섰고, 모르퓌드가 그에게로 몸을 돌리자 그녀에게 키스했다. 그녀는 한숨을 쉬며 그의 입 아래에서 입을 벌리며 눈을 감았다. 신선한 욕망의 물결이 그녀를 뚫고 지났다.

그의 큰 손이 그녀의 목덜미, 턱을 어루만졌다. 그가 물러나며 물었다.

"정말 내려가야 해? 침대에 머물러 있으면 안 되나?"

모르퓌드는 그의 손목을 잡아 엄지손가락으로 못이 박인 손바닥을 폈다.

"우리 둘 다 할 일이 있어. 게다가…… 우리가 오늘 침대에 누워 있으면 내일도 침대에 머물러 있고 싶을 거고, 다음 날도, 그 다음 날도 그럴 거잖아."

"그렇다고 뭐가 문제인지 모르겠는데."

브라스티아스는 장난스럽게 말했다. 하지만 그가 아무리 노력해도 그녀를 속일 수는 없었다. 모르퓌드는 그가 기운을 북돋아 주고 그녀의 관심을 딴 데로 돌리려 한다는 것을 알았다. 그러는 이유는 단 하나였다. 가족의 귀염둥이, 케이타의 귀환. 모르퓌드가 부르는 이름으로는 영원한 골칫거리 케이타.

케이타가 언제나 쉽게 비위를 건드리고 마지막 남은 참을성까지 쥐어짠다는 것이 모르퓌드는 거슬렸다. 어머니가 케이타를 출산실에서 데벤알트 산으로 데려온 순간부터, 그녀는 기회가 있을 때마다 어김없이 모르퓌드의 약을 올리는 능력을 과시했다. 그 애가 그럴 때마다 모르퓌드가 그 죄를 뒤집어썼다. 케이타는 그 빨간 머리를 넘기면서 버터가 녹듯이 아버지에게 살살 웃어 댔고, 그러면 다음 순간 '위대한 자' 베르세락은 장녀를 불러 네가 언니이니 동생을 잘 돌봐야 않겠느냐며 타일렀다.

'아직 날지도 못하는 애를 산 아래로 던지면 안 되지.'

모르퓌드의 기억이 정확하다면 딱 한 번밖에 없었던 일이고 그 망할 꼬맹이는 그런 꼴을 당해도 쌌다!

하지만 이제 그들은 어른이었다. 어른처럼 행동해야 했다. 그러기 위해서 모르퓌드가 그 건방진 계집애를 꽉 쥐어짜고 몸에 붙은 비늘을 다 뜯어 버리는 한이 있어도.

그러나 모르퓌드는 이제 그 문제는 걱정하지 않기로 했다. 사랑하는 남자가 그녀를 보고 웃으며 놀리고 그녀를 행복하게 해 주려 최선을 다하고 있을 때는 걱정하지 않겠다고. 솔직히 더 바랄 게 없었다.

그녀는 장난기를 담아 말했다.

"당신, 브라스티아스 경. 나를 게으른 삶으로 유혹하지 마요."

"어째서 우린 이 집안의 다른 이들과 달라야 하는 걸까?"

그가 다시 키스하자 그녀는 웃음을 터뜨렸다.

"꼭 그렇게……."

퉁명스러운 목소리가 들려오자 그들은 깜짝 놀라 떨어졌다.

"모두가 보는 앞에서 그렇게 해야겠어?"

모르퓌드는 동생을 쏘아보았다. 매일 아침 그렇듯이 오늘 아침에도 황금으로 빛나 아름다운 동생을.

"너야말로 매번 우리를 봐야겠니? 그냥 지나칠 수도 있잖아."

"그야 내 누나니까, 모르퓌드. 어디 이름 모를 매춘부가 아니잖아. 저자가 누나를 매춘부처럼 다루고 있다고!"

"너는 누구든 매춘부처럼 다루잖아."

그웬바엘이 어깨를 으쓱했다.

"그래서 누나의 요점은?"

요즘엔 모르퓌드의 남자 형제들을 그다지 진지하게 받아들이지 않게 된 브라스티아스가 쏘아보는 그웬바엘에게서 모르퓌드를 빼돌려 대전으로 향하는 계단으로 이끌었다. 내려가면서 보니, 일족 대부분이 벌써 깨어 반쯤 식사를 했다는 것을 알 수 있었다.

계단 맨 아래에 이르자마자, 브라스티아스는 모르퓌드의 손을 놓고 반대로 돌아갔다. 그들의 식사 자리가 달랐기 때문이다. 둘 사이에 무생물을 두면, 브리크와 피어구스의 눈총을 줄일 수 있었다. 이 년 전만 해도 지금쯤이면 오빠들이 그녀의 짝 선택에 익숙해지리라 생각했었다. 그러나 어떤 이유인지 그들은 브라스티아스에게 '배신당했다'고 느낀 듯했다. 모르퓌드는 이유를 몰랐지만 신경 쓰지 않았다. 거만한 개자식들도 그저 그들의 결합을 받아들이게 되리라…… 언젠가는. 다음 천 년 정도가 흐르면.

"앤뉠은요?"

브라스티아스가 탈라이스와 브리크 사이에 놓인 갓 구운 빵 덩어리를 집으며 전체 식탁에 대고 물었다.

"훈련 중이야."

피어구스가 앞에 놓인 두루마리에 신경을 집중한 채로 웅얼거렸다.

"저런, 저런. 요새 훈련을 무척 많이 한단 말이야."

그웬바엘이 모르퓌드 옆 의자에 큰 몸을 늘어뜨리며 말했다. 피어구스가 앞에 놓인 서류에서 눈을 들었다.

"정확히 무슨 뜻이냐?"

"그저 관찰한 거지, 형."

그웬바엘은 자기 몫의 빵을 집어 잘게 쪼갠 후 덧붙였다.

"하지만 앤뉠이 훈련하는 모습을 실제로 본 적은 없단 말이지. 이전에는 안 그랬는데. 앤뉠은 몇 시간 동안 사라졌다가 땀투성이가 되어 약간 기를 소진한 모습으로 돌아온단 말이야. 어디로 가는지 궁금한데…… 게다가 누구와 가는지도."

모르퓌드가 막 입을 열어 신랄한 대답을 하려는 찰나, 브리크의 짝이자 인간이긴 해도 동료 마녀인 탈라이스가 그녀를 앞질렀다. 커다랗고 둥근 과일이 탁자 너머로 날아가 그웬바엘의 코를 맞힌 것이다.

"아야! 냉혹한 독사!"

그웬바엘이 외쳤다.

"미안하네요."

탈라이스는 사과했지만 후회의 빛은 전혀 보이지 않고 오히려 식식댔다.

"하지만 결코 입을 다물지 않으니 뭔가 그 안에 채워 줘야 할 것 같아서 말이죠! 불운하게도 과녁을 벗어났네."

브리크가 머리를 뒤로 젖히고 웃어 댔고 그웬바엘의 콧구멍에서는 검은 연기가 뱀처럼 피어올랐다. 브리크는 코웃음을 치며 그웬바엘을 말없이 도발했다. 물론 그웬바엘도 마주 비웃어 주었고, 둘 다 넓은 탁자 너머로 서로의 목을 조르기 직전이었다.

모르퓌드는 그 사이로 몸을 숙이고 두 팔을 넓게 휘두르며 그들을 갈라놓았다.

"그만둬! 둘 다 그만두라고!"

형제가 뒤로 물러났다. 누구도 모르퓌드의 얼굴을 치고 싶진 않았던 것이다. 모르퓌드는 도대체 이들이 얼마나 오래 한 지붕 아래 참고 살 수 있는지 또다시 궁금해졌다. 인간으로는 더욱이!

그녀는 마녀의 로브를 매만지면서 불평했다.

"솔직히…… 요즘 다들 투견장의 개들처럼 행동하고 있잖아."

"다그마는 우리가 그러는 걸 허락하지 않아. 그러는 게 잘못이라는데."

그웬바엘이 쓸모없이 깨우쳐 주더니 시선을 돌렸다.

"……나는 아직도 이유를 잘 모르겠지만."

모르퓌드가 그의 뒤통수를 때렸다.

"아야! 왜 때려?"

"얼간이처럼 구니까 그러지."

그녀는 손가락으로 탁자 너머 브리크를 가리키며 오빠의 웃음을 끊었다.

"둘 다 제정신이 박힌 자처럼 행동하도록 해."

그리고 손가락을 그웬바엘 쪽으로 옮기며 그의 입에서 나오는 다음 말을 막았다.

"비록 제정신이 없어도 그렇게 해. 아니면 다른 거처를 찾아보든가."

"우리를 내쫓을 순 없어."

브리크가 따졌다. 그는 이래라저래라 말을 듣는 걸 좋아하는 성격이 아니었다.

"하려면 하지 왜 못 해. 나는 앤널 여왕 영토의 가신이고, 내가 보기에 그럴 만한 자는 누구든 내던져 버릴 수 있어. 그러니 나를 밀어붙이지 말라고!"

그녀는 고함을 내지르며 말을 맺었다.

"항상 자리를 비우는 앤널 여왕을 말하는 거겠지."

그웬바엘이 헛기침을 했다.

"훈련하러 가 버리는?"

모르퓌드는 주먹을 뒤로 당기며 동생 녀석을 내려칠 준비를 했으나, 브라스타이스가 그녀의 팔을 잡아끌고 거대한 문 밖으로 나갔다.

"망할 자식! 아주 망할 자식이야!"

"쉿."

브라스타이스가 부드럽게 속삭이며 못 박인 손가락으로 부드럽게 그녀의 입술을 쓸다가 턱을 훑었다. 오로지 브라스타이스만이 그녀를 진정시킬 수 있었다. 자비로우신 신들은 그가 대부분의 남자들이 갖고 싶어서 죽는 기술을 가지고 있다는 것을 알았고, 그녀는 매일 밤 그의 마음을 자신에게 준 데에 대해 신들에게 감사했다.

"저들 때문에 속상해하지 마."

모르퓌드는 숨을 들이쉬었다 내쉬었다.

"물론 당신 말이 맞아. 그저 우리가 아기 때 이후로 이렇게 오랜 시간을 가족으로 같이 보낸 적이 없어서 그래. 이제 당신도 어째서 어머니가 거의 매일 우리에게 보모나 무장한 경비병을 붙여야 한다고 했는지 이해하겠지. 어머니가 그러지 않을 때는 그웬바엘의 꼬리, 에이브히어의 머리카락, 브리크의 뒤 송곳니가 사라지곤 했으니까……."

브라스타이스가 쿡쿡 웃으며 그녀의 입술에 키스했다.

"당신이 앤뉠을 보호하고 있다는 걸 알겠어."

그의 머리가 목소리와 함께 낮아졌다.

"앤뉠을 보호할 필요가 있는 거야?"

모르퓌드는 그 질문에 대답할 수가 없었다. 솔직한 대답을 할 수 없다는 게 아니라 아예 대답을 할 수 없었다. 대신 브라스티아스에게 키스하며 두 팔을 감았고, 그는 미늘 갑옷으로 덮인 가슴으로 그녀를 끌어당겼다.

"할 일이 있잖아."

모르퓌드는 몸을 떼면서 그에 상기시켜 주었다. 둘 다 헐떡이고 있었다.

"당신 말이 맞아. 군대가 지금 당장 어디 가지는 않더라도 항상 훈련에 따라갈 수 있도록 해야 하니까."

브라스티아스가 그녀의 이마에 키스했다.

"이따가 오후에 만날까…… 우리 방에서? 빠른 점심을 먹고."

모르퓌드는 생긋 웃었다. 하루가 벌써 더 밝아졌다.

"완벽한 제안이야."

브라스티아스는 걸어가 버렸고, 모르퓌드는 언제나 그렇듯이 그를 바라보았다. 그리고 그 역시 언제나 그렇듯이 그녀를 돌아보고 미소를 지었다.

그들은 산으로 직접 이어지는 계단이 있는 고원에 무리 지어 착륙했다. 데벤알트 산, 드래곤 일족과 사우스랜드 가문들을 지배하는 자들의 권좌가 있는 곳. 그 수백 리그 아래에는 가반아일이 있었다. 인간 여왕의 권좌.

"둘 다 여기서 기다려."

라그나는 형제와 사촌에게 말했다.

"진짜야?"

비골프가 물었다. 라그나를 홀로 보낸다는 생각이 동생으로서는 마음에 들지 않았겠지만, 이게 최선이었다.

"난 괜찮을 거야."

케이타가 비골프의 어깨를 토닥거렸다.

"걱정 마요. 문제가 있을 경우를 대비해서 렌이 여기 당신들과 함께 있을 테니까요."

"내가? 정말로 나 없이……?"

렌이 물었다.

"어머니가 널 보고 알랑거릴 필요가 없으면 훨씬 더 쉽고 빠르게 일을 끝낼 수 있을 거야. 게다가 내 일족이 친애하는 비골프와 마인하르트를 말썽거리로 오해하면 안 되니까, 네가 있어야지."

"참 재미도 있겠다."

케이타가 웃었다. 그들의 여행 막바지에는 거의 들을 수 없었던 소리였다.

"오래 걸리진 않을 거야."

"그러길 바라."

"빨리 와! 가자고!"

에이브히어가 신이 난 강아지 같은 소리로 재촉했다.

"알았어."

케이타도 손을 흔들면서 말했다.

"우리도 가."

"행운을 빌어."

케이타가 동생의 뒤를 따라 계단을 오르는 모습을 바라보며 렌이 말했다. 라그나는 그를 스치면서 힐끔 쳐다보았지만 렌은 몸을 돌려 그를 등졌다.

물론, 라그나는 자기가 그보다 더한 대접을 받아도 싸다는 말을 듣기는 했다. 그의 어머니가 말했다.

— 잘됐네. 부끄러운 줄 알아야지. 그 여자에게 한 말은 너무 끔찍했어.

— 알아요.

— 그럼 사과해야지, 아들.

— 그 여자가 그렇게 만만하지 않아요.

— 네 방식대로 사과해서는 안 돼, 라그나. 그건 진짜 사과가 아니야. 그저 마음을 달래려는 겉치레 행동일 뿐이지. 자기 기분을 살리려고. 네가 한 말이 정말로 미안하다면…….

— 정말 미안해요.

— 그래야지. 난 너를 비열한 애로 키우지 않았으니까. 그리고 우리 둘 다 비열한 게 뭔지 알잖니.

라그나는 잘 알았다. 그게 바로 그를 괴롭혔다. 냉정하고 계산적인 것은 별개였다. 정치를 할 때나 세계의 지도자들을 대할 때는 필수적인 태도였다. 그렇지만 완전히 비열하고 잔인하게 구는 것은 달랐다. 오래전에 죽은 그의 친부와 바로 그 때문에 갈등이 있지 않았던가. 그러니까 케이타와의 문제를 해결하기 위해서 해야 할 일이 있다면 —솔직히 이스트랜더에게는 별로 관심이 없었다. 케이타와의 관계를 제외하면 말이다— 라그나는 무엇이든 할 생각이었다. 그녀가 기회만 준다면.

여행의 나머지 기간 동안, 케이타는 그에게 기회를 주지 않았다. 라그나와 그의 일족은 여기서 일을 마치는 대로 집으로 갈 계획이었으므로, 이제는 그 문제를 밀고 나갈밖에 다른 도리가 없었다. 그는 그녀에게 미움을 산 채로 노스랜드로 돌아가고 싶진 않았다.

라그나는 산으로 곧장 들어가기 전에 맨 위 계단에서 케이타를 따라잡았다. 그가 어깨를 톡 치자, 그녀가 발길을 멈췄다. 잠시 후 그녀가 그를 마주했다. 라그나는 그녀에게서 시선을 피하고 싶었다. 왕족다운 차가운 눈길이 내려다보자 수치심이 더욱 심해졌다. 자기 말고는 달리 탓할 데가 없다는 것을 알기 때문이었다.

"네, 라그나 님?"

그는 천천히 입을 열었다.

"들어가기 전에…… 내가 얼마나 미안해하는지 말하고 싶어. 당신에게 한 말에 대해서. 잘못된 말이었어. 나를 용서하지 않아도 이해해. 하지만 적어도 내 사과를 받아 주었으면 좋겠군."

잠시, 라그나는 자기가 그 말을 소리 내어 말하기나 했는지 확신할 수 없었다. 케이타에게 변한 점은 아무것도 없었다. 표정도 냉정한 눈빛도 변하지 않았다. 그녀는 분노도, 슬픔도, 심지어 지루함도 나타내지 않았다.

그리고 아무 말도 없이 케이타는 그에게서 몸을 돌려 드래곤 퀸의 산속 궁전 안으로 들어갔다. 라그나는 무거운 한숨을 내쉬며 따라갔다. 결국 케이타에게 미움을 받은 채로 집으로 돌아가게 될 모양이었다.

둘 앞에 또 다른 계단이 나타났고, 블루 드래곤이 그 한가운데에 서서 앞발을 톡톡 두드리며 쏘아보고 있었다.

"시간이 천년만년 걸리겠다."

케이타가 동생에게로 올라가 같은 계단 위에 나란히 섰다. 에이브히어의 짜증은 걱정으로 바뀌었다.

"누나, 괜찮아? 지난 이틀 동안 계속 이런 얼굴이었잖아. 엄마를 걱정하는 건 아니지? 엄마가 가끔 어떤지 알잖아. 엄마가 하는 말, 실제로는 반도 진심이 아니라고."

케이타는 동생에게는 대답도 하지 않고 이제 계단 발치에 서 있는 라그나에게 집중했다.

"무슨 말 하고 있지 않았나요, 라그나 님?"

망할. 이 여자가 만만하게 넘어가진 않으리라는 건 알았지만, 그래도…… 망할. 라그나는 잠깐 눈을 감고 아랫배에 힘을 준 뒤 다시 말했다.

"미안해요, 케이타. 나를 용서해 주길 바랍니다."

에이브히어가 얼굴을 찡그리며 둘을 번갈아 보았다.

"뭐가 미안하다는 거예요?"

케이타는 계속 라그나를 쏘아보고 있었다. 동생의 질문에는 여전히 대답하지 않고 대신 라그나가 대답해 주기를 참을성 있게 기다렸다.

겁에 질린 새끼처럼 도망가고 싶다는 생각이 이처럼 가득했던 적은 한 번도 없었다. 하지만 라그나는 어머니의 말을 똑똑히 기억했다.

— 네 방식대로 사과할 순 없어, 라그나.

언제나처럼 어머니는 옳았다. 그리하여 케이타의 진갈색 눈을 똑바로 바라보며, 라그나는 자기 목숨보다도 누나를 더 소중히 여기는 동생 앞에서 인정했다.

"네 누나가 헤픈 여자일지도 모른다는 천박하고 완전히 혐오스러운 말을 했어."

또다시, 케이타의 표정은 변하지 않았다.

하지만 에이브히어가 날뛰는 소 떼의 힘으로 주먹을 날렸을 때도 라그나는 여전히 그녀와 눈을 맞추고 있었다. 옆으로 비틀거리긴 했지만 넘어지진 않았다. 그러기는 쉽지 않았다. 이 꼬마 드래곤 녀석이 좀 더 날카롭지 않은 건 안타까운 일이었다. 에이브히어는 대단한 전사답게 힘과 강인함은 있었지만 기술과 의지가 없었다.

푸른 앞발의 검은 발톱이 그를 가리켰다.

"내 누이에게 다시 한 번 그렇게 말하면, 당신 동생과 사촌은 화장터 장작더미 위에 올려놓을 만한 시체도 못 찾게 될 거야. 내 말 똑똑히 알아들어?"

라그나는 턱을 움직여 얼굴 옆쪽의 감각을 되찾으려 애쓰면서 고개를 끄덕였다.

"알겠어."

에이브히어가 약간 기세를 누그러뜨리며 말했다.

"좋아요. 그럼 이 일은 우리끼리만 알고 넘어가죠. 내 아버지가 눈치채면, 다시 한 번 번개 드래곤과 화염 드래곤 사이에 전쟁이 일어나 우리 동맹이 완전히 깨어지고 말 테니까."

그는 상냥하게 앞발로 누이의 어깨를 토닥였다.

"누나도 괜찮지?"

케이타가 고개를 끄덕였다.

다시 한 번 라그나 쪽을 향해 혐오스럽다는 듯 얼굴을 찡그리며 에이브히어가 말했다.

"그럼 가죠."

그리고 나머지 계단을 올라가기 시작했다.

라그나는 받을 자격이 없는 용서를 구하면서 여전히 케이타의 눈을 바라보고 있었다. 마침내, 그녀의 미소가 어두운 폭풍 구름을 지나 갑자기 떠오르며 주변을 환히 비추는 두 개의 태양처럼 라그나의 삶 속에 피어올랐다.

케이타가 윙크하며 말했다.

"당신의 연약하고 하찮은 야만족 사과를 받아들이도록 할게."

13

"궁정 예의범절을 다시 알려 줘야 해?"

케이타는 아직까지 이 번개 드래곤에게서 사과를 받았다는 충격에서 벗어나지 못하고 있었다. 그것도 딱딱하고 오만한 태도로 '내가 당신의 마음을 상하게 했다면 사과하오, 레이디.' 같은 식의 사과가 아니었다. 진심으로 '미안합니다.' 하는 사과였다. 그리고 그가 진심이었기 때문에 그녀도 행복하게 받아들였다. 그저 케이타는 불필요할 때 굳이 앙심을 품어 봤자 좋을 게 없다고 믿었기 때문이다. 그들이 가끔 천치 같은 짓을 한다고 해서 뭐하러 굳이 그자를 미워하면서 시간을 보낸단 말인가? 그건 시간 낭비라는 것이 그녀의 생각이있다.

그리고 이 노스랜더가 한 말이 진심—케이타는 언제나 거짓말과 거짓말쟁이를 재빨리 알아낼 수 있었기에 그의 말이 진심임을 알았다—인 한은 그의 말을 원망하고 늘어질 생각이 없었다.

물론, 라그나가 그런 말을 다시 한다면 그가 마시는 물에 독약을 타고 그가 임종하는 앞에서 깔깔 웃어 주리라. 그래야 공정할 것 같았다.

"중요한 점은 잠깐 되새겨 줘도 나쁠 것 같지 않은데."

"내 옆에서 걸으면 안 돼."

케이타는 되새겨 주었다.

"하지만 그건 당신이 여기 처음 왔기 때문이야. 여왕이 부르지 않는 이상 접근하지 마. 여왕이 먼저 만지기 전에는 그 몸에 손을 대서도 안 돼. 이 벽 안에서 번개를 쏠 생각은 하지도 마. 절대로 해서는 안 되는 짓이니까. 여왕이 아무리 열 받게 해도 꼭 '여왕 전하'라고 호칭해. 아버지도 '전하'라고 부르고. 아, 그리고 아버지를 도전적인 눈빛으로 쳐다보면 안 돼. 예의범절이라기보다 눈치이긴 하지만."

"모두 다 명심하지."

"좋아."

그들이 모퉁이를 돌았을 때, 케이타가 멈춰 섰다.

"다른 건 내가 하는 대로 따르면 괜찮을 거야."

"그렇게 하지."

복도는 여왕의 궁전 일 층으로 이어졌다. 벽에는 무장한 근위병들이 줄지어 서 있었다. 모두 한 손에는 창을 들고 다른 한 손에는 긴 방패를 들었다. 그들이 복도를 지나가도, 근위병 중 누구도 쳐다보거나 알은척하지 않았다.

케이타는 바닥에 시선을 꼿꼿이 고정하고 걸었다. 더 어렸을 때는 어머니의 근위병들 중 누구의 시선을 끌 수 있나 알아보려고 장난을 걸기도 했지만, 그들 몇몇이 지위를 잃자 그만두었다. 장난은 모두가 웃을 수 있을 때만 재미있는 것이었다. 케이타는 지루하다는 이유만으로 다른 이의 꿈이나 직업을 망칠 마음은 없었다.

그들이 복도 맨 끝에 다다랐을 때, 마지막 두 근위병이 원래 위치에서 벗어나 문 앞으로 이동하며 다음 방으로 들어가지 못하도록 막았다. 이 근위병들은 여전히 창의 날카로운 금속 끝으로 천장을 가리키고 방패를 앞으로 들고 있었지만, 전투 태세는 아니었다.

"케이타 공주님."

그중 한 명이 말했다.

"돌아오신 줄 몰랐습니다."

"난 깜짝 방문을 좋아하잖아요?"

그녀는 라그나를 가리키며 말했다.

"우리랑 함께 왔어요. 어머니가 호출해서."

근위병은 그녀를 훑어보며 무기를 지니지 않았나 살폈다. 어머니의 개인 근위병들은 언제나 이렇게 했다. 고를라스의 말대로, 케이타가 왕좌를 지키는지는 모르나 여왕을 보호하는 것은 사촌 엘레스트렌이 이끄는 왕실 근위대였다. 여왕을 친자식으로부터 지켜야 한다고 해도.

"저자는 무기를 놔두고 가야 합니다."

마침내 근위병이 말했다.

케이타는 라그나를 돌아보며 앞발을 내밀었다. 그녀는 그가 결코 무기를 내려놓지 않겠다며 노스랜드식 몰상식을 범할까 봐 걱정했으나, 그는 아무 말도 없이 검집에 든 검과 등에 맸던 도끼를 꺼냈고 허리춤에 묶었던 전투 도끼도 내려놓았다. 그리고 싱긋 웃으며 그 무기를 케이타의 팔에 안겼다. 그녀는 그가 지니고 다녔던 쓰레기들의 무게에 휘청거릴 뻔했다.

"에이브히어."

누이가 새된 소리로 외치자, 동생이 재빨리 무기를 건네받았다. 꼬마 동생이 이 무기를 쉽사리 든다는 사실에 케이타는 더욱 화가 치밀었다.

"무례하기는."

그녀는 라그나에게 식식댔으나, 그는 웃을 용기가 없었다.

일단 에이브히어가 무기를 치우자, 두 경비병은 문 앞에서 비켜서며 그들이 들어갈 수 있도록 했다.

신들이여, 맙소사.

이 시점까지 라그나는 여왕의 궁정에 약간 실망하던 차였다. 어둡고 침침한 벽과 차가운 동굴. 하지만 이건…… 이건 라그나가 줄곧 기대해 왔던 광경이었다. 순금을 바른 벽에는 각 구획마다 화염 드래곤의 역사가 새겨져 있었다. 황금과 크리스털, 상아로 만든 술잔을 고귀한 출생의 드래곤들이 들고 있었고, 몇몇은 가장 섬세한 금속과 보석으로 만든 장신구를 걸쳤다. 바닥에는 귀족들의 고귀한 발톱이 실제 돌에 닿는 일이 없도록 모피를 깔아 놓았다. 커다란 화덕 안에서는 고기가 돌아가고 있었고 요리하거나 양념하지 않은 생고기도 몇 걸음 앞에 놓여 있어 왕족들이 식성대로 골라 먹을 수 있었다.

일족의 관습에 길든 라그나에게는 이런 일들이 모두 퇴폐적이고 낭비적으로 보였으므로, 사우스랜더가 그들에게 얼마나 큰 위협이 될지 저도 모르게 생각하고 말았다. 라그나는 이렇게 응석받이로 자란 도마뱀들이 강력한 번개 드래곤의 전사는 고사하고 잠자리 한 마리에라도 맞서서 자기 몸을 지킬 수 있을지 상상할 수가 없었다.

작은 무리가 걸어 들어가자, 왕족들이 대화를 하다 말고 몸을 돌려 그들을 구경했다. 여자들은 블루 드래곤에 집중해서 차가운 눈으로 그의 모습을 보고 계산했다. 남자들은 공주에 집중했다.

레드 드래곤 하나가 다른 이들을 밀치고 나왔다. 화가 난 표정에 위협적인 태도였다. 라그나는 캐슬무어에서 만난 인간 귀족을 상대할 때와 비슷한 기분을 느꼈다. 하지만 이번에는 인간 몸에 갇혀 있지 않았다. 다른 이의 마법으로 힘이 약화되지도 않았다. 그래서 레드 드래곤이 너무 가까이 다가오자, 라그나는 그를 막아서며 꼬리를 그 사이에 내리쳤다.

노스랜더의 꼬리 힘은 그 강철 톱니가 밟고 서 있던 모피를 뚫고 바로 밑의 돌바닥까지 박히자 증명되었다.

"길을 비켜라, 천민."

레드 드래곤이 명령했다.

"당신부터 진정하고 비켜나시지."

라그나의 대꾸에, 열 받은 레드 드래곤이 고함을 질렀다.

"케이타! 나한테서 도망가지 마!"

케이타가 발길을 멈추었다. 그녀의 앞발은 튀어 나가 레드 드래곤을 죽여 버리기 직전인 남동생의 팔뚝을 잡았다.

"내 기억엔……."

그녀가 돌아보지도 않고 말했다.

"이전엔 내가 무슨 술집 여자나 되는 듯 고함치지 않았던 것 같은데."

"날 보고 말해."

"당신에겐 안됐지만, 나는 누구에게든 명령을 받을 만큼 그렇게 궁하지 않아. 그럼, 실례. 어머니가 기다리셔서."

레드 드래곤은 라그나를 지나치려 했지만, 라그나가 그를 케이타에게서 떨어뜨려 놓으려 뒤로 잡아당기자 분노가 폭발했다. 레드 드래곤이 라그나에게 주먹을 날렸다. 하지만 검은 비늘의 앞발이 그 주먹을 막고, 검은 발톱이 붉은 발톱을 쥐어짰다. 뼈가 우두둑 부서지는 소리가 고요해진 홀에 울려 퍼졌다.

이전에 그 블랙 드래곤을 만난 적 있던 라그나는 여왕의 반려이자 케이타의 아버지를 알아보았다. 사우스랜드에는 '위대한 자' 베르세락으로 알려져 있었지만 노스랜드에서는 '복수자' 베르세락, '살인자 건달' 베르세락으로 알려져 있는 그는 다른 이를 말로 쫓아 버리는 법이 없었다. 그건 그의 천성이 아니었다. 특히 딸에 관한 문제에는 더욱 그러리라고 라그나는 짐작했다.

베르세락은 아무 말 없이 계속 힘을 가해 붉은 앞발을 으스러 뜨려 버렸고, 레드 드래곤은 애새끼처럼 징징 울며 모피 덮인 바닥으로 쓰러졌다. 화염 드래곤의 시선이 흐느껴 우는 귀족에게서 라그나에게로 옮겨 갔다. 그는 차가운 검은 눈으로 라그나를 찬찬히 살피다가 계단 위를 가리켰다.

"내 여왕이 너를 기다린다. 번개 드래곤. 여왕은 기다리는 걸 좋아하지 않아."

그 순간, 라그나는 어째서 그의 아버지조차 리아논 여왕의 궁정을 바로 습격하지 않으려 했는지 기억해 냈다. 귀족들 때문이 아니었다. 그들은 별로 쓸데없었다. 바로 이 전투견들 때문이었다. 베르세락과 카드왈라드르 일족.

귀족들은 이 천출 드래곤들의 존재에 감사해야만 했다. 인간들의 표현을 빌리자면, 늑대들을 문밖으로 몰아낸 것은 오직 그들이었기 때문이다.

라그나는 여왕의 반려를 비켜 지나 또 다른 계단 위로 올라갔다. 꼭대기에 에이브히어와 케이타가 서 있었다. 그녀는 라그나가 앞에 서고 동생이 다음으로 방에 들어갈 때까지 기다렸다.

"저자는 집착이 심한 것 같은데, 저 레드 자식은."

라그나가 어깨 너머로 돌아보니 여왕의 짝이 모든 이가 시선을 돌릴 정도로 빤히 쳐다보고 있었다.

"내 탓 하지 마."

케이타가 항의했다.

"나는 저자나 드라발에게 아무것도 약속하지 않았고, 처음부터 나한테 받을 수 있는 정도를 아주 솔직하게 말했어."

그녀는 앞발을 들어 라그나의 어깨를 쓸었다. 그가 입고 있지 않은 옷에서 보푸라기라도 떼어 내는 듯했다.

"대부분은 내가 솔직하게 말하면 고마워하던데, 자기는 예외이고 내 마음을 바꿀 수 있다고 생각하는 자들이 있더라."

케이타가 속눈썹 위로 그를 올려다보았고, 라그나는 이 말이 그 멍청한 레드 드래곤이나 드라발보다는 자신에게 하는 말임을 알았다.

"우리 중 몇몇은 적어도 노력을 해야 하지, 레이디 케이타. 하지만 결심이 굳은 것과 그저 밀어붙이는 멍청이 사이에는 명확한 선이 있어."

그녀는 웃으면서 옆방으로 향했다.

"당신이 확실히 그 차이를 아니 다행이야."

케이타는 방 안으로 들어섰다. 여기에는 아버지 일족을 제외하고는 귀족이 몇 없었다. 그녀의 마음속에서 친가 친척들의 존재는 언제나 값비싼 왕족의 장신구보다는 무기나 경비병들이 더 많은 이유를 설명해 주었다.

금세, 케이타는 홀 건너편에 있는 어머니를 보았다. 여왕은 에이브히어에게 팔을 둘러 꽉 안아 주고 있었다.

"우리 귀여운, 귀여운 아들."

리아논이 다정히 말했다.

"네가 안전하게 살아서 집에 오다니 정말 기쁘구나."

"보고 싶었어요, 엄마."

"나도 네가 보고 싶었단다."

자식들과 있을 때 처음으로, 리아논 여왕이 발꿈치를 들고 에이브히어의 이마에 입을 맞췄다. 그런 다음에는 양 볼에도 뽀뽀하더니 물러서 아들을 아래위로 훑었다.

"신들이여, 맙소사. 너 정말 거대해졌구나! 매일매일 할아버지를 닮아 가는걸."

"고마워요, 엄마."

수정처럼 푸른 눈이 에이브히어를 지나 케이타를 보았다. 어머니와 딸의 시선이 마주쳤다. 소문에 따르면, 케이타가 알을 깨고 나오던 순간에도 그랬다고 한다. 그때 케이타는 불은 뿜지 않았지만 어머니의 머리에 연기 공을 내뿜었다고 했다. 리아논 여왕이 둘째 딸에게 아직도 용서하지 않는 일이기도 했다.

언제나처럼, 케이타는 앞으로 벌어질 상황에 대비해 마음을 단단히 먹었다. 어머니와 딸이 만날 때마다 매번 똑같은 일이 벌어졌다. 똑같이 무시무시하고 우스꽝스러운 과시 행위. 속내를 마음껏 풀어 놓았다가는 온 시골 농민들의 순진한 마음을 파괴하고 말 테니까.

"기억해, 라그나."

케이타는 어머니가 에이브히어를 돌아 자기에게 다가오는 모습을 보며 라그나에게 부드럽게 경고했다.

"여기서 뭘 보든, 나는 이전에 당신이 생각하는 그 여자일 뿐이라는 걸."

"대체 그게 무슨 뜻이야?"

케이타는 숨을 내쉬었다.

"알게 될 거야."

여왕이 여전히 안전하게 홀 건너편에 서서 거대한 하얀 머리를 쳐들고 빛나는 하얀 송곳니를 드러내며 입술을 쓱 올리더니 두 팔을 벌리며 외쳤다.

"케이타! 사랑스러운 딸!"

케이타도 두 팔을 벌리며 마주 외쳤다.

"마마!"

라그나는 두 여자가 홀을 가로질러 서로를 안으려 하는 모습을 매혹되어 바라보았다. 하지만 둘 다 먼저 껴안으려 하진 않았다. 대신에 둘은 그저 팔을 뻗은 채로 뺨이라기보다는 상대의 머리 주위에 있는 공기에 대고 입을 맞췄다.

리아논이 뒤로 물러서며 딸을 쳐다보았다.

"케이타, 어디 보자. 넌 정말로……."

라그나는 여왕이 칭찬을 끝마치기를 기다렸으나, 대신 여왕은 이렇게 마무리했을 뿐이다.

"너답구나!"

"마마, 머리가 참 아름답게 회색으로 세었네요. 정말로 얼굴에 잘 어울려요…… 지금은."

케이타가 대답했다. 여왕의 눈이 아주 살짝 실룩였다.

"사랑스러운 딸, 네 불타는 빨강 머리란! 신들이 내린 축복 같구나!"

하지만 여왕은 목소리를 낮췄다. 아주 약간.

"네 턱을 더 축복한 것 같긴 하지만 말이다."

"그래도 뽑아 버려야 할 털은 하나도 없답니다! 마마는 가슴 털을 다 뽑았지만 말이죠."

여전히 미소를 단단히 지은 채로 두 여자는 서로를 바라보며 말했다.

"딸아!"

"마마!"

그때, 라그나 옆에 선 베르세락이 물었다.

"나를 안아 줄 마음은 없느냐?"

케이타의 얼굴에 떠오른 미소가 이전에 본 대로 따뜻하고 진실한 웃음으로 바뀌었다. 그녀는 도로 홀 이편으로 뛰어와 아버지의 품 안에 뛰어들었고 둘은 꼭 껴안았다.

여왕의 짝은 딸을 껴안은 상태에서 이 땅을 지배하는 여자에게 입 모양으로 말했다.

'다정하게 대해!'

여왕이 어깨를 으쓱하고는 역시 소리 없이 말했다.

'그리고 있어!'

케이타가 아버지에게서 물러나자, 여왕은 옆에 서 있는 에이브히이를 몸짓으로 가리켰다. 베르세락은 아무 대꾸도 하지 않았다. 하지만 여왕이 다시 손짓을 해 보였고 결국 그는 한숨을 푹 내쉬며 웅얼거렸다.

"아들아."

여왕이 그를 향해 얼굴을 찌푸려 보이자, 그는 덧붙였다.

"집에 와서 기쁘구나."

에이브히어가 눈알을 모았다.

"이런. 고마워요, 아빠."

리아논 여왕은 아들의 어깨를 토닥였다.

"라그나와 잠깐 할 이야기가 있다. 그러니 너는 아버지와 잠깐 이야기를 나누는 게 어떻겠니?"

라그나는 재빨리 고개를 돌렸다. 블루 드래곤의 얼굴에 떠오른 순전한 공포의 표정이 너무 웃겨서 계속 쳐다보다간 웃음을 참을 수 없을 것 같았기 때문이다.

"이야기요?"

에이브히어의 목소리는 거의 갈라져 있었다.

"그래."

여왕이 자식을 베르세락 쪽으로 밀었다.

"오래는 안 걸릴 거야."

그녀는 눈처럼 하얀 발톱으로 라그나에게 신호를 보냈고, 라그나는 홀을 가로질러 갔다. 방 안에 있는 자들이 모두 그를 빤히 쳐다보고 있었다. 다시 한 번, 그는 왕족들은 사우스랜더들에게 별로 걱정거리가 아니라는 사실을 상기했다. 문제는 이 드래곤들이었다. 그들 모두—심지어 여자들조차—가 전사이고 투사이며 살육자들이었다.

그가 가까이 다가가자 여왕이 말했다

"너도 남아 있거라, 케이타."

케이타는 비틀거렸다. 그녀는 아버지와 동생을 따라 나가려던 참이었다.

"저도요? 왜요?"

여왕이 앞발을 라그나의 팔에 얹으며 웃었다.

"쟤 참 웃기지 않나, 나의 귀여운 허리케인? 여왕의 명령을 따르는 법을 모르는 척한다니까. 나를 늘 웃기는 애야."

베르세락은 딸에게 몸짓으로 신호를 보냈고, 케이타는 약간 처진 어깨로 어머니에게로 갔다. 셋은 여왕의 사실로 함께 들어갔다.

14

사우스랜드 모든 드래곤의 통치자인 리아논 여왕은 왕좌에 털썩 주저앉으며 딸과 함께 있는 잘생긴 노스랜드 드래곤을 바라보았다.

"그래, 내 여동생은 어디 있지?"

"죄송합니다, 여왕 전하."

라그나가 대답했다.

"하지만 제가 도착했을 때는 거기 없었습니다."

"알겠군. 그냥 사라져 버렸다?"

케이타가 코웃음을 쳤다.

"어머니가 마수를 뻗치기 전에 탈출한 것 같네요."

리아논은 버릇없는 자식을 향해 약간 으르렁거렸으나, 번개 드래곤이 재빨리 나와 딸 앞에 섰다. 그녀는 케이타가 숨을 들이쉬는 소리를 듣자 물었다.

"넌 지금 무슨 짓을 하고 있는 줄 아는 거냐?"

리아논은 쿡쿡 웃지 않으려고 무지 애를 썼다.

"저희가 말할 수 있는 바로는, 레이디 에쉴드는 한동안 그 집에 없었던 것 같습니다."

"그 애가 어디로 갔는지 말해 주는 증거는 없었고?"

"찾아봤습니다만 없었습니다."

"잡혀갔나?"

"어머니, 모르셨어요?"

케이타가 드래곤 군주 뒤에 숨어 따져 물었다.

"그게 무슨 뜻이지?"

케이타는 라그나를 돌아 나왔다.

"그 말인즉, 이모가 거기 있는 줄 얼마나 오래 알고 계셨냐는 거죠. 이모를 죽이려고 얼마나 오래 음모를 꾸미셨죠?"

"여왕 전하……."

번개 드래곤이 말을 꺼냈지만, 리아논은 하얀 발톱을 들어 그 말을 잘라 버렸다.

"네가 그 애를 보러 처음 간 순간부터 거기 있는 줄 알고 있었지. 그럴 가치가 있었니?"

리아논은 물었다.

"등 뒤에서 칼 꽂는 나쁜 년을 위해 나를 배신하니 좋더냐?"

케이타가 지루하다는 듯 한숨을 내쉬었다.

"전 어머니를 배신한 적이 없어요."

"너는 그 애가 어디 있는지 알았잖니, 케이타. 그런데도 한마디도 하지 않았어. 심지어 네 오빠들에게도."

"무슨 말인지 모르겠네요. 이모는 누구에게도 해를 입히지 않았어요."

"그건 중요하지 않아, 얼간이 같으니! 넌 역모 용의자가 어디 있는지 알면서도 아무 말 하지 않았어. 법을 어겼다고. 너는 너 자신과 일족을 위험에 빠뜨렸다. 왜? 나를 죽이고 싶어 하는 여자를 보호하려고?"

"어머! 어머니가 그렇게 생각하신다면 장로회를 소집하지 그러셨어요. 그들이 저를 역모자라고 판결하고 마인스 사막으로 보내 줄 텐데요."

"그래야지. 너는 그런 벌을 받아도 지당해!"

케이타가 앞발을 내밀며 따졌다.

"그럼 뭘 기다리시는 거죠? 근위병을 시켜서 저를 끌고 가게 하시죠! 이 우스꽝스러운 대화를 끝내자고요!"

망할 딸년이 할 수 있는 최대로 부아를 돋우자, 리아논은 케이타의 두 팔을 내려쳤다. 케이타는 반격으로 어머니의 등을 찰싹 쳤다. 여왕임은 말할 것도 없고 어머니에게 이런 짓을 할 수 있다니! 아연실색한 리아논은 입을 떡 벌리고 서서 케이타의 어깨를 다시 내려쳤다. 그들은 전력을 다해 번갈아 내려쳤고 마침내 번개 드래곤이 둘 사이를 비집고 들어섰다.

"이만 됐습니다!"

라그나가 여자들을 떼어 놓으며 고함쳤다.

"둘 다 그만두시죠! 어머니와 딸이 이런 식으로 행동하는 건 본 적이 없습니다. 구덩이에 빠진 뱀들처럼 서로 물어뜯고 있잖습니까!"

베르세락이 앞장서고 여왕의 근위대가 방 안으로 밀고 들어왔지만, 리아논은 앞발을 들었다.

"괜찮아."

"리아논."

"괜찮다니까. 가서 아들이랑 이야기나 해."

베르세락이 눈을 가늘게 떴다.

"그래야 하나?"

"베르세락!"

"그래그래."

여왕의 짝은 툴툴거리며 근위대원들을 데리고 떠났다.

다시 셋만 남자 리아온은 천천히 노스랜더 주위를 돌았다.

"이런, 이런. 내 귀여운 번개가 성질이 있었네."

"정말 그래요."

딸 역시 라그나 주위를 돌며 장단을 맞췄다. 케이타는 언제나처럼 분노를 빨리 잊었다. 리아논의 다른 자식들 누구도 갖지 못한 재능이었다.

갑작스레 긴장한 드래곤 군주를 사이에 두고 돌면서, 둘은 달콤한 비밀을 공유하기라도 한 듯 서로를 보며 씩 웃었다. 딸은 이자를 정말로 좋아했다. 리아논은 확신했다.

"이이가 정말로 좌절할 때는……."

케이타가 설명했다.

"아주 험한 말도 한답니다. 하지만 사과도 하고, 진정한 드래곤답게 과잉보호인 동생에게 얼굴도 얻어맞고 그러죠."

"듣던 중 반가운 이야기로구나. 사과하지 않는 자보다 최악은 없지. 물론, 나는 사과하지 않아. 그럴 필요가 없으니까. 나는 여왕이잖니!"

라그나는 드래곤 둘이 빙빙 돌고 있으니 상처 입은 곰처럼 기가 빠진다는 것을 인정할 수 있는 드래곤이었다.

"이자에 대해서 또 알아챈 건 뭐지?"

여왕이 딸에게 물었다.

"가끔 뚱하게 생각에 빠지더라고요. 그렇다고 지겨워 죽을 지경은 아니지만. 그리고 동생과 사촌에게 무척 충실해요. 게다가 자기가 인정하고 싶은 이상으로 힘이 강하죠."

"그렇다면 자랑쟁이는 아니란 건가?"

"아니죠, 전혀 아니에요."

"아버지 같지도 않고."

"으으. 맙소사, 아니에요."

"그럼 어머니랑 더 닮았나 보지?"

여왕의 뾰족한 톱니가 달린 꼬리가 라그나의 어깨를 쓸었다.

"어머니가 너를 잘 키웠나 보네. 그녀라면 그랬겠지."

라그나는 여왕을 빤히 보았다.

"제 어머니를 아십니까?"

"잘 알지. 내 어머니의 통치 시절에 네 어미가 일족의 동굴에서 사라지는 바람에 우리 백성들 사이에 전쟁이 시작된 거고.”

“그 이야기는 들었습니다.”

“그러니 너는 노스랜더인 만큼 사우스랜더이기도 한 셈이야.”

라그나는 히죽 웃을 수밖에 없었다.

“저희는 그런 식으로 자라나지 않습니다. 어머니의 출신이 어디든 아버지의 자식, 노스랜더죠.”

“그 모든 규약과 규칙을 안고 명예롭게 죽어 간다?”

“자줏빛 비늘과 번개도 있죠. 그 부분들이 합쳐서 전체를 이루는 겁니다.”

여왕이 그를 보고 미소를 지었다. 그녀는 드래곤치고는 컸다. 키와 몸 너비가 그와 맞먹었다. 훨씬 체구가 작은 딸은 어머니의 옆에 서 있으니 상대적으로 자그마해 보였고, 어머니의 하얀 비늘에 대비되어 진홍색 비늘이 더 빛났다.

“말해 보렴, 케이타. 이 노스랜더를…… 신뢰할 수 있니?”

라그나가 놀랍게도, 케이타는 주저 없이 대답했다.

“그럼요, 믿을 수 있죠.”

질문하지 않을 수 없어서, 라그나는 끼어들었다.

“나에 대해 어떻게 그렇게 말할 수 있지?”

“내가 알고 있으니까. 고맙게도 말이지. 당신이 아직도 살아 있는 유일한 이유가 그거야.”

케이타가 급작스레 어머니에게로 돌아섰다.

“언제부터 알고 계셨죠?”

여왕이 발톱 하나를 입술에 대 딸의 입을 막은 후, 라그나에게 부드럽게 말했다.

"이 방을 봉인해라."

라그나는 두 왕족 사이에 무슨 일이 벌어지고 있는지 알 수 없었지만, 여왕이 명령한 대로 했다. 그러자 여왕의 눈이 놀라서 휘둥그레졌다.

"신들이여, 맙소사. 이 드래곤 군주는 강력하구나."

"말했잖아요."

"그래, 딸아. 하지만 나는 네가 이 아이의 강건한 어깨에 대해 말하는 줄 알았지."

리아논이 왕좌로 돌아갔다.

"시간이 얼마나 남았지, 나의 먹구름 군?"

"십 분입니다. 하지만 그런 별명을 계속 부르겠다고 하시면, 더 짧아질 수도 있죠."

"난 네 별명이 좋은데, 나의 회오리바람 군."

그녀는 왕좌에 앉아 딸을 바라보았다.

"아까 무슨 질문을 했더라?"

"언제부터 알고 계셨냐고요."

케이타가 반복했다.

"네 행적을?"

여왕은 살짝 웃었다.

"단순하지, 애야. 네가 내 형제를 죽였을 때부터 알고 있었다."

도망갈까 하는 생각이 케이타의 마음을 스쳤다. 하지만 그녀는 절대로 어머니에게 만족감을 주고 싶지 않았다.

"어느 형제요?"

"게임은 하지 말자꾸나, 애야. 적어도 둘은 죽였지!"

리아논의 웃음소리가 울려 퍼졌고, 그녀는 앞발로 박수를 치며 말했다.

"저 아이의 미모와 겉으로 보기에 텅텅 빈 머리에 속으면 안 돼, 라그나. 내 작은딸은 겉모습과 완전히 다르단다."

"제가 한 일은 말이에요, 마마."

케이타는 그렇게 부를 때마다 어머니의 눈이 실룩이는 게 마음에 들었다.

"제가 한 건……."

"그래, 알아. 왕좌를 지키기 위해 그랬겠지. 이제 내가 네게 하려는 부탁도 계속 왕좌를 보호해도 좋다는 거다."

"정확히 어느 쪽이죠?"

"누군가 네게 접근할 거야. 제안을 하겠지. 넌 그걸 받아들여야 한다."

"어떤 제안인데요?"

리아논은 씩 웃었다.

"다음 대 드래곤 퀸이 되라는 제안."

"아! 알겠어요."

케이타는 라그나를 힐끔 쳐다보며 갈색 눈을 모았다.

"내 말을 안 믿는구나."

"아니, 아니에요. 여왕으로서 제 모습을 보고 싶어 하는 이들이 많죠. 그런 소리 항상 들었어요. 물론 대개는 제 꼬리를 찾고 싶어 하는 술 취한 남자들뿐이었지만."

"케이타, 너는 진실을 아주 잘 숨겨 왔겠지. 대부분의 인간 귀족들은 네가 드래곤인지도 모르고 앤뷜과의 관계도 모르더구나. 그리고 드래곤들은 네가 내가 죽는 모습을 보고 싶어 한다고 생각하지."

"그건……."

케이타는 입을 열었지만, 라그나의 꼬리가 그녀의 엉덩이를 찰싹 내려쳐 말을 끊었다.

"제 말뜻은……."

그녀는 라그나를 쏘아보며 말했다.

"드래곤들은 제가 시시한 멍청이에 허영심 가득하다고 생각한다는 거예요. 그래서야 제대로 된 자라면 누가 저를 여왕으로 만들려 하겠어요?"

라그나가 리아논 대신에 대답했다.

"왕좌와 사우스랜드 드래곤들 모두를 완전히 통제하고자 하는 자겠지."

리아논이 그를 향해 한 발을 들었다.

"이 아이가 얼마나 영리한지 봤니? 영리한 데다 잘생기기까지 하고……."

"당신의 형제들은 지나치게 독립적이고 어머니에게 충성을 다하지."

어머니가 자기 자질을 나열하는데도 라그나는 그 말을 막고 끼어들었다. 그 순간, 케이타는 그를 두 개의 태양처럼 좋아하게 되었다.

"그리고 당신 언니는……."

"맞아."

케이타는 화가 나서 쿵쿵댔다.

"언니는 완벽하고 절대 그런 짓은 하지 않지."

언니의 완벽함은 케이타가 알에서 나온 이후로 항상 듣던 이야기였다.

"당신 언니의 완벽함에 대해선 아는 바 없어. 하지만 힘으로 치면 무척 위험하다더군. 그녀도 마찬가지로 죽여야만 할 거야."

케이타는 우울해지는 기분을 걷잡을 수 없었다.

"멋지네. 모두들 내가 온 가족을 배신하고 죽일 거라고 생각하는군."

그녀가 코웃음을 쳤다.

"저걸 가지려고."

"난 내 돌의자가 좋은데."

여왕이 그 위에서 자세를 고쳐 앉으며 말했다.

"이 위에 앉으면 무척 위엄이 있지."

"이런 질문을 드리면 실례인지 모르겠지만……."

"아니, 아니야, 라그나. 물어봐. 이 모든 일이 끝나기 전에 다시는 이런 시간이 없을 테니까."

"제게는 따님이 위험한 상황에 처한 것으로 보입니다만."

케이타는 심장이 파르르 떨렸지만, 모든 노스랜드 남자들이 여자를 그런 식으로 보호하려 든다는 것을 기억해 냈다.

"아, 하지만 내 딸은 위험을 찾아다니며 사는 애인걸. 그렇지 않니, 케이타?"

리아논이 이야기를 어디로 끌고 가려는지 정확히 모르는 채로 케이타는 입을 열었다.

"어머니……,"

"네 쪽에서는 부끄러워할 게 없단다, 아가. 내 케이타가 이제 까지 한 모든 일은 내 왕좌를 위한 봉사였지. 예를 들면, 내 형제 외사인은 내가 여왕이 된 후에 알산데어로 도망갔고 암살자를 고용해 나를 죽이려 했어. 안타깝게도 식중독으로 죽었지만."

그러면서 리아논은 케이타에게 윙크했다. 케이타는 창피해하면서도 한숨을 지었다.

"아, 어머니."

"그리고 두 번째 형제 뮈레다크는 노스랜드로 갔지. 이 애가 그를 추적하기까지는 시간이 좀 걸렸지만, 막상 찾았을 때 듣고 본 건 마음에 들지 않았을 거야. 뮈레다크는 너희 노스랜드 산맥에서 비극적으로 추락한 듯하더군, 젊은 라그나. 그렇게 높은 곳에 올라갔으니 거기서 떨어져서는 어떤 드래곤도 살아남을 수 없었을 거야. 술에 취하고 의식도 없었다니. 말해 봐라, 케이타. 외삼촌을 그렇게 취하게 하려고 네 아버지가 빚은 술을 이용했니? 산꼭대기에서 밀어 버리기 전에? 아니면 말 시체의 가죽을 벗길 때 쓰려고 저장해 놓은 네 할아버지의 술을 찾아낸 거니?"

케이타는 자기에게 박힌 라그나의 눈을 느낄 수 있었다. 그가 자기를 이모저모 살펴보고 있다는 것을 알았다. 이전에는 그렇게 노출된 기분을 느낀 적이 없었다. 진실을 아는 이들—아버지, 그웬바엘, 렌, 고를라스—는 처음부터 함께했다. 그녀의 훈련을 지켜봤고 그녀가 왕좌의 수호자로서 성장하는 모습을 보았다. 드래곤과 인간으로 이루어진 이 소수 정예 집단은 사우스랜드의 왕좌를 지키는 것을 평생의 소명으로 삼고, 왕좌를 빼앗으려는 자들로부터 안전하게 지키기 위해 필요하다면 무엇이든 하는 이들이었다.

진실을 이미 아는 이들과 자기가 한 일을 의논해도 케이타는 별로 불편한 기분이 들지 않았다. 그렇지만 라그나와 어머니와 함께 의논한다고? 여기에서? 지금? 차라리 가반아일 시장에서 벌거벗고 대자로 눕는 편이 덜 불편할 듯했다.

"내 세 번째 형제는 노스랜드 어딘가에 숨어 있다고 했지. 케이타는 그를 어떻게든 찾아낼 의지를 보였지만, 네 아버지가 저 애를 먼저 찾아낸 거야."

라그나가 아무 말 하지 않자, 리아논이 물었다.

"궁금한 적 없나, 라그나? 내 딸이 너희 영토에 있었던 이유 말이야. 그것도 혼자서. 어째서 네 아버지는 저 애를 움켜쥘 수 있었을까?"

"케이타 공주가 에쉴드를 보러 갔기 때문이라고 말씀하시지 않았습니까."

"그것도 사실이지. 자주 그랬으니까. 하지만 그 때문이라면 아우터플레인까지만 가면 돼. 저 애는 더 멀리 갔지. 오직 한 가지 이유 때문에. 내 형제들을 찾아서 정리하려는 거였어. 외사인을 정리한 것처럼. 알겠나, 드래곤 군주. 내 딸은 내 드래곤워리어 전 부대가 할 수 없는 일을 해냈어. 내게 위험이 되는 자들을 찾아내서 제거한 거지."

케이타가 어머니의 말을 정정하기도 전에 여왕이 말했다.

"미안. 내 말은 내 왕좌에 위협이 되는 자들이라는 뜻이야."

"흥미롭군요."

라그나가 말하자, 케이타는 그 어조에 약간 움찔했다. 그가 덧붙이기 전까지는.

"케이타는 여왕님의 형제들이 반격을 준비하고 있다는 정보를 찾아낸 후 그에 맞게 행동한 것이로군요. 그렇다면 논리적으로 볼 때, 똑같이 부지런하게 여왕님의 여동생에 대해서도 조사를 했을 테니 에쉴드가 위협이 아니라는 사실도 알아낸 것이겠죠. 여왕님의 왕좌나 여왕님에게 위협이 아니라는 사실을요."

케이타는 충격을 받아 라그나를 올려다보았고, 그 어머니는 왕좌에 기대 그를 매섭게 노려보았다.

"흥미롭군, 드래곤 군주. 이런 얘기를 듣고도 전혀 충격받지 않다니."

"저는 과거에 따님을 오판했습니다, 여왕 전하. 같은 실수를 두 번 하지는 않을 것입니다."

"알겠어. 그러면 나도 여기서 지금은 솔직하게 말하도록 하지. 내 여동생이 나를 배신했는지는 모르겠어. 내가 아는 것이라고는 내 왕좌가 위태롭다는 거야. 그리고 나는 네 도움이 필요하단다,

케이타. 그들이 찾은 이가 너니까. 그들이 나에 대항해서 옹립하려고 하는 후보가 너니까."

케이타는 어머니가 뭘 부탁한 적이 있는지 생각할 수도 없었다. '멍청한 소리 하지 마!' 말고는. 그런데 이제 자신에게 부탁하는 어머니와 자기를 오판했다는 라그나의 말 사이에서 그녀는 약간 벅찬 느낌을 받았다.

케이타는 침을 삼키고 목소리를 되찾았다.

"제가 어떻게 해야 할지 알아요."

"네가 안다는 건 안다. 하지만 그래도 좀 더 성질을 가라앉히고 누구를 상대하고 무슨 게임을 하는지 기억하도록 해. 너는 버릇없는 왕족이긴 해도, 지켜야 할 선을 아는 애지. 네가 왕좌를 얻기 위해선 무엇이든 기꺼이 할 듯 행동한다면 저들은 네가 거짓말을 하고 자기들을 옭아 넣으려 한다는 것을 눈치챌 거다. 저들이 기선을 잡게 놔둬. 거짓말을 하도록 두라고. 저들은 네가 듣고 싶어 한다고 짐작하는 말을 할 테지만, 저들이 네 남자 형제들, 언니, 특히 아버지까지 끌어들이려 하거든 그들은 안전한 채로 살려 두어야 한다고 주장해야 한다. 그렇지만 나에 대해서는 맘껏 둘러대거라."

"아, 그럴 계획이었어요."

"일단 반역자들이 네게 연락하면, 너는 내게 연락해야 해."

"그러겠어요."

"즉시 해야 한다, 케이타. 이 일을 너 혼자 처리하려고 하지 마라. 이것만은. 알겠니?"

"네, 알겠어요. 제게 이런 일은 처음도 아니에요, 엄마."

"너를 엄호해 줄 이도 필요할 게야."

"렌이 여기 함께 있어요. 그가……."

"제가 하겠습니다."

라그나가 말을 잘랐다.

케이타는 어머니의 웃음을 무시하고 말했다.

"저는 몇 년 동안이나 렌과 함께 이런 유의 일을 해 왔어요. 그러니……."

"그게 바로 문제지."

라그나가 다시 끼어들었다.

"그는 공주에게 너무 가깝습니다. 왕좌와 공주의 가족에게 너무 가깝죠."

"그의 말이 맞다, 케이타."

"그래요. 하지만 라그나는 외부자예요."

"그자는 이방의 드래곤이 아니고?"

라그나가 물었다.

"그렇게 말하지 마!"

"중요하지 않아."

리아논이 앞발을 들어 그들을 진정시키며 말했다.

"정말로 중요하지 않다."

"왜죠?"

"우리 천둥소리 군의 말이 맞기 때문이지. 너와 렌은 너무 가까워. 게다가 그자들도 그 이스트랜드 드래곤이 왕좌와 내게 충실하다는 사실을 알고 있다. 렌은 나를 배신하는 음모에 끼어들어 제 아버지의 분노를 사는 위험을 무릅쓰지 않으리라는 것을 알지. 그들은 렌을 신뢰하지 않을 거다."

"그래요. 하지만……."

"게다가 더욱 중요하게는, 이건 라그나의 문제기도 해."

라그나가 눈을 깜박였다.

"그렇습니까?"

"그렇게 될 거다."

"다시 협박입니까, 전하?"

"협박이 아니야, 친애하는 사이클론 군. 하지만 아이스랜드 국경 가까이에 있는 네 사촌이 접근해 왔다는 첩보가 들어왔지."

"제 사촌이라고요? 스튀르뵈른을 말하는 겁니까?"

"그는 죽었다고 생각했는데요."

케이타가 말했다.

"그건 반역자 스튀르뵈른이지. 그의 아들, '역겨운 자' 스튀르뵈른이 보더랜드를 이어받았어."

"북쪽에는 참 흥미로운 이름이 많네요."

케이타가 웅얼거렸다.

"스튀르뵈른에게 접근한 자가 누구죠, 여왕님?"

어머니가 즉각 대답하지 않자, 케이타는 어머니에게 관심을 집중했다.

"어머니?"

리아논이 헛기침을 했다.

"내 생각에는…… 대군주 트라시우스 같더군."

케이타는 뒤로 털썩 주저앉았고, 에쉴드의 집에서 찾았던 독립 구역의 목걸이에 생각이 미쳤다.

"강철 드래곤?"

케이타는 무엇을 믿어야 할지 알 수 없어 못 믿겠다는 투로 말했다.

"강철 드래곤들이 어머니의 왕좌를 차지하기 위해 온다고 생각하시는 거예요?"

"왜 그렇게 충격을 받지? 강철 드래곤들은 이 영토와 노스랜드를 수 세기 동안 원했잖니."

"그럼 어째서 이전에 움직이시지 않았죠? 뭘 기다리신 거죠?"

"트라시우스는 제 아버지가 아니야. 무모한 결정을 내리지 않지. 움직이기 전에 모든 걸 제자리에 놓고 싶어 해. 너를 왕좌에 올리고, 나는 죽이거나 감옥에 가두고, 장로들은 저희 주머니를 챙기게 두는 거지. 그 모든 걸 이룬 후라면 대대적인 전쟁을 벌이진 않을 거다. 진압해야 할 반란은 더 많겠지만, 그게 처리하기가 훨씬 쉽겠지."

"과거의 공격에 대해 트라시우스에게 복수하는 건 이 일과는 상관이 없겠죠."

"트라시우스와 전쟁을 벌여 봤자 내겐 아무 도움이 안 돼."

"하지만 그가 어머니의 아버지를 죽였잖아요. 어머니는 그에 대한 복수를 항상 원하셨고요."

"그랬지. 하지만 내 왕좌를 보호하는 게 그 개자식에게 되갚아

주는 것보다 더 중요해. 넌 동의하지 못하겠니?"

"제 생각도 같다는 것을 아시잖아요."

어머니의 기분 나쁜 웃음이 다시 돌아왔다.

"이 동굴을 막은 봉인이 스러지고 있다. 이제 결정해라, 케이타. 이 일에 끼겠니, 빠지겠니?"

"이미 제 대답을 아시잖아요, 어머니."

"알지. 하지만 거짓말은 않겠다, 딸아. 이 일이 완료될 때까지는 너는 혼자 처리해야 해."

단순한 진실을 진술하면서도 케이타는 분노도 자긍심도 느끼지 않았다.

"저는 언제나 혼자였어요."

하지만 그때, 라그나가 조용히 그녀 옆에 서며 말했다.

"지금까지는 그랬지."

15

고성이 들리고 몇 초 만에 격노한 케이타가 왕좌의 방에서 뛰쳐나왔다.

"난 가겠어!"

그녀는 소리치며 재빨리 계단을 내려갔고 라그나가 그 뒤에 붙었다.

"형제들에게 내 사랑을 전해 줘."

"아, 누나……."

에이브히어가 입을 열었으나, 아버지가 그를 잡고 붙들었다.

"남아 있거라."

리아논이 케이타와 라그나의 뒤에서 말했다.

"내가 남아 있으라고 명령하잖니."

케이타의 분노를 붙들고 있던 가는 끈이 뚝 끊어진 모양이었다. 그녀는 빙그르르 돌더니 식식댔다.

"난 남아 있지 않겠어요. 어머니는 거만한 하피예요. 그리고 내게 명령할 수도 없어요."

"난 원하면 뭐든 할 수 있어. 나는 여왕이니까."

"어머니는 다리 부러진 늙은 야생말이에요!"

복수의 의미로 리아논이 손바닥에서 화염을 쏘자, 에이브히어는 충격을 받았다. 하지만 라그나가 불꽃과 케이타 사이로 끼어들어 발을 들었다. 그는 불꽃을 빨아들이고 주먹을 쥐었다. 몇 초 후, 그가 주먹을 다시 펴자 여왕이 케이타에게 던진 불꽃이 환한 색의 수정이 되어 바닥에 떨어졌다.

얼굴에 놀라움이 스치더니 리아논이 조용히 말했다.

"이런, 이런! 보호 본능이 과하기도 하지, 내 귀여운 겨울 폭풍군. 말해 봐라. 내 순진한 딸이 무슨 짓을 해 주었기에 이렇게 보호해 주는 걸까?"

케이타는 으르렁대며 라그나를 지나쳐 튀어 나가려 했으나, 그가 그녀를 잡아 뒤로 끌어당겼고 왕실 근위대는 여왕 주위로 이동했다.

라그나는 여왕의 말을 무시하고 말했다.

"일을 고약하게 만들 필요는 없습니다, 공주님. 잠깐 머무른다고 해가 될 것은 없겠죠."

"나는 절대로……."

매서운 눈빛으로 케이타의 입을 막으면서, 라그나는 그녀에게 재차 상기시켜 주었다.

"공주님의 일족이 그리워하고 있습니다. 공주님이 떠나기 전에 가족분들이 함께 시간을 보내고 싶어 하실 텐데요."

"아! 좋아."

케이타가 말했다. 그리고 어머니를 향해 코웃음을 치며 나가 버렸다. 라그나는 재빨리 고개 숙여 여왕에게 인사하고 케이타를 따라갔다.

"망할 년."

여왕이 으르렁대며 방으로 돌아갔다.

"누나에게 가 봐라."

여왕의 짝이 말했다.

"하지만 아빠⋯⋯."

"노스랜드에서 명령을 받으면 따르라는 건 안 배웠느냐? 나한테 말대꾸하지 마라. 그냥 가."

"알겠어요."

에이브히어는 누이를 뒤따라가다가 돌아보았다. 아버지가 왕좌의 방으로 올라가는 모습이 보였다. 어쩌면 아버지가 일을 편하게 처리할지도 몰랐다. 케이타는 어머니와 사이가 좋았던 적이 없었지만, 이젠 모두 과거의 일로 넘겨 버릴 때가 아닌가?

리아논은 자기 개인실에 앉아 머리를 굴리고 있었다.

"음⋯⋯ 다 끝났어?"

베르세락이 그녀의 앞발을 잡으며 물었다.

"그래."

"이렇게 해도 정말 괜찮겠어, 리아논?"

"아니. 그 애는 충동적이야. 성질이 괄괄하고. 언제나 그랬지."

여왕은 자신의 짝을 쏘아보았다.

"왜 그렇게 웃고 있어?"

"아무것도 아니야. 다만 당신이 케이타를 묘사하는 방식이 내가 아는 누군가와 닮아서."

리아논은 영문을 모르고 물었다.

"누구?"

"그건 중요하지 않아. 어쨌든, 이건 그 애가 하기에 위험한 게임일 텐데. 특히 당신 일족이 관련되었을 땐."

"아니, 소문이 퍼지겠지. 그들은 다 말이 많아, 베르세락. 우리는 게임을 잘하도록 해야지. 당신이 내게 그동안 줄곧 숨겨 온 것처럼 그들에게도 숨겨야겠지."

"당신은 어쨌든 알아냈잖아.

"알아낸 게 아니야. 알았던 거지. 그건 달라."

리아논은 한숨지었다.

"게다가 그 애를 진짜로 시험해 볼 때야."

"당신은 항상 그렇게 말했지."

"그랬어."

"하지만 왜? 그 때문에 걱정하는 게 눈에 훤히 보이는데."

"그 애여야만 해."

여왕은 갑자기 진이 다 빠진 기분이었다.

"그 애는 이 일을 해낼 필요가 있어. 이 도전에 맞서야만 해."

"왜, 리아논? 어째서 케이타지?"

리아논은 일어서서 침소로 향했다.

"왜냐하면…… 언젠가 그 애가 여왕이 될 거니까."

그녀는 간결하게 말했다. 그리고 왕좌의 방에서 걸어 나갔지만, 베르세락이 뒤따라오지 않는 것을 알자 도로 들어왔다. 그의 얼굴에 떠오른 표정을 보고 그녀는 눈을 치켜뜨며 덧붙였다.

"지금 당장이라는 건 아니야, 천출. 한참 나중의 일이지."

베르세락이 숨을 내뱉었다.

"당신이…… 그런 뜻인 줄 알았잖아. 그 애의 오빠들과 언니도 있고…… 독을 좋아하는 그 애의 성향도 있고……. 망할, 리아논! 당신 때문에 숨넘어가는 줄 알았잖아!"

여왕이 참아 내려 했던 것보다 훨씬 더 빨리 자기 삶이 ─그리고 그 아이들의 삶까지도─ 끝나는 미래를 예지했다고 베르세락이 착각했음을 깨닫자 리아논은 터지는 웃음을 멈출 수 없었다. 그가 그녀를 들어 올려 침실로 안고 가면서 줄곧 으르렁대는데도, 리아논은 웃음을 그치지 않았다.

16

데벤알트 산에서 돌아오자 그들은 곧장 아래의 다크플레인으로 내려갔다. 그리고 가반아일에서 삼 리그 정도 떨어진 숲 속에 착륙했다.

비골프에게는 여행 내내 라그나와 케이타와 이스트랜더가 계속 말싸움을 하는 것이 이상하게 보였다. 소리 죽여 속삭이긴 했지만 말싸움이었다. 형에게서 거의 볼 수 없었던 면모였다. 라그나는 말싸움이 도움 된다고 믿지 않았다. 그는 명령을 내리고 그 명령이 실행되기를 기대했다. 그렇지 못하면, 누구 다른 이에게 일을 맡기고 자기를 실망시킨 자의 존재를 잊었다. 별것 아닌 것처럼 들려도 그것만으로 충분했다. 형의 냉정한 성격은 고향의 만년설에 비견할 만했다.

그런데 여기서 라그나가 말싸움을 하고 있었다. 처음에는 케이타 공주와만 했다. 그다음에는 이스트랜더가 합세했다. 그들은 목소리를 높이는 법이 없었다. 비골프와 마인하르트가 하는 싸움과는 같지 않았지만 그래도 말싸움이었다.

비골프는 인간으로 변신해서 옷을 입고 셋이 계속 말다툼을 하는 것을 구경했다. 그들이 무슨 얘기를 하는지는 몰랐고 관심도 없었다. 그는 집에 갈 준비가 되어 있었다. 이곳은 사방이 녹지에다 뜨거웠다. 신들이여, 맙소사. 사우스랜드는 겨울이 가까워지는데도 이렇게 따뜻하단 말인가? 게다가 공주는 긴 소매 드레스를 입고 있으면서도 모피까지 끌어다 덮는 것을 보면 한기를 느끼는 듯했다. 이 땅에는 눈도 오지 않나?

그게 중요한 것은 아니었다. 일단 형이 말싸움을 멈추면, 애송이와 공주를 일족에게 데려다주고 갈 길을 가면 되었다.

"무슨 일인데?"

마인하르트가 물었다.

"나도 모르겠어."

"저렇게 싸우도록 놔두면 안 될 텐데."

애송이가 말했다. 이 블루 드래곤 녀석은 항상 기분 언짢은 이가 있는지 살폈다. 그리고 자기가 온갖 말싸움을 말렸다고 자랑스러워했다. 비골프의 일족 사이에서 싸움을 멈추게 한 건 자기의 어르는 말이 아니었다는 것도 모르고서. 싸움을 말린 것은 그의 덩치였다. 번개 드래곤들은 말쑥한 화염 드래곤에 비하면 더 느린 경향은 있었지만 덩치만큼은 유명했다. 하지만 이 애송이는 노스랜더 급의 덩치인데도 속도는 제 일족인 화염 드래곤과 같았다. 그가 별로 싸움꾼이 아니라는 건 아쉬운 점이었다. 라그나는 이미 그를 쓸모없는 존재로 여겼고, 노스랜드로 돌려보낼 마음도 없었다. 하지만 마인하르트가 그 계획을 바꾸려고 조용히 공작을 꾸미고 있었다. 사촌 형은 이 덩치 큰 애송이를 좋아했는데, 비골프는 이유를 알 수가 없었다.

"내가 너라면 라그나의 말싸움 중간에 끼어들진 않을 거야."

"어떻게든 해야죠."

애송이 녀석이 말로 반박하려는 것을 알자 비골프는 그의 팔을 잡고 나무에서 길가로 끌고 나왔다.

"저들이 끝낼 때까지 여기서 기다리자고."

비골프와 마인하르트가 여행 가방을 뒤지는 동안, 애송이는 길 한쪽에서 다른 쪽으로 왔다 갔다 했다.

"떠나기 전에 보급품을 더 채워야 할 것 같은데?"

마인하르트가 물었다.

"육포가 있으면 아우터플레인을 통과할 때 도움이 될 거야."

"공주가 보급품을 채워 주겠다고 약속했어."

애송이가 고개를 저었다.

"아직도 말싸움 중이에요! 이대로 가만둘 순 없어요."

"잠깐……."

"가게 놔둬, 형."

비골프가 일어섰다.

"저 애가 방해하면 라그나가 한 대 치겠지. 그럼 다시 그런 짓을 하면 안 된다는 걸 배우게 될 거야."

마인하르트도 시선을 길 위로 떨어뜨리며 일어섰다.

"뭐야?"

비골프가 물었다. 마인하르트가 고갯짓으로 가리키자, 비골프도 그의 시선을 따라갔다.

한 여자가 길을 걷고 있었다. 한 손은 거대한 검은 말의 고삐를 쥐고 있었다. 여자가 걸음을 멈추고 그를 빤히 보았다.

비골프는 좀 더 빨리 케이프를 입을걸, 하고 후회하며 ─그는 자주색 머리를 인간에게 설명하고 싶지 않았다. 비극적 저주를 받았다거나 하는 헛소리를 지어내야만 했으니까─ 미소 띤 얼굴로 손을 흔들었다.

"안녕하세요!"

키가 크고 긴 금갈색 머리를 한 여자가 고삐를 놓고 더 가까이 다가왔다. 실눈을 떴고, 머리는 수그렸다.

"뭐하는 걸까?"

비골프가 사촌 형에게 속삭였다.

"모르겠다. 길을 잃었나 보지. 아니면 겁을 먹었든가."

마인하르트도 같이 속삭였다.

"미쳤을 수도 있고."

비골프가 덧붙이자마자 이 미친 계집─그의 말이 맞았다. 맙소사!─이 등에 메고 있던 검을 뽑아 말없이 덤벼들었다.

"이렇게 해야만 해."

케이타는 렌에게 말했다. 또다시! 그녀는 같은 말을 되풀이하는 것을 좋아하지 않았다. 그리고 렌이 자기네 망할 나라에서는 귀족이라고 해서 케이타의 어머니가 다스리는 백성보다 그녀를 더 무시할 권리가 있는 것도 아니었다.

"난 마음에 안 들어. 난 저자가 싫다고."

렌은 라그나를 쏘아보았다.

"그는 너를 멸시하잖아. 다시 상처 주고."

"그건…… 당신이 상관할 바가 아닌 것 같은데."

라그나가 이를 악물고 말했다.

"여기서 뭘 얻어내려 하는 거지, 야만족? 어쩌면 너와 케이타의 어머니는 케이타가 모르는 계획을 갖고 있나 본데. 케이타를 배신할 계획을 꾸미는지도 모르고."

라그나가 한 손을 들자 손가락 끝에서 번개가 깜박였다. 렌도 똑같이 했지만 그에게서 나오는 건 불꽃뿐이었다. 케이타는 이보다도 신체적으로 더 민감하게 반응하는 남자들에게 익숙해져 있었으므로, 명령했다.

"그만둬, 둘 다! 이게 무슨 우스운 꼴이야!"

"무슨 일이야?"

에이브히어가 그들에게 달려와 물었다.

"왜 싸우는 거야?"

케이타는 두 남자들을 쳐다보고 어깨를 으쓱한 다음 상냥하게 말했다.

"싸우는 게 아니란다."

"누나!"

"토론 좀 한다고 언제나 싸움이 되는 건 아냐, 에이브히어."

"나한테는 왜 말해 주지 않아?"

에이브히어가 이쪽저쪽을 번갈아 쳐다보았다.

"엄마는 무슨 일을 꾸미는 거야?"

"아무것도. 어머니는 그저 당신답게 행동했어. 이제 익숙해질 때도 됐잖니."

"거짓말하지 마, 누나. 누나는 거짓말에 소질 없다는 것 본인도 알잖아."

에이브히어의 말이 맞았다. 그녀는 남자 형제들에게 거짓말을 할 수 없었다. 그들 중 누구도 우연한 손길이나 은밀한 미소에 정신이 흐트러지지 않으니까.

"무슨 일이 일어나고 있고, 나는 뭔지 알아야겠어."

"마인하르트에게 돌아가라, 꼬마."

라그나가 명령했다.

케이타가 한 손을 들었다.

"내 동생에게 이래라저래라 하지 마."

"그럼 좋아. 여기 남아 있게 하지."

"내게 그런 어조로 말하지도 말고. 당신 도움 없이도 내 동생 정도는 내가 처리할 수 있어."

"나를 처리해? 나를 처리할 필요가 있어?"

에이브히어가 소리쳤다. 케이타의 인내심이 점점 줄어들었다.

"그만해, 모두 그저……."

케이타는 얼굴을 찡그리며 고개를 갸우뚱했다.

"렌? 무슨 일이야?"

렌이 케이타 뒤의 무언가를 가리켰다.

"저기 아는 말 아닌가?"

케이타는 어깨 너머로 흘끔 돌아보았다.

"앤닐의 말처럼 보이는데."

그러면서 귀를 긁었다. 그러나 잠시 후 강철이 부딪치는 소리에 얼어붙었다.

"신들이여, 맙소사."

케이타는 동생에게로 돌아섰다. 둘은 함께 튀어 나가 가장 가까운 길로 향했다. 그들이 나무를 지나쳐 달릴 때, 케이타는 비명을 지르며 엉덩방아를 찧고 말았다. 그녀가 항상 애지중지했던 코가 검날에 떨어져 나갈 뻔했던 것이다. 두 손이 그녀를 땅에서 들어 올려 도로 발로 설 수 있게 내려 주었다.

"괜찮아?"

케이타는 렌일 거라 기대했으나, 걱정스러운 눈빛으로 쳐다보고 있는 것은 라그나였다.

"괜찮아. 저들을 말려야만 해."

"내 형제들은 여자는 절대로 안 죽여."

"저건 여자가 아니야."

케이타가 말했다.

"엄밀히 말하면."

마인하르트는 방패를 들었고, 계집의 칼날이 그를 내리쳤다.

그는 뒤로 밀려났다. 맙소사! 힘이 장사잖아. 게다가 인간 여자인데도.

그가 방패를 내린 순간 여자가 그를 등지고 사촌 동생이랑 대결하느라 여념이 없는 것이 보였다. 마인하르트는 칼을 앞으로 찌르며 여자의 옆구리를 노렸다. 그의 의도는 상처를 입히거나 절단을 하는 정도였다. 죽일 생각은 없었다. 하지만 여자가 마지막 순간에 돌아서자, 그의 검날이 여자를 아슬아슬하게 스쳤다. 마인하르트는 앞으로 비틀거렸다. 바로 그때 여자가 팔꿈치로 그의 얼굴을 쳐 코를 아작 냈다. 그가 포효하자, 여자는 낮게 몸을 숙이며 발로 정강이를 걷어찼다. 마인하르트는 뼈가 부러지는 소리와 다리에서 무언가 터지는 소리에 충격을 받았고, 한 무릎을 바닥에 세차게 찧었다.

고통은 참을 수 있었다. 골절은 나을 것이다. 하지만 굴욕감은…… 이걸 지닌 채로 살 수는 없었다!

마인하르트는 비골프가 여자를 도로 자기 쪽으로 밀어붙이는 모습을 보았다. 그 여자가 채 몇 뼘도 떨어지지 않은 위치에 오자, 그는 여자의 등 뒤로 방패를 휘둘렀다. 방패가 여자의 옆구리에 맞아 그녀를 가장 가까이에 있는 나무 사이로 날려 버렸다. 여자는 나무 밑동에 세게 부딪쳤고 반동으로 땅에 굴렀다. 그러나 그녀는 벌떡 일어나 비골프에게 다시 한 번 덤볐다.

비골프가 칼을 휘둘렀지만, 여자는 그의 등을 노리며 단검을 높이 쳐들었다.

"앤벌, 안 돼!"

케이타 공주가 비명을 지르고 에이브히어가 그 불쾌한 여자를 붙잡아 비골프에게서 떼어 냈다. 동시에 라그나는 비골프를 붙잡아 당겼다.

케이타가 두 손을 들고 그들 가운데 섰다.

"모두 진정해!"

"진정하라고?"

비골프가 따졌다.

"저 미친년이 우리를 공격했어!"

마인하르트는 자기 몸에 닿은 손을 느꼈고, 고개를 들어 이방 드래곤의 기이한 얼굴과 마주쳤다. 아무 말도 나누지 않은 채, 마인하르트는 렌에게 몸을 맡기며 멀쩡한 한 다리로 일어섰다.

"비골프 님."

케이타가 위로하며 몸을 돌려 그를 보았다.

"부디 제……."

그녀는 눈을 크게 뜨고 비골프를 쳐다보았고, 마인하르트는 사촌 동생이 미처 몰랐던 상처로 피를 흘리며 죽기 직전인 줄 알고 겁을 덜컥 내면서 그녀의 시선을 따라갔다. 하지만 그것보다 더 심했다. 훨씬 심했다.

케이타는 갈색 눈을 휘둥그레 뜨면서 한 손으로 입을 막았다. 라그나는 뭐가 문제인지 몰라 동생을 보았다가…… 놓아주었다.

"아."

"뭐야? 무슨 일이야?"

비골프가 물었다.

"어…… 어……."

불쌍하게 흉측해진 그가 자기 자신을 내려다보았다.

"다들 뭘 보는 거야?"

"어쩌면……."

차가운 여자 목소리가 말했다.

"이걸 찾나 보지."

비골프가 고개를 들자, 인간 여자는 한때는 그의 것이었던 길고 풍성한 자주색 머리채를 들어 보였다.

여자가 씩 웃으며 말했다.

"미안하게 됐어. 사실은 머리를 노린 건데. 황소 같은 덩치를 해 가지고 동작은 민첩하네."

"황소라고?"

"걱정하지 마. 이거 전투에 나갈 때 내 투구에 달면 근사하겠군. 자주색은 내 취향이 아니지만, 그럭저럭 괜찮을 거 같아."

여자는 땋은 머리채를 앞뒤로 흔들었다.

"이 미친 계집이!"

비골프가 비명을 질렀지만, 라그나는 동생의 어깨를 잡고 간신히 성난 동생을 말렸다. 그렇다고 동생 탓을 할 수는 없었다.

"덤벼 봐."

인간이 웃으면서 도발했다.

"끝내 버리자고, 번개 드래곤."

케이타가 여자에게 더 가까이 다가가 두 손으로 어깨를 내려쳤다.

"당장 그만둬요!"

여자가 얼굴을 찡그리며 케이타를 쳐다보았다. 순간 라그나는 공주의 안전이 걱정되었지만, 여자가 물었다.

"케이타?"

다음 순간, 여자는 미소를 지으며 자기 허리를 잡은 블루 드래곤의 손을 밀쳤다.

"케이타!"

그녀는 칼을 ―머리채가 아니라― 내던지고, 두 팔로 케이타를 꼭 껴안았다.

"세상에! 다시 만나서 반가워요!"

케이타가 숨을 내쉬고 라그나에게 살짝 고개를 끄덕였다.

"나도 그래요."

"오랜만이야."

"나는요? 나는 안 안아 줘요?"

여자가 빙그르르 돌아 블루 드래곤을 마주 보았다.

"에이브히어!"

그리고 그에게 덤벼들어 긴 다리로 허리를 감고 팔을 목에 둘렀다.

"오, 에이브히어!"

블루 드래곤도 껄껄 웃으며 그녀를 마주 껴안았다.

"이런 환영 인사를 기대했지."

"저 여자가 나를 훼손했어."

비골프가 에이브히어에게 말했다. 그의 말이 틀린 것도 아니었다. 노스랜드 남자들은 사우스랜더처럼 머리를 길게 기르지는 않지만, 그래도 자기가 가진 것에 자부심을 느꼈다. 큰 전투가 있기 전이면 친척 여자들이나 짝이 드래곤 전사의 머리카락을 전투용으로 여러 갈래로 땋아 주었다. 전투나 전쟁이 끝나고 승리했을 때는 땋은 머리를 풀고 긴 머리를 한 줄로 다시 땋는 의식을 거행했다. 소박하고 장식이 없는 것이었으나 많은 이들에게 깊은 의미가 있었다.

그러나 진실은 그들이 위험한 외국의 영토에 있다는 것이었다. 이 여자가 입힌 해를 복수할 길은 없었다.

"여기서는 안 돼, 동생아. 지금은 안 돼."

라그나가 속삭였다.

"그러면 언제?"

여자가 마침내 블루 드래곤에게서 빠져나오며 말을 던졌다.

"네가 좋을 때면 언제든, 번개 드래곤. 지금도 상관없는데."

비골프는 으르렁거렸지만, 라그나가 다시 동생의 어깨를 두 손으로 잡고 끌어당겼다.

"진정해."

"말리지 마. 놔주라고. 그래야 내가 시작한 일을 끝장내지. 그리고⋯⋯."

인간 여자가 한 손가락으로 번개 드래곤들을 가리켰다.

"너희 나머지도 끝장낼 수 있고."

"대체 왜 이래요? 어째서 이렇게 행동하는 거예요?"

케이타가 여자에게 따져 물었다.

"내가 모른다고 생각해요? 저들이 케이타에게 한 짓을 못 들었을까 봐?"

빗지 않은 머리카락 아래 초록 눈이 그들을 쏘아보았다.

"저자들이 케이타를 납치했잖아요. 여자를 강제로 자기 뜻대로 취하려 하다니. 이제 그 대가로……."

여자는 머리를 반대 방향으로 젖혔다. 뼈가 두두둑거리는 소리가 길 위로 빠져나갔다.

"머리를 잃게 될 거야."

여자가 다시 앞으로 나서자 라그나는 몸을 돌려 그녀를 마주했다. 비골프가 어떤 봉변이라도 당하기를 바라지 않는 그는 주문을 걸 준비를 했다. 하지만 다시 한 번 케이타가 라그나와 미친 인간 여자 사이를 가로막았다.

"아니, 잘못 알고 있어요! 실상은 그렇지 않아요."

여자가 라그나에게 눈을 둔 채로 물었다.

"그럼 무슨 일이었는데요?"

케이타는 헛기침을 했다.

"이들은 저를 올게어로부터 구해 주었어요."

"거짓말."

"내 납치에 관련이 있는 자들을 내가 정말로 보호할 거라 생각해요?"

"저자들이 아니에요?"

"확실히 말하는데, 앤빌. 아니라……."

"앤넬?"

라그나는 그 이름을 되뇌면서 그들이 숲에서 뛰쳐나오기 직전에 케이타가 똑같은 이름을 외쳤던 것을 갑작스레 기억해 냈다.

"이 사람이 앤넬이야?"

라그나는 여자의 괴상하게 큰 발부터 헝클어진 머리칼까지 훑어보았다.

"이게?"

왕족에게 필요한 이상으로 근육이 많고 병든 동물의 미친 눈이라고밖에 이름 붙일 수 없는 눈길로 그와 일족을 바라보는 이 인간이 앤넬이라고?

케이타가 한 손을 들어 그의 입을 막으며 강렬한 눈길로 경고했다. 그는 케이타가 크게 움직이지 않으면서 목소리를 침착하게 통제하고 있다는 것을 눈치챘다.

"다크플레인의 앤넬 여왕, '교활한 자' 라그나와 그의 동생 '혐오자' 비골프, 그의 사촌 형 '흉포한 자' 마인하르트를 소개해 드리죠. 노스랜더님들, 이쪽은 앤넬 여왕입니다. 이 땅의 인간 지배자이자 제 큰오빠의 짝이죠. 자, 일이 더 나아가기 전에 말씀드리자면……."

인간 여자가 한 손을 들었다.

"잠깐, 미안한데 이름이 '혐오자' 비골프라고요?"

"앤넬……."

"우리 사우스랜드엔 왜 그런 이름이 없을까?"

"이전에는 '포악한 자' 비골프였어요. 지난 전쟁에서 '혐오자'

비골프가 되었죠."

에이브히어가 뜬금없이 나서서 보탰다.

"알겠네요. 난 그냥 '피투성이' 앤닐인데, 그거 너무 심심하죠. 하지만 '혐오자' 앤닐, 어감이 좀 괜찮지 않아요?"

케이타가 한 손으로 여자의 팔뚝을 눌렀다.

"앤닐, 라그나와 그의 일족은 저와 에이브히어의 보호하에 여기 있어요."

"정말? 케이타를 납치했는데…… 두 번이나? 처음엔 이자의 아버지가 납치했고, 그다음에는 이자가 했다면서요."

"말했잖아요, 이자가 저를 올게어에게서 구했다고. 그리고 아버지가 한 짓으로 그 아들을 고발할 수 없다는 건 신들도 아시죠. 앤닐이 누구보다도 더 잘 알잖아요."

"내가 듣기로는 이자가 케이타와 당신 어머니를 교환하려고 했다던데……?"

"어리석은 오해일 뿐이고 그것 때문에 화를 낼 이유는 전혀 없어요."

"어리석은 오해라고요? 정말?"

웃음이 얼굴로 퍼져 나가자 여자는 한층 더 제정신이 아닌 듯 보였다. 그녀가 머리채를 손에 쥐고 흔들었다.

"그럼 우리가 이 모든 걸…… 어리석은 오해라고 할 수도 있겠죠, 네?"

그러고는 웃으며 케이타의 뺨에 뽀뽀한 다음, 에이브히어도 뺨에 입 맞출 수 있도록 몸을 굽히기를 기다렸다.

"둘 다 집에 돌아와서 기뻐요. 내 짝이 요새 포효하는 일이 많아졌는데, 둘이 말릴 수 있을지도 모르겠네요."

그녀가 혀로 이를 차니, 말이 앞으로 다가왔다.

"아이들도 꼭 보고 가요. 피어구스에겐 내가 곧 돌아간다고 전해 주고."

인간 여왕은 비골프의 땋은 머리를 허리띠에 쑤셔 넣고 검과 방패를 등에 둘러멘 뒤 대부분의 노스랜드 남자들에게도 너무 클 말에 휙 올라탔다.

"저녁 식사 때 봐요."

여자는 다시 웃음을 터뜨리며 말에 박차를 가하여 달려갔다.

"저게 당신의 인간 여왕인가? 저 여자가?"

라그나가 물었다.

케이타는 어깨를 으쓱했다.

"변덕이 이만저만하지 않아."

"저 여자가 내 머리카락을 가져갔어. 내 머리카락을!"

비골프가 땅을 검에 박았다.

"비골프 님."

케이타는 그의 손을 더 자그마한 두 손으로 잡았다.

"부디 용서해 줘요. 요새 앤뉠에게 부담이 많은데, 그게 바로 나 때문이거든요. 이 손실을 보상하기 위해 내가 할 수 있는 건 뭐든 할게요."

라그나는 동생이 꽤 애를 쓰고 있다는 것을 알았다. 어떤 노스랜더보다도 강한 의지를 발휘해야만 했다.

"공주님 잘못이 아니죠. 더 이상 생각하지 마요."

"가요. 당신을 좀 진정시켜야겠어요."

케이타가 비골프를 잡아당겼다. 그녀는 부상당한 마인하르트에게도 미소를 지었다.

"당신에게는 치료사를 찾아 줘야겠고요."

"나한테는 뭘 해 줄 거지?"

라그나가 그녀에게 물었다.

"인내심을 보여 줄 건데."

그는 웃음을 터뜨렸다.

"모두들 가반아일에 오신 걸 환영해요."

케이타가 그들 모두에게 말했다.

"적어도 한순간도 지루하지 않으리라는 건 약속드리죠."

17

"언니!"

모르퓌드는 이를 득득 갈았다. 그녀는 할 수 있었다. 할 것이었다. 브라스티아스에게 약속했기 때문만이 아니라 자기 자신에게 약속했기 때문에. 입술에 억지로 미소를 띠고, 그녀는 여동생을 마주했다.

"케이타."

"어머, 언니 예쁘다!"

모르퓌드는 즉시 얼굴을 찌푸렸다.

"그거, 무슨 뜻으로 한 말이야?"

여동생도 찌푸린 얼굴을 돌려주었다.

"언니가 매일 입는 그 소박한 하얀 로브가 눈 밑의 그늘을 더 부각시켜 준다는 뜻?"

"뱀 같은 게."

"씨받이 암소."

"케이타."

여동생 뒤에서 들려온 비난조의 목소리에, 모르퓌드는 순수한 미소를 지었다.

"렌!"

그녀는 이스트랜드 드래곤의 양쪽 볼에 키스했다.

"어떻게 지냈어, 친구?"

괄크마이 바브 과이어 가문에서 '선택된 왕조'의 다정한 렌이 무척 사랑받는다는 것은 사실이었다. 자기 말고는 아무도 사랑하지 않는 브리크나 오로지 그들의 어머니만 사랑하는 베르세락 같은 이에게도 귀여움을 받았다.

렌은 거의 백 년 전에 사우스랜드 드래곤에 대해 배우라고 그의 가족들이 보내서 이쪽으로 왔고, 대신에 드래곤위치의 길을 걷는 사촌 한 명이 동쪽으로 갔다. 모르퓌드는 그런 조치에 대해서 별로 생각해 본 적이 없었다. 이전에도 있었던 일이고, 항상 원만하게 흘러갔다. 하지만 이스트랜드에서 온 자가 남는 경우는 거의 없었다. 어째서 남겠는가? 어머니의 궁정에서 찾을 수 있는 삶보다 훨씬 더 고요하고, 훨씬 더 단순하며, 훨씬 더 호화로운 생활을 이스트랜드에 남겨 두고 왔는데. 하지만 렌은 남았다. 외부자는커녕 서로의 존재도 참지 못하는 이 가족의 일원으로 받아들여졌으므로 머물렀다. 피어구스조차도 렌을 다크글렌에 있는 자기 동굴로 초대해서 술자리를 함께하기도 했다.

하지만 모르퓌드는 렌이 케이타와 너무 가까워졌을 때 걱정했다는 사실을 인정해야만 했다. 그때 케이타는 거의 서른 번째 겨울도 지나지 않았을 무렵인데, 벌써 남자들 사이에는 꽤 이름이 퍼졌다. 여동생이 누구랑 자든 모르퓌드가 상관해서는 아니었다. 그웬바엘에게 아무도 따져 묻지 않는데, 케이타에게 뭘 하고 다니는지 어떻게 따질 수 있겠는가? 하지만 케이타는 꼬리가 지나는 자리마다 부서진 드래곤 심장을 남겨 놓고 간다는 소문이 자자했고, 모르퓌드가 카드놀이에서 브리크를 쉽게 이기듯 남자들을 그렇게 쉽게 떠난다고 했다. 모르퓌드는 이 강력한 마법사도 그런 일을 겪기를 바라지 않았다. 그는 대부분 형제들과는 달라서 자신의 힘을 당연히 여기지 않았으며 뻐기기 위해 과시하지도 않았다.

그래도 얼마 안 있어, 그들은 모두 케이타와 렌이 절대로 연인 사이가 아님을 깨닫게 되었다. 그들은 절친한 친구였다. 그로써 케이타의 안녕을 걱정하는 오빠들은 렌이 막내 여동생과 여행을 같이 다니면 적어도 그 애가 위험에 처했을 때 알려 줄 수 있으니 한결 마음을 놓을 수 있었다. 하지만 이렇게 오랜 세월이 흘렀는데도 케이타와 렌이 여전히 길동무이자 친구라는 사실은 그들에게 놀라울 뿐이었다. 혈육보다도 더 서로에게 충실한 관계라니.

"나는 괜찮아. 그리고 케이타는 네 도움을 구하려고 한 거야. 열 받게 하려고 한 게 아니라."

"언니가 먼저 시작했어."

케이타가 불평했다.

"네가 나를 모욕했잖니."

"내가 칭찬했는데도 언니가 굳이 의심하니까 그렇지! 내가 아무나 칭찬하고 다닌다고 생각해, 이 투덜쟁이야?"

"케이타!"

렌이 모르퓌드를 향해 미소를 지었다.

"내가 당신의 도움이 필요하다고 말하면 훨씬 더 쉬우려나."

그렇다. 누구의 부아를 돋우지 않고도 렌이 훌륭한 중재자라는 사실 또한 도움이 되었다.

"물론, 렌. 당신을 위해서라면 뭐든 하지."

모르퓌드는 렌의 팔을 잡았다.

"뭘 도와줄까?"

"우리 번개 드래곤 손님들이 약간…… 당신네 여왕과 충돌이 있었어."

"어머니?"

"아니, 당신네 나라를 지배하는 다른 미친 군주 있잖아."

모르퓌드는 숨을 들이켰다.

"신들이여, 맙소사. 누가 죽었어?"

"아니. 하지만 부상을 좀 당했어."

렌이 대기하고 있던 노스랜더에게로 그녀를 이끌었다.

"말해 줘. 나는 모르겠는데, 당신 혹시 머리 다시 길게 하는 주문 알아?"

케이타는 허리에 손을 얹고 자신의 길동무와 쪼잔하게 복수심 많은 언니를 쏘아보았다. 그녀는 따라가지 않았다. 기분이 너무 언짢은 나머지 무슨 일이 생길지 알 만했다. 라그나가 언니를 보고 침을 줄줄 흘리겠지. 완벽하고 반짝이며 마법으로 가득 찬 언니. 케이타는 그를 볼 기분이 아니어서 가만히 기다렸고, 예상대로 렌은 돌아왔다.

"도대체 거기 얼마나 오래 서 있을 작정이야? 부글부글 끓으면서?"

"이 세상 끝날 때까지."

케이타는 뾰루퉁한 기색이 역력히 드러나도록 말했다.

"네 번개 드래곤을 감시하고 싶을 줄 알았는데."

"괜한 말 꺼내지 마, 렌."

"난 걱정이 되네. 저 친구 못 믿겠거든."

"네게 중요해야 하는 건 내가 그이를 신뢰한다는 것 아닌가."

"적어도 무슨 일이 있는지는 말해 줘."

"나중에. 여기선 안 돼."

케이타는 주변을 돌아보다가 한 무리의 병사들이 자기 쪽으로 다가오며 손을 흔드는 모습을 보았다. 몇은 꽃을 들고 있었다.

"맙소사, 렌."

그녀는 속삭였다.

"여기서 나 좀 꺼내 줘."

렌이 한 팔을 그녀의 어깨에 두르고 군중 속을 헤치고 나아갔다. 병사들이 그를 쏘아보며 가까이 다가오자 렌은 불꽃을 한 줄 내뿜었고 남자들은 모두 펄쩍 뛰며 몸을 숨겼다. 병사들이 제 목숨을 구하려 도망가자 렌은 별로 서둘지도 않고 말했다.

"자, 네 번개 드래곤들을 저렇게 놔둘 거야? 라그나는 너의 대단한 보호자와 함께 있는 걸 별로 좋아하지 않을 것 같은데."

"그 말투 마음에 안 든다."

케이타가 노래하듯 말했다.

"게다가 모르퓌드 언니가 옆에 있어 줄 텐데, 뭐. 둘은 그 대단한 기술로 산을 움직이고 나무를 녹이는 얘기나 하면 되지."

"그자를 시험하는 게 아니었으면 좋겠다, 케이타."

"내가 뭐하러 그래?"

그녀는 너무 빨리 대답하고 말았다.

"게다가 내가 상황을 편안히 처리할 기회를 잡기 전에 오빠들이 그와 그의 일족을 만난다는 생각을 하고 싶진 않아."

다행스럽게도 이 변명은 먹혔는지, 렌이 물었다.

"꼬마 아가씨, 이게 내 상상이야, 아니면 네 가족은 뭐든 먼저 죽이고 난 후에야 질문하며 '그럴 기분이었다.'라고 말하는 타입인 거야?"

"어떤 이들은 그런 말을 하지…… 희생자들이 머리가 잘려 나간 채로 말을 할 수 있으면."

그래, 바로 이 여자였다. 화이트 드래곤 모르퓌드.

라그나가 언제나 듣던 대로 아름다웠다. 하지만 얼굴 한쪽의 흉터 때문에 마음이 아팠다. 마녀로 찍힌 이에게 인간 사우스랜더들은 여전히 그런 짓을 하고 있었다. 타인의 힘을 인정할 수 없는 연약한 지도자의 짓이었다. 자기 이익을 위해서 쓸 수 있는 힘을 인정하지 않으려 하는. 다행스럽게도, 드래곤의 혈통을 타고 났기에 흉터는 옅어지고 있었으나 여전히 라그나의 눈에는 선명히 보였다.

왕가의 후손이자 어머니의 왕좌는 아니어도 마력을 계승하는 후계자인데도, 모르퓌드는 예사 치료사처럼 마인하르트 앞에 꿇어앉아 다리를 진찰했다. 그들은 바로 가반아일 시내로 열리는 성문 밖에 있었다. 마인하르트는 문으로 이르는 길에 줄지어 놓인 나무 벤치 위에 앉아 있었고, 라그나와 비골프는 그 뒤에 서 있었다. 공주는 눈을 감은 채 두 손을 마인하르트의 정강이에 대지 않고 들고만 있었다. 라그나와는 달리 진정한 치료사였다. 라그나는 사촌 형의 뼈를 고칠 순 있었지만 완벽하게 맞추기는 어려웠고, 결국 마인하르트는 가족들의 마음이 아프게도 절뚝거리게 될 위험이 있었다.

"완전히 부러졌네요. 하지만 인간 모습으로 있는 게 싫지 않다면 제가 빨리 고쳐 볼게요. 인간의 뼈는 우리 뼈보다 더 쉽게 낫더군요. 그리고 한쪽 형태를 치료하면 다른 형태에도 보통 영향이 있죠."

"그건 괜찮습니다. 잠깐 머무르도록 하죠."

라그나가 마인하르트 대신 대답했다.

"지금 이런데도?"

비골프는 줄곧 자기 머리가 있던 귀 언저리를 손으로 더듬고 있었다.

"그래, 동생아. 지금 이런데도."

모르퓌드가 일어섰다. 그녀는 여동생보다 더 키가 컸고, 펑퍼짐한 로브를 입고 있어도 더 날씬했다.

"이런 일이 생겨서 정말 미안해요. 제 오빠의 짝을 대신해서 사과드립니다. 앤널은 요새 부쩍 경계심이 많아졌어요. 하지만 여러분 모두에게 최상의 숙소를 마련해 드리고 필요한 물건을 보내 드리죠."

"그러실 필요 없습니다. 하지만 감사합니다, 공주님."

"그냥 모르퓌드라고 불러 주세요. 제 가족에게 부당하게 공격받은 분이라면 좀 더 허물없이 대해도 된다는 것이 평소 생각이었답니다."

모르퓌드가 미소를 짓자, 라그나도 답례했다.

"그 참 멋진 생각 같군요."

"다행이네요."

모르퓌드는 몇몇 경비병에게 손짓했다.

"이들이 방으로 안내해 드릴 겁니다."

"난 걸을 수 있습니다."

마인하르트가 멀쩡한 다리 한 짝으로 일어섰다.

"그러시지 않는 게 좋을 텐데요."

"노스랜드 드래곤은 오직 죽었을 때만 남에게 실려 가는 법이죠, 레이디."

"음, 그건……."

모르퓌드가 헛기침을 했다.

"약간 희망적인 이상이로군요."

라그나는 블루 드래곤이 길을 내려오는 모습을 보았다. 혼자서. 그와 케이타가 동네 사람들 몇몇과 이야기를 나누라고 놔둔 동안 라그나와 비골프는 사촌이 다리를 쉴 수 있는 곳을 찾아 헤맸다. 하지만 오직 블루 드래곤만이 돌아왔다.

"뭐가 잘못됐나요?"

모르퓌드가 물었다.

"여동생분은 어디 갔는지 아십니까?"

"케이타요? 경비병 막사 같은 데 가지 않았을까요? 어쩌면 이전에 못다 한 일 다시 하려고?"

공주가 눈을 깜빡이며 한발 물러섰다.

"아, 농담이었어요."

라그나는 자기도 모르게 얼굴을 찌푸렸다는 것을 깨닫고 태연한 척하려 했다.

"누나!"

공주가 라그나에게서 몸을 돌렸다.

"에이브히어!"

그녀는 로브 자락을 들고 동생에게로 뛰어가 품에 안겼다.

"이곳 여자들이 쟤한테 하는 행동을 보면…… 저 애송이가 어떤 자식인지 알겠단 말이야."

비골프가 불평했다.

"쟤 좀 가만둬라."

마인하르트가 이를 악물고 말했다. 비골프는 사촌 형에게로 걸어가 그의 팔을 자기 어깨에 걸쳤다.

"나한테 기대."

마인하르트가 그 멍청한 규약을 자기 얼굴에 내던지기라도 한 듯한 얼굴을 하자, 그는 덧붙였다.

"이렇게 하면 저 푸른 눈의 예쁜 드래곤에게 좋은 인상을 주지 않겠어? 형은 불쌍하게 보이고, 난 너그럽게 보이고."

"저 여자는 이미 임자가 있다던데."

라그나가 끼어들었다.

"젠장."

"젠장."

비골프와 마인하르트는 동시에 큰 소리로 웃었다. 라그나도 웃으면서 동생과 사촌 형에게서 몸을 돌리다 저 멀리에 있는 무언가를 보았다. 이전에 본 적 없기는 해도, 전쟁 군주의 합리적인 딸과 오래전에 토론한 적이 있어서 무언지 알아볼 수 있었다.

"먼저 들어가. 나중에 만나자."

"먼저 들어가? 너 없이?"

마인하르트는 번개 드래곤의 대표로 행동해야 한다는 데 겁을 먹은 목소리였다. 그런 상황에서 그가 얼마나 형편없는지 생각하면 누구를 위한 대표도 하지 않는 편이 최선일 것이다.

"걱정 마. 오래 걸리진 않을 거야. 오 분만 말썽 부리지 말고 기다려. 그럴 수 있지?"

비골프가 자기 머리를 가리켰다.

"우리 둘 꼴을 보고도 그런 걸 물어볼 용기가 생겨?"

라그나는 일족을 놔두고 통행이 잦은 길 주변의 빽빽한 나무 사이로 향했다. 정문에서 그 집은 훤히 보였지만, 걸어가는 데 몇 분이나 걸렸다. 걱정이 들기에 충분한 시간이었다.

여기로 쫓겨났던가? 그녀가 짝을 지었던 헤픈 드래곤에게 벌써 버림받고? 가반아일의 미친 여왕에게 더 이상 소용이 없어져서 숲 속에 혼자 살도록 추방한 건가? 쓸모없는 노처녀처럼? 내가 그녀를 그릇된 길로 이끌었나?

작은 집으로 다가가면서 느꼈던 자기의 판단이 틀렸을지도 모른다는 공포가 일주일도 안 되는 기간 안에 다시 떠올라 라그나는 숨이 막혔다. 그 집은 에쉴드의 집을 떠올리게 했지만, 약초밭과 텃밭은 따로 없었다. 길가와 집 주위에는 꽃과 덤불뿐이었다. 그뿐 아니라 여기에는 마법이 있었다. 대부분의 존재를 밀어내는 강력한 보호 마법이었다.

그를 제외한 대부분의 존재를.

그는 보이지 않는 결계에 대고 한 손을 흔들어 자신의 인간 형태가 뚫고 들어갈 만한 구멍을 내고, 대문으로 향하는 돌 오솔길에 발을 디뎠다. 그리고 정문으로 걸어가면서 점점 커져 가는 근심을 억제하려 노력했다.

저들이 그녀를 버렸다면 그가 상황을 바꾸면 된다. 그녀를 여기서 데려가리라. 그녀의 정신과 기술이 진정으로 존중받는 곳으로. 아버지가 죽을 때까지 라그나의 어머니가 살았던 식으로 그녀의 인생이 끝나도록 놔두지는 않을 것이다. 이건 그녀를 위한 삶이 아니었다. 그렇게 하기 위해 무슨 대가를 치르든, 라그나는 이 상황을 고칠 작정이었다.

굳은 결심을 하며 그는 노크한 후에 문을 열었다. 들어오라는 말을 기다려야 한다는 생각도 하지 못했다.

라그나는 따뜻한 집 안으로 들어섰다. 벽난로가 환하게 타오르고 작은 식탁 위에는 갓 우린 차가 준비되어 있었다. 그는 방 하나짜리 집을 눈으로 훑듯이 살폈다. 작은 부엌, 식탁, 큰 침대, 거의 모든 모퉁이마다 높이 쌓인 책과 서류 들. 한구석에는 책상이 놓여 있었다. 깃털 펜이 재빨리 효율적으로 종이를 긁는 소리에 그는 미소를 지었다. 인간의 작은 맨발 옆에 앉아 있던 개가 경계하듯 낮게 '으르르' 소리를 내자, 라그나는 한 손을 들어 덩치 큰 짐승을 조용히 시켰다.

그가 뭐라 말하기도 전에, 문을 등지고 책상에 앉아 있던 여자가 돌아보지도 않고 글을 중단하지도 않은 채 말했다.

"이봐, 드래곤. 오늘 오후엔 내가 혼자 몇 시간은 일할 수 있게 해 주겠다고 약속했잖아. 그러니까 그 음란한 물건은 내 일이 끝날 때까지 곱게 집어넣고 있어."

라그나는 인정하고 싶은 이상으로 충격받았지만 마침내 입을 열 수가 있었다.

"벌써 고이 집어넣은 상태입니다만, 레이디."

여자는 온몸이 뻣뻣하게 굳더니, 어깨 너머로 라그나가 선 쪽을 천천히 돌아보았다. 다음 순간, 그녀는 그를 더 잘 보려고 눈을 가늘게 떴다.

"안경부터 쓰고."

그가 깨우쳐 주었다.

그녀의 볼이 매혹적인 붉은색으로 변하더니 책상 위 팔 옆에 놔둔 안경을 필사적으로 찾았다. 그녀가 안경을 쓰고 어깨 너머로 다시 그를 쳐다보았다. 시야가 분명해지자, 그들은 작은 방 양편에서 서로를 바라보았다.

"아…… 라그나 님?"

"레이디 다그마."

"아……."

"흠……."

"당신……."

그는 문을 가리켰다.

"기다렸어야 했는……."

"아니, 아니에요. 그럴 필요는 없는데. 난 그냥…… 으……."

"이게 우리 처음 아닌가?"

그가 마침내 말했다. 그녀의 눈이 안경 뒤에서 커지자, 라그나는 재빨리 덧붙였다.

"어색한 순간이. 이렇게 어색했던 게 처음 아닌가 하고. 우리 둘 다 남들하고 어색한 사이이기로 유명하긴 하지만, 우리끼리는 꽤 잘 피해 왔다고 생각했는데."

"아, 그래. 네, 그렇죠."

둘은 몇 초 동안 아무 말도 하지 않았다. 이윽고 다그마 라인홀트가 입을 열었다.

"'훼손자' 그웬바엘이 여기 없을 때도 여러모로 저를 당황스럽게 한다는 것 알겠죠? 그이의 재능이죠. 아니면 병이라고 해야 하나."

"역병 같은?"

다그마가 격하게 코웃음을 쳤고, 그들이 처음 맞은 어색한 순간은 시작할 때처럼 빠르게 끝나 버렸다.

다른 문을 또 지난 후에, 케이타와 렌은 여왕의 궁정으로 들어섰다. 대전으로 향하는 계단에 가까이 왔을 때, 뛰어나와 그들을 맞은 이는 그웬바엘이었다. 잘생긴 얼굴에 환한 환영의 미소를 띠고 계단을 내려와 그들에게 곧장 뛰어왔다.

케이타는 오빠가 안을 수 있도록 두 팔을 벌렸다.

"오빠!"

그웬바엘이 대꾸했다.

"옛 친구여!"

그는 케이타를 옆으로 밀어 버리고 렌을 껴안았다.

"다시 만나서 반가워!"

"당신도, 그웬바엘."

땅에 고꾸라지려다 간신히 피한 케이타는 두 팔을 내리고 빙그르르 돌아 그들을 보았다.

"나는?"

그녀는 누구에게도 무시당하는 데 익숙하지 않았지만, 특히 자기 가족에게 무시당하는 것은 싫었다!

그웬바엘이 렌의 어깨에 한 팔을 올리고 몸을 돌려 동생을 내려다보았다.

"우리 아는 사이인가?"

"아, 그만해!"

"당신하고 비슷하게 생긴 이를 알긴 아는데. 내 여동생이지. 그런데 얼굴 본 지도 소식 들은 지도 너무 오래 되어서 말이야. 편지 한 장 없더라니까."

그는 렌에게 말했다.

"그래서 지금은 어떻게 생겼는지도 알 리가 없잖아."

그래, 이 시시한 게임을 하시겠다? 혼자 실컷 하라지!

"오빠가 그런 식으로 굴면 난 떠나겠어!"

케이타는 몸을 돌려 위엄 있게 퇴장할 준비를 했다. 여봐란듯이 나가서 드래곤으로 변신해 두 개의 태양 사이로 장엄하게 날아가려고. 하지만 뒤를 본 순간 검은 두 눈이 매서운 표정으로 그녀를 째려보고 있었고, 케이타는 튀쳐나가려다 말고 우뚝 멈춰 섰다.

"아…… 큰오빠."

단단히 팔짱을 낀 채 다리를 벌리고 선 피어구스는 아무 말도 하지 않았다.

"오빠 좋아 보이네."

케이타는 다시 시도했다. 그런 일이 가능할 줄은 몰랐는데, 오빠의 찌푸린 표정이 열 배로 매서워졌다. 운을 시험해 보겠다는 생각을 포기하고 그녀는 그웬바엘이나 모르퓌드에게는 먹히지 않을 방법을 썼다. 첫 눈물방울이 굴러떨어지도록 놔둔 것이다.

"오빠도 나한테 화난 거야?"

케이타가 속삭이자, 피어구스는 금방 동생을 품 안으로 끌어당겼다.

"이리 와. 울지 말고."

케이타는 머리를 살짝 돌리며 그웬바엘에게 코웃음을 보냈다.

그웬바엘이 눈알을 굴리며 따졌다.

"내 눈물은 형한테 왜 안 먹히지?"

"그건…… 네 거짓 눈물에는 언제나 콧물이 섞였으니까. 너무 역겨워서 신경 쓸 수가 없지."

피어구스가 되쏘았다.

"벌써 걔 용서해 준 거야?"

또 다른 목소리가 피어구스 뒤에서 들려왔다.

"울기 시작하잖아. 어떡하겠어?"

케이타는 큰오빠에게서 한발 물러나 작은오빠를 올려다보았다. 은발의 브리크. 그는 피어구스보다 훨씬 더 어려울 것이다.

"이 년이야. 이 년 동안 한마디도 없어?"

브리크가 비난했다.

"선물을 보냈잖아."

그녀는 말해 보았다.

"내 사랑도."

작은오빠의 얼굴이 험악해지자, 케이타는 피어구스에게 바짝 붙었다.

라그나는 뜨거운 차를 마시며, 다그마가 접시 위에 놓은 것 말고 쿠키가 더 없나 작은 찬장을 뒤지는 모습을 바라보았다.

"그이가 쿠키를 다 먹어 버렸다니 믿을 수가 없다니까요."

다그마가 투덜거렸다.

"얼마나 이기적인지 믿을 수가 없어요. 누가 그렇게 많이 먹는 대요?"

라그나는 접시에 놓인 마지막 쿠키를 집어 먹으며 대답했다.

"드래곤이."

"이성이여, 나를 지켜 주소서."

다그마가 찬장 문을 쾅 닫고는 크고 튼튼한 침대로 걸어갔다. 그리고 그 옆에 무릎을 꿇고서 밑에서 작은 트렁크를 끄집어내더니, 보디스에 달아 놓은 열쇠 꾸러미에서 열쇠 하나를 꺼내 트렁크를 열고, 양철통을 꺼냈다. 그녀는 트렁크를 잠그고, 도로 원래 자리에 밀어 넣은 후, 탁자로 돌아와서 양철통을 열고 쿠키를 더 권했다.

"난 그 드래곤에게 내 목숨과 내 일족의 목숨도 맡길 수 있지만…… 절대 내 음식은 맡기지 않을 거예요."

다그마는 자기를 따라 작은 방을 돌아다니는 순종 개를 내려다보았다. 길고 굵은 채찍 같은 꼬리가 지나가는 곳마다 물건을 쳐서 넘어뜨릴 것 같았다.

"카누트도요. 그나 그 형제들에게나 절대로 카누트는 맡길 수 없죠."

그녀가 말했다.

"나라면 여동생에게도 맡길 수 없을 것 같은데."

라그나는 뱀푸어의 지하 감옥에 있던 경비견을 생각하며 덧붙였다.

"예방 차원에서."

그리고 쿠키를 한 줌 집었다. 다그마는 그의 건너편에 앉았고, 개는 다그마 옆에 자리를 잡고 문을 지켰지만 여전히 눈은 라그나에게서 떠나지 않았다. 이 여자는 충성심을 얻는 법을 알고 있었다.

불필요하다면 체면치레에 시간을 낭비하지 않는 다그마가 단도직입적으로 본론을 꺼냈다.

"사우스랜드엔 무슨 일로 온 거죠, 라그나 님?"

그는 다그마가 자기를 '형제님'이라고 부르던 때를 기억했다. 라그나가 인간 수도사라고 믿었던 때. 그때는 솔직히 그녀가 자기 진짜 정체를 이해하지도 못하고 받아들이지도 못할 거라 생각했었다. 그의 생각이 틀렸다. 라그나는 그 실수를 후회했다. 크나큰 후회였다.

"케이타와…… 음, 그 녀석을 호위하려고."

다그마가 쿠키를 갉작댔다. 기껏해야 하루에 한 개나 두 개로 제한하는 듯했다. 사우스랜더들이 사치한다고 믿는 노스랜더들의 절약 정신에 익숙한 여자였다. 번개 드래곤도 비슷한 이상을 가지고 있었지만 음식에만은 예외였다.

"그 녀석 누구요?"

"블루 녀석."

그녀의 얼굴에 금세 따뜻한 미소가 떠올랐다.

"에이브히어가 집에 왔구나."

라그나는 전쟁 군주의 딸을 찬찬히 살피다 의자에 편안히 앉았다. 이 가구가 인간 형태를 한 드래곤에게 적합하게 만들어졌다는 사실에 감사하면서. 의자에 기대었는데 망할 게 부서져 버리는 것보다 창피한 일은 없었다.

"대체 그 녀석이 뭐가 특별하기에 당신네 여자들 모두가 그 애를 보고 싶어서 난리지?"

"푸른 머리카락?"

"내 건 자주색인데."

언제나 가장 잘 정련된 철을 떠올리게 하는 회색 눈이 몇 년 전 그가 만들어 준 안경 너머로 그를 보았다.

"약간 질투하나 봐요?"

라그나는 약간 입술을 비쭉거릴 수밖에 없었다.

"아니."

"내게 고함을 지르다니 믿을 수 없어! 난 오빠한테 아무것도 아니야?"

케이타가 우는소리를 했다.

"나한텐 그런 수작 부리지 마라, 말썽꾼 계집애. 연락을 끊은 건 너야. 우리가 모르는 새 노스랜드에서 잡혀 놓고 우리 탓을 한 것도 너라고."

브리크가 기억을 되살려 주었다.

"난 오빠들 탓한 적 없어."

케이타는 우겼다.

"내가 그랬다고 누가 그래?"

하지만 질문을 하자마자 그녀는 눈을 가늘게 뜨고 범인을 찾아냈다.

"어머니구나."

"어머니 탓할 것도 없어. 어머니가 너한테 우리랑 연락을 끊으라고 한 것도 아니잖아."

"내가 처리할 일이 좀 있었어."

케이타는 주장했다.

"그 일을 처리하다가……."

브리크가 렌 쪽을 보고 콧방귀를 뀌었다.

"저 이방의 드래곤을 만났냐?"

"어이, 이방의 드래곤에게 친절해야지! 내가 아는 자야."

그웬바엘이 끼어들었다.

"무슨 일이죠?"

성 계단 위에서 목소리가 들리자, 브리크는 금방 눈을 위로 뜨며 고통스러운 한숨을 길게 내뱉었다.

"당신이 걱정할 일은 아냐, 내 소중한 당신."

갈색 손이 케이타의 팔을 잡아 간혀 있던 오빠들의 포위에서 빼냈다.

"탈라이스! 오랜만이에요."

케이타는 환성을 지르며 독한 혀를 지닌 마녀를 꼭 껴안았다.

"나도요, 케이타."

그들이 다시 떨어지자, 탈라이스는 얼굴 전체가 환하게 밝아지는 멋진 미소를 케이타에게 보냈다. 하지만 자기 짝을 돌아볼 땐, 그 미소가 재빨리 악마 새끼도 두려워할 만한 험악한 표정으로 변했다.

"이미 논의는 끝났고 합의된 것으로 아는데. 케이타를 다시 보면, 당신들 누구도 덤벼들어서 고함지르지 않기로 했잖아요. 대신에 모두 점잖고 정답게 가족으로서 대화를 나누고 문제를 풀어가기로 하지 않았어요?"

탈라이스가 이를 악물고 말했다.

"논의를 한 건 아니지. 당신이야 언제나 그랬듯 말하고 말하고 또 말했고, 나는 언제나 그랬듯 무시하고 무시하고 또 무시했을 뿐이지. 정말로 내가 내 여동생에 대한 당신의 충고를 한마디라도 듣거나 굳이 귀 기울일 거라 생각했어?"

브리크의 대꾸에, 탈라이스는 그에게 삿대질을 했다.

"한순간이라도 당신 딸 중 하나라도 양해해 줄 거라고 생각했다면 당신이 다시 그런 바보 같은 짓을 못 하게 혀를 잘라서 목에 목걸이처럼 매고 다녔을걸!"

"쉼 없이 지껄이는 당신 혀 하나도 처리하기 버겁지 않나, 레이디 떠버리?"

"당신이 미친 짓으로 나를 고문하지 않는 날이 하루라도 되면 그렇게 하지, 콧대 높은 드래곤님!"

케이타가 서로 소리치는 그들 사이에 끼어들었다.

"둘 다 이거 여기서 해야겠어요?"

그녀는 필사적으로 부탁하며 목소리를 낮춰 소곤거렸다.

"하인들이 보고 있어."

순간 침묵이 흘렀다. 하지만 곧 케이타와 그웬바엘이 웃음을 터뜨렸고 그들도 한심하다는 듯한 사람들의 한숨 소리를 들었다.

"사령관?"

라그나는 다시금 물었다.

"그 여자가 당신을 사령관으로 삼았다고?"

"앤널은 심지어 나를 총사령관으로 임명했죠. 다크플레인의 모든 사령관이 내게 보고해요."

다그마가 자기 몫의 차를 한 모금 마시며 대답했다.

"당신 입이 벌어졌는데."

"나는…… 우…….."

라그나는 차를 내려놓고 입을 다물었다.

"인정해야겠군. 이 집을 처음 보았을 때, 당신이 여기로 쫓겨난 줄 알았어. 가반아일의 미친 여왕과 그녀와 함께 지배하는 화염 드래곤들에게 더는 쓸모가 없어져서."

"앤널을 대하는 건 항상 위험하지만, 그녀는 날 좋아해요."

"두려워하기도 하고?"

"어째서 앤널이 날 두려워하겠어요? 내가 말하는 걸 어김없이 따르기만 하면 두려워할 게 없는데."

"농담인지 아닌지 모르겠군."

"아, 참 안됐네요."

그녀가 말했다.

라그나는 아주 잠깐 똑똑한 여자들이 종종 겪듯이 다그마도 버림받았을지도 모른다고 걱정했지만, 생각해 보면 이 정도는 짐작했어야 했다. 그가 아는 유일한 생존자가 있다면 다그마 라인홀트였다. 라인홀트 가문의 열세 번째 자식이자 외동딸, 지금은 다크플레인의 미친 여왕 앤널의 총사령관. 다그마가 누구에게도 버림받을 사람이 아니라는 것을 알았어야 했다. 그 정도는 알았어야만 했다.

"지금 하는 일이 좋아?"

"꽤 좋아요."

"그러면…… 행복해?"

다그마는 입을 꽉 다물고 두 손으로 찻잔을 감싼 채로 천장을 올려다보았다. 마침내 라그나가 덧붙였다.

"노스랜더치고는 행복하냐는 거야."

"아! 아, 그렇다면 그렇죠. 무척 행복해요."

"네가 집에 와서 그저 기쁘다."

피어구스는 케이타의 정수리에 입 맞추며 다시 가까이 끌어안았다.

"나도 돌아와서 기뻐. 모두 보고 싶었어."

피어구스가 웃음을 터뜨렸다.

"그런데도 내가 원망을 품었다고 하는구나."

"오빠는 원망받을 만해. 오빠 짝이 그렇듯이."

"앤닐!"

피어구스가 약간 뒤로 기댔다.

"그 여자가 무슨 짓을 했는데?"

"비골프의 머리를 자를 뻔했고, 불쌍한 마인하르트의 다리를 부러뜨렸지."

피어구스는 동생을 다시 가슴으로 끌어당겼다.

"그건…… 안됐다. 내가 앤닐을 보면 말을 해 두지."

그런데 너무 조용했다.

오빠에게서 빠져나온 케이타는 일족 모두가 ─심지어 렌까지 도─ 웃고 있는 것을 보았다. 소리 없이라고는 하지만 그래도!

"뭐가 웃기다고 그래!"

"웃기지. 정말 웃기다고!"

브리크가 침묵에 종지부를 찍었다.

"그 상황을 진정시키기 위해서 내가 어떤 수를 썼는지 알아? 큰오빠가 자기 짝 하나 통제 못한다고 해서 적을 더 만들 여력은 없다고!"

"앤닐을 통제해? 나는 그 여자를 통제하려고 한 적 없다, 동생 아. 바다에 몰아치는 폭풍처럼 세상에 풀어 놓고 있을 뿐이지."

"쟤들 온다. 누가 앞장서는지 봐."

그웬바엘이 고개를 절레절레 흔들고 브리크는 코웃음을 쳤다.

"이 년이 지났지만 저 멍청이는 전혀 철이 안 들었다니까."

"저들은 이제 쟤 친구 같은데."

피어구스가 한숨을 쉬었다. 큰오빠는 하루하루 얼굴과 목소리가 아버지를 닮아 가고 있었다.

하지만 케이타는 참을 수가 없었다. 항상 꼬마 에이브히어를 못살게 굴고! 용서할 수 없었다!

그녀는 허리에 손을 짚고 세 오빠 앞에 섰다.

"내 말 잘 들어, 냉혹한 도마뱀들. 동생에게 좀 착하게 굴어! 걔는 여행 내내 형들 만나는 얘기만 했다고. 그러니까 오빠들도 걔가 환영받는 기분이 들게 해 주란 말이야. 아니면 내가 가진 힘을 다 써서라도 신들도 두려워할 만한 수법으로 오빠들을 괴롭혀 줄 테니까."

"징징대던 우리 꼬마 케이타에게 무슨 일이 생긴 걸까?"

그웬바엘이 다시 웃으려는 순간, 케이타는 오빠의 급소를 쳐서 무릎 꿇게 했다.

"착하게 굴라고 했잖아!"

그러고는 숨을 들이마시며 외쳤다.

"자, 모두들 웃어! 저 애를 환영하라고!"

그때, 몇 분 전 성으로 들어갔던 마녀가 도로 나왔다.

"탈라이스?"

케이타는 고개를 끄덕이며 그녀에게 손짓했다.

"저기 누가 왔는지 봐요."

탈라이스가 자기 짝과 피어구스를 돌아 나왔다.

"세상에…… 에이브히어?"

"많이 컸죠."

케이타가 놀림조로 말했다.

"에이브히어!"

탈라이스는 환호하며 허공을 향해 두 팔을 벌리고 돌계단을 내려와 막내에게로 달려갔다.

"봤지?"

케이타가 가리켰다.

"저게 환영이야."

피어구스와 브리크는 서로 얼굴을 보더니 어깨를 으쓱하고 두 팔을 벌렸다.

"에이브히어!"

둘 다 새된 목소리로 환호하자 케이타는 한 발을 굴렀다.

"내 말은 그 뜻이 아니라고!"

또 한 명의 아름다운 여자가 덩치 큰 애송이에게 달려오더니 그의 품 안에 안겼다.

"저 녀석은 대체 무슨 복이야?"

비골프가 물었다. 마인하르트라고 알 리가 없었다. 그는 이제까지 인간 여자들이 비명을 지르며 자기에게서 도망가지 않게 하느라 노력해 왔다. 한때 그 누이는 이렇게 말했었다.

'항상 얼굴을 찌푸리고 어깨 때문에 자기 목도 제대로 볼 수 없으니 인간 여자들은 네가 자기를 강간하고 마을을 약탈할 거라고 생각하지. 하지만 일단 여자들이 너를 잘 알게 되면⋯⋯.'

"탈라이스!"

애송이가 여자를 빙글빙글 돌리며 말했다.

"집에 돌아와서 기뻐요."

여자는 그의 뺨에 키스하고, 다음에는 입에 키스했다.

"정말 많이 컸네."

"그 정도는 아니에요."

"이 높이에서 날 떨어뜨리면 땅에 닿는 순간에 죽을 거예요."

"그만해요, 탈라이스."

여자가 그를 다시 안으며 웃었다.

"정말 좋아 보이네. 이렇게 집에 왔으니 그것만으로 됐어요."

"나도 집에 와서 기뻐요."

모르퓌드가 동생 뒤에서 걸어 나와 등을 토닥였다.

"우리 동생 정말 잘생기지 않았어요, 레이디 탈라이스?"

"정말 멋지네요, 레이디 모르퓌드."

"그만들 좀 해요."

에이브히어가 뺨을 붉히며 고개를 수그렸다.

"저 자식 얼굴 빨개진 거야?"

비골프가 물었다.

"그런 것 같은데."

마인하르트가 대답했다.

"형, 얼굴 빨개진 적 있어?"

"내가 아는 한은 없지."

"예의범절 다 잊었니, 동생?"

모르퓌드가 가볍게 꾸짖었다.

"아, 그래."

에이브히어는 여자를 조심스레 내려놓았다.

"탈라이스, 할데인의 딸. 이쪽은 비골프 님과 마인하르트 님입니다."

여자가 미소를 지었지만, 비골프와 마인하르트는 그저 그녀를 쳐다볼 수밖에 없었다. 그녀가 헛기침을 하더니 에이브히어에게 물었다.

"걸음아 나 살려라, 하고 도망가야 해요?"

"아니, 아니요. 전에 알산데어에서 온 분을 본 적이 없어서 그런가 봐요."

"아, 알겠네요."

아니, 그녀는 알지 못했다. 하지만 비골프는 한숨을 내쉬고 대표로 말했다.

"전쟁과 죽음의 신에 맹세코, 레이디, 정말 아름다우십니다."

여자가 더 활짝 웃더니 살짝 무릎을 굽혀 인사했다.

"어머! 고마워요, 멋진 노스랜더 님들."

하지만 비골프와 마인하르트가 그녀의 손을 누가 먼저 잡을지를 두고 목숨 걸고 싸우기 전에, 갑자기 인간 형태를 한 사우스랜드 드래곤이 나타나 그들과 그들이 찾아낸 포상 사이를 가로막고 섰다.

"번개 녀석들이군."

그가 코웃음 쳤다.

"화염 자식."

그들도 맞서 비웃었다.

그가 엄지손가락을 어깨 너머로 까닥했다.

"이 여자는 내 거다."

"어머!"

뒤에서 여자의 목소리가 들려왔다.

"불운하게도 이 여잔 너희가 잘라 버릴 날개가 없지만, 네 머리카락을 가져간 여자는 마음대로 차지하도록 해."

비골프는 이 모욕에 포효했고, 한 발로 폴짝폴짝 뛰던 마인하르트는 등에 멘 전투 도끼에 손을 뻗었다. 하지만 착한 공주 케이타가 그들 사이로 뛰어왔다.

"아니, 안 돼! 안 돼요! 다들 약속했잖아요!"

그 말은 사실이었기 때문에, 사촌 형제는 쓰라리긴 해도 즉시 사과했다. 하지만 화염 드래곤 녀석은······.

"난 네게 아무것도 약속한 적 없다, 동생아."

"오빠 정말로······."

케이타의 말이 점점 작아졌다. 그녀는 비골프와 마인하르트를 찬찬히 보았다.

"라그나는 어디에 있죠?"

갑자기 제 나라 사람들에겐 '훼손자'로 알려져 있는 재수 없는 골드 드래곤 녀석이 여동생의 팔을 잡더니 휙 돌려 자기를 보게 했다.

마인하르트가 다시 도끼에 손을 뻗었을 때, '훼손자'가 따져 물었다.

"그 자주색 자식이 여기 있어?"

에이브히어가 골드 드래곤에게서 누이를 떼어 내고 말했다.

"그래. 형은 천치처럼 행동하지 않길 바라."

"어디 있는데?"

"잠깐 갔는데."

'훼손자'는 동생의 코를 잡더니 에이브히어가 앞으로 쓰러질 때까지 비틀었다.

"어디냐고, 천치야? 잠깐 어디로 갔어?"

"몰라! 정문 밖 숲 속에 있는 집으로 갔어!"

"개자식!"

'훼손자'가 으르렁대며 튀어 가자, 실버 드래곤이 웃으면서 뒤에서 고함을 질렀다.

"뛰어라, 동생아! 그 번개 녀석이 그 여자를 너한테서 낚아채기 전에 뛰어가! 또 그러기 전에!"

"자, 그럼……."

모르퓌드가 두 손을 맞부딪쳤다.

"이제 위층으로 올라가실까요. 편안히 쉬도록 해 드리죠."

"난 이자들이 머무르는 데 동의한 적이 없……."

그때까지 묵묵히 있던 블랙 드래곤이 입을 열었다. 하지만 공주 둘 다 재빨리 쏘아붙였다.

"그런 소리 듣기 싫어!"

"무슨 소리야!"

할데인의 딸, 아름다운 탈라이스가 모르퓌드에게 물었다.

"모르퓌드가 우리의 소중한 손님들을 돌보실 건가요?"

"네."

"잘됐네요. 이쪽 공주님은 오래전에 두고 간 일을 해야 해서."

탈라이스는 케이타의 팔을 잡고 요새 계단 쪽으로 끌고 갔다.

"우리끼리만 안으로 들어가는 거예요? 경호대나 뭐, 그런 게 있어야 하는 거 아니고?"

케이타가 묻자, 마인하르트는 그녀의 안전이 걱정되었다.

"그러지 마요, 케이타. 그냥 아이들일 뿐이라고요. 물어뜯고 그런 게 아니라……. 어, 영원히 불구가 되거나 죽을 만큼 물진 않는다는 거죠."

"아이들?"

"동생, 어째서 우리가 집에 갈 수 없는지 설명 좀 해 줄래?"

마인하르트가 물었다.

"라그나가 바보기 때문이지."

비골프가 대답했다.

"내 생각도 바로 그거였다."

"레이디 다그마, 이 집에 대해서 설명해 봐요. 처음에 딱 보고, 어쨌든 당신이 여기 있다는 걸 알았지."

다그마의 시선이 방 안을 떠돌았다. 그와 함께 떠오른 미소는 부드럽고 무척 정다웠다. 한때는 라그나만을 위해 아껴 두었던 미소였지만, 이제는 완전히 다른 이를 위한 것이었다. 라그나도 알았다.

"한때 그웬바엘에게 말한 적이 있어요. 아버지의 와인을 너무 많이 마신 다음이었던 것 같은데, 아버지의 영토에 나만의 집이 있었으면 하는 꿈을 항상 꿨다고. 노처녀가 된 나만을 위한 작은 집 말이에요. 이젠 짝이 있으니까 그런 집을 얻기는 힘들겠지, 하고 말했죠. 그이 말이, 혼자서는 어느 때든 어디든 갈 수가 없대요. 내가 그를 얼마나 사랑하는지 알고 그 없이는 살 수 없다는 걸 알았다나요.”

다그마는 대부분의 사람들이 이 초도 참을 수 없을 이 오만한 말에도 웃어 버렸다.

“몇 달 후, 그웬바엘이 나를 여기로 데려왔어요. 왕족의 목수들에게 나만을 위해 이 집을 짓게 했죠. 완벽하지 않아요? 내가 상상한 그대로예요. 성에서 너무 가까운 게 마음에 걸리지만, 당신들 드래곤들이 얼마나 게으른지 계속 놀란다니까요. 내가 대전에 앉아 있으면 아무 때나 들러서 몇 시간이고 얘기하겠죠. 하지만 정문에서 고작 일 리그도 못 미친 곳에 수다나 떨러 오는 건 아주 버거운 일이라고 여기죠…… 확실히.”

“잊어버린 것 같은데, 아가씨. 우리 모두를 함께 묶을 순 없어. 드래곤도 각양각색이야. 우리는 서로를 똑같이 싫어하고.”

다그마가 다시 웃었다.

“좋은 지적이네요. 항상 잊어버린다니까.”

리그나는 탁자 너머로 손을 뻗어 그녀의 손을 잡았다. 그의 시선은 그의 손가락이 손 관절을 어루만지는 자리에 가 닿았다.

“당신이 여기서 행복한 걸 보니 무척 기뻐, 다그마. 우리 사이의 일이 그렇게 되어서 미안하고.”

아니, 이건 옳지 않았다. 그는 자기가 한 짓을 외면할 수 없었다. 케이타에게 했듯이, 이 또한 똑바로 직면해야 했다.

"미안해."

그는 다시 말했다. 이번에는 그녀와 눈을 맞추고서.

"그 오랜 시간 동안 내가 누구고 무엇인지에 대해서 거짓말해서. 그땐 정말 선택이 없다고 생각했고……."

"됐어요."

그녀가 말을 끊었다.

다그마는 잠시 시선을 돌렸고, 라그나는 그녀가 언제나처럼 생각을 정리하는 중이라는 것을 알았다. 그녀에게 극적으로 감정적인 순간은 아니었고, 그는 그래도 괜찮았다.

그녀가 다시 시선을 그에게로 돌렸을 때, 그 눈길은 침착하고 차분했다. 다그마다웠다.

"당신이 내게 거짓말했다는 걸 알았을 때 상처받았다는 건 인정해요. 다른 누구도 줄 수 없는 방식으로 상처를 주었죠. 하지만 당신이 왜 그렇게 했는지도 이해해요. 더 중요하게는, 당신이 내게 해 준 모든 일, 내게 보여 주고 가르쳐 준 모든 것들이 나를 여기로 이끌었다는 걸 알고 이해해요. 내가 두려움이나 걱정 없이 진정한 나 자신으로 살아갈 수 있는 장소로 이끌어 줬죠. 그것 하나만으로도 과거의 모든 잘못을 용서해요, 라그나 님. 그리고 이제 과거는 그 자리에 두고 극복하기로 해요."

오랫동안 라그나의 어깨에 실렸던 무게가 사라졌다.

"이해하나, 나의 레이디 다그마? 당신이 내 삶에서 가장 큰 승리였다는 걸."

다그마의 미소는 은근했지만 강력했다. 하지만 그녀가 답례로 하려 했던 말이 무엇이든 개가 벌떡 일어나 정문을 향해 신경질적으로 짖어 대는 바람에 끊기고 말았다. 곧이어, 다그마의 심장을 거머쥔 골드 드래곤이 문을 벌컥 열고 쳐들어왔다.

앞에 서서 게거품을 무는 개를 무시하고, '훼손자' 그웬바엘은 라그나에게만 집중했다.

"거짓말쟁이 수도사 놈이 돌아왔군."

인사의 기본 규칙을 지키는 척할 필요도 없어 보이자, 라그나도 응수했다.

"'훼손자'."

그웬바엘의 눈길이 라그나가 다그마의 손을 잡은 자리에 가 꽂혔다.

"이것저것 부수고 싶은 욕망이 느껴지기 시작하는데."

화염 드래곤이 선언했다.

"진정해."

라그나는 다그마가 실제로 타이르고 있는 건 카누트임을 금방 알아차리지 못했다. 개는 더 이상 짖지 않았지만 여전히 으르렁거리며 그웬바엘의 목덜미에서 눈을 떼지 않았다.

화염 드래곤이 개의 존재를 알아차리고 몸을 숙였다.

"내가 보고 싶었나, 친구?"

개가 다시 짖기 시작했고, 다그마는 한숨을 내쉬며 라그나에게 잡힌 손을 빼고 문으로 걸어갔다. 그녀가 문을 열고 카누트에게 손짓했다.

"나가. 지금."

개는 계속 으르렁거렸지만 마지못해 밖으로 나갔다. 거기서도 문이 다시 열려 주인 옆에 올 때까지는 계속 처다만 보고 있을 것 같았다.

"어째서 재를 약 올리는 거야?"

일단 개가 나가자 다그마는 문을 쾅 닫으며 따져 물었다.

"그런 적 없어. 난 잘해 주는 거라고."

"그게 잘해 주는 거면 생각 좀 해 봐야겠네. '오염자' 당신은 대체 가능하지만, 카누트는 아니니까!"

"'훼손자'야! 저 천치조차도 제대로 부르잖아! 그리고 또 있어."

골드 드래곤이 말을 이었다.

"내가 당신에게 이 집을 주었을 때 아무 예고도 없이 찾아오는 농부 남자들이나 맞아 재미있게 놀라고 한 게 아니라고. 게다가 이거 무척 기분 나쁘군! 저 쿠키 말이야!"

분노는 다가올 때만큼이나 재빨리 사라졌는지, 그웬바엘은 탁자로 가서 양철통에 손을 넣었다. 하지만 다그마가 뚜껑을 쾅 닫아 버렸다.

"아야! 독사 같은 여자!"

"이 뚜껑에 날을 달아 놓지 않은 걸 다행으로 알아. 그랬으면 손가락이 다 날아갔을 테니."

다친 손을 핥으며 화염 드래곤이 말했다.

"내가 손가락으로 해 주는 거 좋아하면서? 결국엔 자기 손해라고."

다그마는 두 손으로 허공을 갈랐다.

"이젠 끝이야!"

그러고는 쿠키 깡통을 빼앗아 가슴에 꼭 끌어안았다.

그웬바엘이 코웃음을 치며 흘겨보았다. 그의 눈은 다그마의 가슴에 꽂혀 있었다.

"그러면 내가 그만둘 줄 알고."

이제 이런 유의 짓거리는 더 보기 싫어진 라그나가 자리에서 일어섰다.

"그럼 나는 이만……."

"어째서 여기 온 거지, 번개 드래곤?"

골드 드래곤이 물었다.

라그나는 케이타의 기분과 변덕을 따라가기가 불가능하다고 생각했다. 하지만 이 드래곤은……. 라그나는 어떻게 다그마가 이 자식을 참아 주는지 알 수 없었다.

"당신 어머니가 나를 보냈으니까."

라그나는 대답했다.

"그럼 넌 어머니의 꼭두각시인가, 아얏!"

그웬바엘이 자기 팔뚝을 붙잡고 짝을 쏘아보았다.

"꼬집었어? 지금은 꼬집은 거야?"

흘겨보는 것보다 싸움은 더 할 기분이 아니라, 라그나는 고백했다.

"당신 어머니는 아우터플레인에 있는 자매 에쉴드를 데려다 달라고 부탁했어."

두 남녀는 잠깐 서로를 바라보다 천천히 그에게 집중했다.

"어째서 에쉴드를 원하신 거죠?"

다그마가 물었다.

"그래서 이모를 여기까지 끌고 왔나?"

그웬바엘이 따졌다.

"여왕님이 에쉴드를 보고 싶어 하는 이유야 나는 모르지."

라그나는 다그마에게 먼저 대답했다.

"그리고 난 당신 이모를 아무 데도 끌고 가지 않았어. 끌고 가려 해도 거기 없었으니까."

다그마의 짝에게도 설명했다.

"사라졌다고?"

"그것도 한참 된 것 같더군. 당신 어머니는 그걸 걱정하는 것 같았고 케이타도 그랬지. 그들과 이야기를 해 보든가."

"난 너랑 말하고 있잖아, 번개 드래곤."

라그나는 그웬바엘을 보고 씩 웃었다.

"할 수 있으면 도발해 봐, '훼손자'. 하지만 그렇게 되면 케이타가 당신을 무척 그리워하겠지. 오빠를 좋아하는 것 같던데."

"이만하면 됐어요."

다그마가 부드럽게 말했다.

"둘 다."

그녀는 문 쪽을 가리켰다.

"라그나 님은 동생과 사촌에게로 돌아가요. 우리는 케이타랑 얘기해 보죠."

두 남자가 계속 쏘아보기만 하자, 다그마가 덧붙였다.

"내 말이 짧아지게 하지 마."

라그나는 골드 드래곤의 표정을 보고 그가 이해하고 있음을 알았다. 다그마가 말수가 줄어든다는 것은 대륙 하나를 파괴하는 드래곤 군대의 위력에 걸맞다는 사실을. 라그나도 잘 알았다.

두 남자는 정문을 가리키며 다그마에게 동시에 말했다.

"당신 먼저."

"여기."

탈라이스가 포대기를 케이타의 품 안에 밀어 넣었다.

"태어났을 때 와 보지도 않은, 가장 최근에 태어난 조카딸에게 인사해요."

"탈라이스는 나한테 화 안 내는 줄 알았는데."

케이타는 쳐다보지도 않고 불평했다.

"어머나, 내가 언제 그런 말을 했을까? 공주님이 뽀로통해서 도망가는 바람에 나, 다그마, 앤뷜은 뒤에 남아서 칭얼대는 망할 오빠들을 상대해야 했다고요. 저 세 오빠와 같은 방에 가두지 않은 것만으로도 다행인 줄 알아요."

"내가 여기 살았던 것도 아니잖아요, 탈라이스. 어쨌든 나랑 자주 보는 사이도 아니었으면서."

"맞는 말이에요. 하지만 오빠들은 항상 케이타와 연락하고 살았잖아요. 적어도 보름달이 몇 번 뜰 때마다 한 번씩은. 하지만 이번엔…… 아무것도 없었죠."

탈라이스가 의자에 털썩 주저앉았다. 그녀는 단순한 검은 바지에 약간 커다란 회색 면 셔츠를 입고, 오른쪽 허벅지에 단도를 묶었으며, 무릎까지 올라오는 긴 가죽 부츠를 신고 있었다. 그 옷차림이나 행동을 고려하면 케이타에게는 할데인의 딸 탈라이스가 이제껏 만난 중에 가장 아름다운 여인 중 하나라는 것이 놀랍기만 했다.

"그럼 연락이 없었던 이유가 정확히 뭔가요?"

"굳이 알아야겠다면……."

케이타는 담요에 싸인 아기를 품에 안았지만 창밖과 저 멀리에 있는 맑은 하늘을 내다보았다.

"창피해서였던 것 같아요."

"당신 형제들 중 누구도 창피해할 능력이 있는 줄 몰랐는데."

"오로지 여자 형제만 그런 문제를 갖고 있죠."

케이타는 별생각 없이 말했다.

탈라이스가 웃었다. 케이타도 그녀를 보며 같이 미소를 지으려 할 때, 이루 말할 수 없이 작은 갈색 손이 그녀의 턱을 만졌다. 강력한 전류 같은 것이 몸을 총알처럼 훑고 지나자, 그녀는 즉시 아기에게 집중했다. 곱슬곱슬한 은색 머리카락 가운데 작은 갈색 얼굴에서 큰 자줏빛 눈이 올려다보았다. 케이타는 평생 이렇게 아름다운 것을 본 적이 없었다. 이렇게나…… 맑은 것을. 표현할 말은 그뿐이었다. 맑다. 순수하고 맑으며 몇백 년 동안 그 무엇도 건드리지 않은 것.

케이타는 감정이 치밀어 올라 탁해진 목소리로 말했다.

"눈이 브리크 오빠를 꼭 닮았네. 머리 색깔도."

탈라이스가 케이타를 빤히 보며 동의했다.

"그래요, 정말 닮았어요. 그게 우리 모두에게 어떤 의미인지 케이타도 알겠죠."

케이타는 그 말이 무슨 뜻인지 정확히 알고 있었으므로 동정으로 움찔했다.

"그 아버지 입장에서 보면, 이 애가 자기 가랑이 사이에서 나왔다는 이유만으로 세상에서 가장 완벽한 아이라는 뜻이겠죠."

탈라이스가 재빨리 두 손을 들었다.

"이제 케이타가 우리에게 늘 어떤 문제를 남겨 두고 가는지 알겠죠. 그것만으로도, 우리는 가족에서 쫓아낼 수도 있어요."

케이타는 씩 웃으며 말했다.

"오빠가 그렇게 봐주기 힘든 존재예요?"

"오빠는 항상 봐주기 힘들어요. 또 참아 주기 어려운 존재이기도 하죠."

고향을 떠나온 놀웬 마녀가 한 발을 의자에 올려놓고 한 팔로 구부린 다리를 감쌌다.

"그이는 늑대가 달을 숭배하듯 그 아이를 숭배해요. 언제나, 매일, 이 아이가 완벽한지를 얘기하죠. '얘가 얼마나 완벽하게 내 손가락을 쥐어짜는지 봐. 얘가 얼마나 완벽하게 아침 식사를 토

하는지 봐. 이 애가 얼마나 완벽하게 기저귀에 똥을 싸는지 봐.'
끝이 없어요!"

케이타가 웃었다.

"물론 케이타야 웃겠죠. 같이 살 필요가 없으니까. 하지만 이
아이가 그이를 믿게 되면 어떻게 하죠? 내 말은, 남자가 오만한
건 오만한 거라는 거예요. 우리 중 누구도 어쨌든 그 점을 진지하
게 받아들이지 않죠. 하지만 여자라면? 얘가 십분의 일이라도 브
리크의 오만한 성격을 닮았다면? 그러면 이 아이의 운명은……."

"내 어머니처럼 된다?"

탈라이스는 고개를 끄덕이고 손을 까닥여 동의했다.

"바로 그거예요."

케이타는 대낮의 환한 빛 속에서 조카딸을 잘 보기 위해 더 큰
창문으로 걸어갔다. 채 한 살 반도 되지 않았지만 경탄할 만큼 아
름다운 아이였다. 그러나 케이타를 옭아맨 것은 그 미모가 아니
었다. 눈이 아버지를 닮았다는 사실도 아니었다. 그렇게도 어린
아기의 눈에서 본 것 때문이었다. 지성. 드넓은 지성과 배려. 아
이의 눈은 고사하고 어른의 눈에서도 본 적이 없는 자비와 이해.

"탈라이스……."

"알아, 안다고요. 그 눈을 보면 누구나 숨을 멈추게 되죠. 그리
고 색깔 때문이 아니죠? 그 애는 마치 내가 느끼는, 내가 느낄 모
든 것을 감지하는 것 같아요."

"그게 진실이라면 이 애의 인생은 쉽지 않을 거예요."

"그것도 알아요."

그 자리에 없었고 도와줄 수 없었기에 이런 질문을 해야 한다는 사실에 멈칫하며 케이타는 물었다.

"출산은 힘들었나요?"

"내가 죽었다가 신의 힘으로 저승에서 돌려보내진 다음에 내 아이를 죽이려 덤비는 미노타우루스 무리를 도살해야 했다는 뜻이에요?"

웃음이 어색한 순간을 씻어 낸 후, 케이타가 고개를 끄덕였다.

"바로 그런 뜻이에요."

"아니, 앤널이 겪은 만큼 그렇게 신나는 사건은 아니었어요. 그저 전형적이고 비참한 출산으로 당신 오빠가 내게 이렇게 했다며 비명을 지르고 욕을 해 댔죠. 이지를 낳을 때와 비슷했어요."

탈라이스가 케이타의 팔에 안긴 아기를 살폈다.

"하지만 이번에는 누구도 내 아이를 데려갈 수 없어요. 이번에는 내가 원할 때마다 아이를 안아 볼 수 있죠. 내 맘대로 키울 수 있는 아이예요."

이 인간 여자가 하는 이야기가 아르젤라 신이 그녀의 복종을 십육 년 동안이나 확보하기 위해 첫딸을 포로로 삼았던 사연임을 아는 케이타는 말했다.

"신들이여, 맙소사. 이지도 아기를 보고 좋았겠네요. 여동생이 생겼으니."

탈라이스가 대답을 않자, 케이타는 조카딸의 강렬한 작은 얼굴에서 시선을 돌렸다.

"탈라이스? 이지에게 말했죠? 설마 안 했어요?"

"음, 케이타처럼 이지도 이 년 동안이나 집에 오지 않았어요."

"그러면 이지에게도 말하지 않았다는 거예요?"

"소리치지 마요!"

"어떻게 얘길 안 할 수가 있어요?"

탈라이스는 손가락으로 이마를 문질렀다.

"그저 때가 맞지 않은 것 같았어요."

"뭐, 이 년 후는 확실히 때가 맞지 않죠. 엄마가 임신했다는 걸 모르는 것만도 나쁜데, 동생이 태어났고 아무도 말해 주지 않았다는 것을 알면⋯⋯."

탈라이스가 한 손으로 다리를 철썩 쳤다.

"이 년이라는 망할 세월 동안 우리가 알현할 기회도 주지 않은 분치고는 무슨 일이 있는지 꽤 잘 알고 있는 것 같네요. 게다가 조잘조잘 자기 의견도 말하고!"

이세벨, 탈라이스와 브리크의 딸이자 뤼데르크 하일의 잠재적 미래 수호자, 앤널 여왕 군대 미래의 장군 ─희망 사항이었지만! ─ 그리고 가끔은 '학살자' 글레안나의 종자이기도 한 그녀는 고개를 수그리고 어떤 반응도 보이지 않으려고 애썼다. 그녀의 부대가 작은 마을에 들어가 보니 야만적인 웨스트랜드 부족들에게 이미 짓밟히고 난 후라는 것을 알게 되었을 때 배운 접근 방식이었다.

처음 이지가 앤널 여왕의 신병으로 도착했을 무렵, 부대는 종종 이렇게 마을로 진입하고는 했다. 우선은 주민들을 보호하고,

너무 늦었다면 그 여파를 다루기 위한 방법이었다. 하지만 너무 늦게 갔을 때도 죽은 이는 오직 남자들뿐이었다. 여자들과 아이들은 노예로 끌려갔고, 군인들은 여러 번 그들이 노예 시장에서 팔리기 전에 구조할 수 있었다.

하지만 지난 여덟 달 동안, 상황이 바뀌었다. 죽은 남자들을 발견하는 대신 모든 것이 죽어 있는 광경을 발견했다. 남자, 여자, 아이, 가축, 곡식, 그 무엇도 구할 수 없었다. 죽은 아이를 처음 보았을 때 이지는 너무도 놀라서 아무 말 없이 눈물만 뚝뚝 흘렸다. 그 저녁이 끝날 무렵, 시체를 다 치우고 난 후에 이지는 지휘관 앞으로 소환당해 '망할 약한 모습'을 보이지 말라는 말을 들었다. 이지는 지휘관이 고의적으로 차갑게 군다는 것을 알았다. 화장터에 아이의 시체를 하나도 아니고 여럿씩 올려놓아야 할 때는 그 외에 다른 방법이 없었다.

그래서 이지는 무해한 것을 쳐다보는 법을 스스로 익혔다. 나무. 수레. 오늘은 타 버린 집의 잔해를 두른 덤불이었다. 집이 타버린 형태는 기이했다. 왼쪽 아래 골조는 남아 있었지만 다른 건 없었다.

'야만족 새끼들'이라고 불평하면서, 지휘관은 어린 신병들에게 통명스럽게 명령을 내렸다. 이걸 잡아, 저걸 가져와, 태워……. 항상 똑같았다.

이지가 꿈꿨던 화려한 전투는 아니었다. 하지만 누구나 어디서든 시작은 해야 했고, 그녀는 죄 없이 죽어간 자들을 위해 더 많은 장작을 쌓는 일을 참아 내는 따위 이상의 것을 바랐다.

"이세벨, 나머지 집들도 확인해."

지휘관이 명령했다.

"네에."

이지는 생각 없이 대답했지만, 계속 보고 있던 타 버린 집 옆 흙더미 속에 파묻힌 무언가에 눈길이 쏠렸다. 결국 호기심을 못 이기고 흙더미를 파다가 붉은 가죽 끈을 잡았다. 그녀는 그 끈을 끌어내 흙을 털어 내고 문장을 확인하려 했다.

"이세벨! 탈라이스의 딸! 내 말 들리나?"

마음 한구석에선 지휘관의 호통에 펄쩍 뛰어야 한다는 것을 알았지만, 어떻게 해야 할지는 몰랐다. 대부분의 신병보다 더 많은 일을 겪었다는 표현은 너무 약과였고, 신들과 드래곤들 그리고 무엇보다 가장 무시무시한 엄마까지 맞대면한 그녀에게 명령에 불복종하면 등가죽을 벗겨 버리겠다고 호통치는 부대 지휘관 정도는 새 발의 피였다.

이지는 그에게로 뛰어갔다.

"지휘관님, 이게 뭔지 아시겠습니까?"

그녀가 자기 말 한마디에 껌뻑 죽고 펄쩍 뛰지 않아 항상 불만스러웠던 지휘관은 그녀의 손에서 가죽 조각을 낚아챘다. 하지만 엄지로 문장을 닦았을 때, 험악한 표정은 급작스레 사라졌다.

"이걸 어디서 찾았나?"

이지는 가리켜 보였다.

"저기 있는 집에서 찾았습니다. 흙더미 속입니다."

지휘관이 가죽 조각을 도로 이지의 손에 철썩 내려쳤다.

"이걸 장군님께 갖다 드려라."

이지는 싱긋 웃었다.

"말을 한 마리 가져가도 됩니까?"

"안 돼! 말은 가져갈 수 없다. 아직 그럴 계급이 아니잖나!"

지휘관이 다시 호통쳤다.

"그저 여쭤 본 겁니다."

이지가 우물거리자 지휘관이 두 손가락을 입술에 대고 휘파람을 불었다.

이지는 고개를 흔들었다.

"아닙니다, 지휘관님. 제발 부탁드립니다."

지휘관이 심술궂게 쳐다보았다. 이렇게 하면 그녀의 성질을 긁을 수 있다는 것을 그는 잘 알았다. 이지가 이를 악물고 참는 한 가지였다. 아무런 손도 쓸 수 없는 한 가지였다.

"즐겁게 다녀와라, 이세벨."

이지가 더 빌기도 전에 드래곤의 꼬리가 그녀의 허리를 감아 마을 위로 들어 올렸다. 언제나처럼 이지는 비명을 질렀다. 도로 내려 달라고 빌기도 했다. 목적지에 도착하면 무슨 일이 일어날지 정확히 알고 있었기 때문이다. 적어도 요즘 하루에 한 번은 일어나는 일이기도 했다. 어떨 때는 더 많이, 적은 경우는 거의 드물었다.

하지만 이지를 붙잡은 잔인한 짐승은 그녀에게 똑같이 했던 다른 이들과 별로 다르지 않았다. 무정하고 가차 없고, 그녀가 겪는 고통을 철저히 즐겼다. 그리고 보통은 가족이었다!

"안 돼!"

그녀는 언제나 빌듯이 빌었다. 특히 서부 산맥 외곽, 앤널의 부대에 속한 광활한 야영지를 보았을 때 더 간절해졌다.

"하지 마! 제발!"

이지는 야영지 위를 날아 통과하면서 다시 한 번 소리쳤다.

"꼭 잡아!"

꼬리가 뒤로 당겨졌다 앞으로 나아가며 이지를 천막 지붕 위로 던졌을 때 미리 온 경고는 그뿐이었다. 이지는 천막 안으로 떨어졌다.

"명중!"

"십 점!"

드래곤이 환호했다.

이지는 미친 듯 손을 휘두르며 어깨나 무릎을 깨지 않고 착지할 방법을 찾으려 했다. 하지만 그녀가 보통 천막의 한쪽 끝으로 뛰어내리면 다른 꼬리가 잡아 반대쪽으로 던지곤 했는데, 오늘은 그 전에 큰 두 손이 그녀를 허공에서 낚아챘다.

이지는 헐떡이면서도 안심해서 익히 잘 아는 얼굴을 쳐다보았다. 할아버지와 꼭 닮은 얼굴이었다.

"너 말이야, 이지. 대체 무슨 놀이를 하는 거냐?"

큰할아버지 아돌가가 꾸짖었다.

"제가요?"

어째서 다들 내 짓이라고 생각하는 거야? 사실, 이지는 땅에서 수 리그 떨어진 높이에서도 이 드래곤 등에서 저 드래곤 등으로 뛰어다니며 놀기로 유명했지만, 그때는 적어도 자기 선택이 않았던가? 이 게임은 이지의 선택이 아니었다. 하지만 이지가 친척이나 일족이라고 생각했던 드래곤들은 별로 아랑곳하지 않았다. 그들은 이지를 인간 탄환처럼 다루면서도 전혀 신경 쓰지 않았다! 큰할아버지와 고모할머니도 관심을 보이지 않았다.

"약한 소리 다시 할 생각 마라."

큰할아버지가 경고했다.

"약한 소리가 아니……."

"어째서 여기 왔느냐?"

"제 지휘관이 보냈어요. 이걸 보여 드리라고요."

이지는 가죽 조각을 꺼냈고 큰할아버지는 그걸 받으며 이지를 땅에 떨어뜨렸다. 세게 엉덩방아를 찧으면서도 그녀는 비명을 삼켰다. 쉽지는 않았다.

"이거 어디서 났지?"

"정찰을 보내신 작은 마을에서요. 야만족이 벌써 왔다 갔습니다. 집 옆 흙더미에서 찾았죠."

"어이, 글레안나. 이것 좀 봐."

고모할머니 글레안나가 의자에 앉아 낮술을 마시다 말고 일어섰다. 일그러진 머그잔을 든 손으로 글레안나는 아돌가로부터 가죽을 받아 살폈다.

"이런 젠장맞을."

그녀가 말했다.

"그게 뭔데 그러시죠?"

이지는 다시 한 번 보려고 했다.

"네 일이나 신경 써."

아돌가가 거대한 손을 그녀의 이마에 대고 슬쩍 밀었다. 그것만으로도 이지는 뒤로 밀려 나갔다.

그녀는 아돌가 할아버지가 그럴 때마다 싫었다.

두 남매는 구석으로 가서 소리 죽여 속삭였고, 이지는 그러지 않는 척하면서 귀를 기울였다. 가끔 그렇듯이 둘은 결국 말다툼을 시작했지만, 무슨 영문인지 이지는 싸움의 주제가 자기라는 인상을 받았다. 이상했다. 요새 그들은 이지를 알은척하지도 않는데.

"실수야."

아돌가는 여동생이 이지에게로 걸어갈 때 등 뒤에 대고 소리쳤다. 하지만 대개 그러하듯, 글레안나는 오빠의 말을 무시했다.

"너 가반아일로 우리와 함께 돌아갈 거지? 우리가 나흘 후 떠날 때?"

이지는 고개를 끄덕이며 숨을 죽였다. 이런 일이 생길까 두려워했었다. 무슨 일이 생겨서 집에 돌아갈 수 없을까 봐. 이지는 몹시도 집에 가고 싶었다. 물론 아예 눌러앉을 마음은 없었다. 할 일이 너무 많았다. 그렇지만 가족들을 못 본 지가 이 년이 되었다. 그들 모두가, 특히 엄마가 그리웠다. 엄마를 보고 싶었다.

"좀 더 일찍 돌아가게 되겠구나."

이지는 뺨 안쪽을 깨물면서 웃지 않으려 애썼다.

"네?"

"하지만 가기 전에 네가 먼저 알아야 할 게 있다."

"그리고 너는 빠져야 할 것 같고."

아돌가가 퉁명스럽게 말을 잘랐다.

"입 닥쳐, 오빠."

이지는 덜컥 겁이 났다.

"다들 괜찮나요? 엄마는……."

"엄마는 괜찮아, 이지. 괜찮다."

글레안나가 가죽을 이지에게 건넸다.

"집에 돌아가면 이걸 앤벌에게 줘라. 우리가 발견한 네 번째 조각이라고 말해. 앤벌도 이해할 거야."

"알겠습니다."

글레안나가 한 손을 이지의 어깨에 얹었다.

"그리고 네 엄마 얘긴데……."

"이지도 축하 잔치를 위해 돌아오나요?"

케이타는 여전히 조카딸을 두 팔에 안고 천천히 방 안을 거닐었다. 아기의 시선은 케이타의 얼굴에서 떠나지 않았다.

"모두 다 와요. 글레안나 님, 아돌가 님, 그 자식들까지. 사막 국경에서 일하는 아버지의 사촌들 몇몇은 축하 잔치 후에도 전선에서 대치할 테지만."

탈라이스가 케이타를 잠깐 보다가 물었다.

"케이타가 돌아와서 기뻐요. 다른 건 그만두고라도, 이지가 당신을 보면 좋아서 펄쩍펄쩍 뛸 거예요. 편지에 당신 얘기를 자주

써요."

케이타는 웃음을 누를 수가 없었다.

"그 애가요?"

탈라이스가 코웃음을 치며 눈을 위로 떴다.

"농담해요? 그 애는 케이타와 처음 만난 순간부터 홀딱 반했는걸요. 다른 형제들은 그렇지 않은데 케이타는 교양 있는 어투로 말했잖아요."

"어, 브리크의 딸은 정말로 아름답지 않아요?"

"아첨꾼."

탈라이스가 비웃듯 말했다.

"거짓말이 아니에요. 아기가 정말 아름다워요. 게다가 그런 칭찬은 잘 먹히잖아요?"

그들이 함께 웃었을 때 탈라이스의 막내딸이 갑자기 강렬한 시선을 문으로 보냈다.

"이 애를 안전한 곳으로 대피시켜야 하나요?"

다른 쪽 문은 모두 조용한 채로 있자, 케이타가 물었다.

"아뇨. 이 아이는 태어날 때부터 사촌들이 근처에 있으면 금방 알아차리는 감각이 있었어요."

그게 신호라도 된 듯, 육아실 방이 열리면서 피어구스가 걸어 들어왔다.

"넌 내 자식보다 브리크의 자식을 먼저 보러 오냐?"

"아기 엄마가 안내했어. 오빠는 그웬바엘을 비웃느라 너무 바빴잖아."

피어구스가 콧방귀를 뀌었다.

"그 참 웃기네."

케이타는 오빠의 과하게 넓은 어깨 주위를 돌아다니면서 위아래를 살폈다.

"아이들은 어디 있어? 보모와 있나?"

오빠가 다시 콧방귀를 뀌었다.

"몇 시간 전에 보모가 또 그만뒀다. 아이들이 나를 직접 찾아왔지."

그는 어깨 너머를 돌아보며 말했다.

"어이, 이리 와라. 고모를 만나 봐."

두 쌍의 눈이 아버지의 어깨 너머로 훔쳐보았다. 하나는 활력 넘치는 녹색, 다른 하나는 끝없는 흑색이었다.

참 귀엽네, 케이타는 생각했다. 낯을 가리다니.

케이타의 모습을 보자, 초록 눈이 떠오르더니 더러운 남자아이가 피어구스의 왼쪽 어깨를 두 손으로 세게 짚으며 일어섰다. 아이는 케이타를 위아래로 빤히 훑어보더니 씩 웃었다.

케이타는 눈을 깜박이며 피어구스에게서 시선을 옮겼다. 피어구스가 재빨리 대꾸했다.

"난 아무 말 안 할 거야. 안 할 거라고."

"그래, 하지만……."

"말 안 한다고!"

그가 소리를 질렀다. 바로 그때, 오른쪽에 서 있던 여자아이가 통통한 주먹으로 작은 훈련용 목검을 꽉 쥐고 케이타를 향해 덤벼들었다. 하지만 다행스럽게도 피어구스는 민첩했고, 남자아이와 마찬가지로 더러운 딸아이의 셔츠 뒷자락을 잡아챘다.

"아무한테나 덤벼들면 안 된다고 말했지?"

피어구스가 검은 머리 꼬마에게 말했다. 오빠의 목소리에 진절머리 난다는 기색이 역력해서, 케이타는 아이가 태어난 후로 매일같이 이런 말싸움을 했으리라는 확신이 들었다. 그것만으로도 꽤 심란한데, 이 여자아이가 그래도 계속 검을 휘두르며 작은 치아를 딱딱거린다는 것이 훨씬 더 심란했다.

"이게 정상이야, 오빠?"

"더욱더 이상해질 예정이에요."

탈라이스가 경고했다.

"그게 어떻게 가능하죠?"

그 질문에 대답이라도 하듯, 탈라이스의 딸이 자그마한 손을 사촌에게로 뻗더니 다시 케이타의 턱에 갖다 댔다. 잠시 후, 피어구스의 딸은 즉시 긴장을 풀고 칼을 옆으로 내렸다.

"저 앤 케이타가 사촌을 안고 있었던 게 싫었던 거예요."

탈라이스가 설명했다.

"이제 사촌의 허락을 받은 거죠."

한발 물러나며 케이타가 물었다.

"대체 여기서 무슨 일이 일어나고 있는 거예요?"

탈라이스가 하품하며 말했다.

"우리도 몰라요. 하지만 그런 질문은 종종 하죠."

"하지만 그만둬야만 했지."

피어구스가 말을 이었다.

"솔직히 말하자면……."

"약간 무서워졌기 때문이죠."

피어구스는 재빨리 덧붙였다.

"하지만 좋은 점도 있다면 꼬리가 달린 아이는 없다는 거야."

"비늘도 없고요."

"그러니 표면적으로는 다들 무척 정상적이지."

케이타는 얼굴을 찡그렸다.

"그런데도 괜찮아요?"

피어구스와 탈라이스가 시선을 교환하더니 입 모아 대답했다.

"이만하길 다행이야."

"이만해서 다행이죠."

블랙 드래곤 브란웬은 오빠인 팰의 머리를 땋아 주느라 한창 정신이 없다가 이지를 보았다. 사촌 중 하나가 그녀를 어머니의 천막 위로 던져 버리긴 했지만 이지는 그럭저럭 괜찮아 보였다. 브란웬은 그게 칭찬─카드왈라드르 일족이 어린 드래곤에게나 베풀어 주는 못된 장난을 견딜 만큼 이지를 강하다고 보았다는 의미에서─이라는 것을 알았지만 이지가 내던져지는 것을 좋아한다는 뜻은 아니었다. 사실 브란웬도 별로 좋아하지 않았다. 그래도 날 수는 있으니까.

"이지 기분이 별로 좋아 보이지 않는데."

팰이 한마디 했다.

이지의 표정이 너무 험악해서 베르세락 삼촌처럼 보였다. 실제로 이지는 그들과 아무런 혈연관계가 없었으니 참 기이한 일이었다. 어쨌든 중요하진 않았다. 그들은 이제 모두 일족이었다. 이 년 동안 수없이 많은 전투를 함께 치르며 브란웬은 무척이나 이지와 가까워졌다. 이지는 브란웬의 자매 누구보다도 상냥했고 형제 누구보다도 이해심이 깊었다. 사실, 그들은 육십 년이나 나이 차가 있었고 이지는 비극적이게도 인간이었지만 중요하지 않은 문제였다. 누구에게도.

브란웬은 오빠의 머리카락을 놓고 그가 앉은 통나무 위를 넘어갔다.

"이지?"

이지가 걸음을 멈추고 그녀를 돌아보며 물었다.

"넌 알았어?"

"뭘 알아?"

"네 어머니 얘기야?"

팰이 무척 지루한 표정으로 묻더니 어깨를 으쓱했다.

"난 알았는데."

"뭘 알아?"

브란웬이 오빠에게 따져 물었지만, 그는 미처 대답할 기회도 없었다. 그들이 의자로 쓰던 통나무를 이지가 번쩍 들어서 크게 휘둘렀던 것이다. 팰이 그 통나무를 맞고 뒤로 넘어가며 때마침 무슨 일인가 싶어 뒤에서 오던 형제 켈뤼을 덮쳤고 두 드래곤은 땅으로 세게 넘어졌다. 이지가 통나무를 내던지자 그 무게 때문에 땅이 약간 흔들렸다.

"나를 다크플레인으로 데려가 줄 수 있어?"

그녀가 브란웬에게 물었다.

"그래. 하지만……."

"글레안나 장군님이 될 수 있는 한 빨리 여왕님께 전달하라는 물건이 있어. 그러니 이쪽이 빠를 것 같아."

"뭐든, 이지. 그렇지만……."

"그럼 오 분 후에 출발할래?"

브란웬의 대답을 기다리지도 않고, 이지는 걸어가 버렸다.

켈뤼은 이제 브란웬 옆에 서 있었다. 둘 다 턱이 깨져 끙끙대는 형제는 무시해 버렸다.

"무슨 일이야?"

"나도 몰라. 하지만 알아내야지."

"내가 이지를 다크플레인까지 데려갈게."

켈뤼이 제안했다.

"참도 잘하겠다."

"그래, 하지만……."

"멍청한 소리 마."

브란웬은 불쌍한 팰을 가리키며 소곤댔다.

"오빠나 잘 보살펴. 턱이 부러진 것 같아."

"그러니 한번은 적어도 입을 다물고 있었어야지."

"여기 있군!"

브리크가 방으로 들어왔다. 순간, 케이타는 그가 자기를 가리킨 줄 알았지만 오해였다.

"내 완벽하고 완벽한 딸."

그는 허락도 구하지 않고 케이타의 품 안에서 아이를 빼앗아갔다. 언제나처럼 무례한 오빠.

"정말 완벽한 애 아니냐, 케이타?"

그가 피어구스와 형의 자식들을 몸으로 가리키며 말했다.

"쟤들 둘하고는 다르지."

대답으로 피어구스의 어린 딸이 한 발을 뒤로 뻗으며 나무 단검을 삼촌의 머리 위로 날리려 했지만, 피어구스는 딸이 계획을 실천하기 전에 칼을 빼앗았다.

브리크의 아기가 아빠에게 매달려 작은 팔로 아빠의 목을 감았다. 그때 처음으로, 케이타는 아이가 웃지 않는다는 사실을 깨달았다.

"이 아이는 웃지 않아?"

케이타가 물었다. 하지만 탈라이스와 피어구스가 움찔하고 브리크가 퉁명스럽게 대답하자 잘못된 질문임을 알았다.

"때 되면 어련히 알아서 웃을까 봐!"

"소리는 왜 질러! 그냥 물어본 건데."

케이타도 되쏘았다.

"그래, 계속 여기 있었으면 그따위 질문은 안 해도 되었겠지!"

"한 번만 그런 말 더 하면 내가……."

"네 동굴로 튀어 버리겠다고?"

피어구스가 끼어들었다.

"아, 입 다물어!"

"우리가 케이타에게 말해 주지 않은 이야기가 있다는 거 다들 알아요?"

탈라이스가 갑자기 물었다. 벌떡 일어나는 그녀의 얼굴에 환한 웃음이 떠올랐다.

"아이들 이름 말이에요."

그녀는 피어구스의 딸의 검은 머리를 쓰다듬었다.

"이쪽은 탈윈이죠."

그리고 남자아이의 뺨을 간질였다.

"이쪽은 탈란."

그녀는 두 손을 들고 뭔가 팔 물건을 내놓듯이 알렸다.

"그리고 이쪽은…… 리안웬."

케이타가 눈을 가늘게 뜨며 안전한 창에서 물러섰다. 피어구스의 쌍둥이가 자기를 슬금슬금 피해 다시 아버지의 어깨 뒤에 숨었다는 것도 눈치채지 못했다.

"리안웬? 아기 이름을 리안웬이라고 지었어?"

케이타는 거의 포효하고 있었다.

브리크가 은빛 눈썹을 치켜세웠다.

"거기 무슨 문제라도 있냐, 동생?"

"왜, 이름을 절망이라고 지어서 아예 저주하지그래? 아니면 불행 전달자나?"

"어쩌다 보니 리안웬이란 이름이 좋던데. 그리고 네가 말 꺼내기 전에 먼저 말해 두는데, 리안웬은 어머니의 이름과 그렇게 비슷하지도 않아."

"한심하긴!"

케이타는 오빠를 비난했다.

"언제나 그 여자에게 알랑거리고! 적어도 피어구스는 아이들 이름은 자기 근성대로 지었잖아."

브리크가 동생을 향했다.

"뭐, 징징거리는 공주님 네가 자식을 낳으면 애 이름을 맘대로 지어. 하지만 나에 관한 한, 그리고 내 가랑이에서 튀어나온 완벽한 자식은 장엄한 이름을 가질 자격이 있지. 그 장엄한 이름이 바로 리안웬이고!"

이루 말할 수 없는 혐오감이 치밀자 케이타는 방에서 뛰어나가 계단을 내려갔다. 대전을 가로질러 갈 때 렌이 그녀를 따라잡았다.

"온 마을을 불태워 버릴 기세인데. 무슨 일이야?"

"리안웬이라고! 그 알랑쟁이가 자기 딸 이름을 리안웬이라고 지었어!"

케이타는 소리쳤다.

"리안웬이라고?"

렌도 같이 소리 질렀다.

"차라리 불행이라든가 절망녀라고 짓지, 왜?"

케이타는 걸음을 멈추고 몸을 돌려 두 팔로 렌을 감고 꼭 껴안았다.

"그래서 내가 항상 너를 사랑하는 거야, 친구."

렌도 웃으면서 케이타의 등을 토닥였다.

"나도 알지, 친구. 안다고."

탈라이스는 고개를 저었다.

"잘되고 있었는데."

"걔가 먼저 시작한 거야."

브리크가 자신의 '완벽한' 딸을 그녀에게 건네면서 단호하게 말했다.

"애 영양 보충이 필요하겠어. 당신 가슴을 내줘."

"그런 식으로 말하지 좀 마!"

피어구스의 웃음소리 위로 탈라이스는 날카롭게 소리쳤다.

"그런 식으로 말할 때마다 얼마나 싫은데!"

"그래? 몰랐지."

탈라이스는 아이를 짝에게서 낚아챘다.

"내가 당신을 어쩔 수 없이 죽이게 되면 알겠지. 그걸로 날 비난할 자는 없을걸."

"난 비난 안 하지."

피어구스는 끼어들면서도 아이들을 한 발씩 잡아 거꾸로 들고 놀아 주느라 정신이 없었다. 아이들이 웃고 비명을 지르자 그는 씩 미소를 지었다. 하지만 아이들 누구도 말하지 않았다. 그들은 말을 하는 법이 없었다. 오직 둘이서만, 그것도 속삭임으로만 대화했…… 아무도 이해하지 못하는 언어로. 가족은 마침내 이

쌍둥이가 하나라는 사실을 인정할 수밖에 없었고 그 사실은 더 이상 피할 수 없었다. 또다시, 아이들이 이만한 게 다행이긴 했지만 여전히 이상했다. 쌍둥이는 이상했다.

탈라이스는 방 저편으로 가서 리안웬이 태어나기 직전에 브리크가 만들어 준 흔들의자에 앉았다.

"당신 둘이 무얼 하든 간에, 이지가 며칠 후 도착하기 전에 동생을 겁줘서 쫓아 버리진 마요. 그 애가 케이타를 보고 싶어 한다는 거 알잖아요."

그녀는 이지가 리안웬에 대한 진실을 알아내고 화를 내면 케이타가 풀어 줄지도 모른다는 희망을 품고 있었다.

이지에게 여동생에 대한 이야기를 할 새가 없었다고 했을 때, 탈라이스는 케이타에게 거짓말을 한 것이 아니었다. 웨스트랜드에는 너무 많은 일이 있었고, 탈라이스는 이지가 일에 집중하지 못하게 방해하고 싶지 않았다. 편지에 모든 얘기를 구구하게 적어 보내고 싶지 않았다. 딸이 주의를 잃기라도 하면, 다음 날 바로 야만족에게 급습을 당할 수도 있었다. 이지는 어머니를 걱정할 테니까. 처음에는 그런 기분이었다. 그리고 아이가 태어난 후에는 편지에 그런 얘기를 적어 보낸다는 게 옳지 않은 일 같았다. 하지만 탈라이스는 이지가 지금쯤은 집에 올 것이라고 생각했었다. 그러면 얘기할 것이라고.

이제 이지가 며칠 후 집에 오면 그것이 탈라이스가 제일 먼저 할 일이었다. 그것만은 확실히 다짐했다.

"우리가 그 애를 겁줘서 쫓아 보내진 않아."

브리크가 말했다.

"그저 그 애가 한 짓을 받아들일 수 없으며 다시는 참지 않겠다는 뜻을 분명히 한 것뿐이지."

"이전에도 그랬지만 잘됐던가, 응?"

"내가 여동생을 어떻게 키우든 이래라저래라 하지 마."

"동생을 키워? 이제 거의 이백 살이나 다 된 어른을."

"아니, 아직은 아니야."

"악!"

케이타는 대전을 빠져나가 늦은 오후의 태양들 아래로 나서면서 고함을 질렀다.

"브리크가 불쌍한 자기 자식을 그 미끌미끌한 호수 찌꺼기 같은 여자 이름을 따서 붙였다니 믿을 수 없어!"

"우리가 그 영토에 있는 이상은 그냥 어머니라고 불러야 하지 않을까?"

"그 여자가 우리 말이 들릴 만한 거리에 있을 때만 그러지."

케이타는 라그나가 그웬바엘과 어떤 하녀와 함께 다가오는 모습을 보았다.

"여기 있네! 그냥 막 돌아다니면 안 돼, 라그나. 물론 동생과 어울리는 머리 모양을 하고 싶다면 말은 다르지만."

"당신 목소리에 걱정이 서린 느낌인 건 내 상상인가?"

라그나가 물었다.

"그럴 리가. 짜증이면 몰라도."

케이타는 계단을 마저 내려가서 그의 팔뚝을 잡았다.

"와 봐. 우리 얘기 좀 해야 해."

"어디 가는데?"

"오빠는 묻지 마."

"하지만 케이타······."

"나중에. 라그나와 얘기부터 해야 해."

케이타는 하녀 앞에 멈춰 섰다.

"우리 노스랜드 손님들에게 필요한 게 있나 살펴봐 드려. 그분들은 삼 층으로 안내된 거 같던데, 식사 꼭 챙겨 드리고. 언니는 그런 건 잘 잊어버리는 경향이 있으니까."

그러다가 하녀 뒤에 서 있는 것을 흘끔 보았다. 그것은 입에 커다란 뼈를 물고 있었다. 이런 것들이 영토 안에 많이도 돌아다니고 있었다. 이전에 왔을 때보다도 훨씬 더 많이 보였다. 어쩌면 수가 너무 많아졌는지도 몰랐다. 그렇다면 그녀가 해결할 수 있는 문제였다.

"개라면 충분할 거야. 구워서, 소금은 많이 치지 말고."

케이타는 바라는 투로 말했다.

"구운 개가 맛있지."

그러고는 한 손을 배에 댔다가 자신이 무척 허기져 있다는 것을 새삼 깨달았다.

"몇 마리는 내 방에 보내 줘. 곧 돌아올 테니까."

하지만 케이타는 마지막 걸음을 떼려다 말고 라그나를 돌아보았다. 낄낄 웃는 전쟁 군주에게 충격받은 그녀는 물어볼 수밖에 없었다.

"뭐가 그리 웃겨?"

"케이타……."

오빠가 불렀다.

"뭐야?"

그웬바엘이 하녀에게 한 팔을 두르자, 케이타는 짜증이 나서 슬며시 한숨지었다. 오빠는 어째서 모든 여자를 보호하고 싶어 하는지 도통 이해할 수 없었다. 이미 어떤 야만족 여자와 짝도 맺었다면서. 이 하녀 애를 두들겨 패며 복종하라고 한 것도 아닌데, 그저 단순한 명령을 내리고 따르라고 했을 뿐이다. 그게 이여자의 일 아닌가?

"네게 다그마 라인홀트를 소개하고 싶구나."

그웬바엘이 말했다.

정말로? 이제 하녀도 예의를 갖추어 소개해야 해? 하지만 케이타는 형제들과 더 이상 말다툼하고 싶지 않았다. 그웬바엘이라고 할지라도.

"만나서 반가워, 다그마. 나를 레이디 케이타로 불러도 돼."

이 말에 라그나가 박장대소했다. 평소에는 웃는 법도 별로 없는 드래곤이 말이다. 특히 이렇게 웃은 적은 없었다.

"뭐가 그렇게 웃겨?"

케이타는 따졌다.

"다그마 라인홀트."

처음에는 그녀가 전혀 이해하지 못했을까 봐 그러는 듯 오빠가 다시 말했다.

"라인홀트 가문의 열세 번째 자식이자 외동딸, 다크플레인의 총사령관, 앤뉠의 책사, 사우스랜드 드래곤 장로들의 인간 교섭자. 그리고 내 짝이지."

아.

젠장.

아, 젠장!

젠장, 젠장, 젠장, 젠장, 젠장!

이백 년 가까운 기간 동안 받은 왕실 교육을 최대한으로 끌어내어, 케이타는 가장 환한 미소를 지었다.

"물론 그러시겠죠!"

그리고 웃으며 말했다.

"그저 장난 좀 친 거예요."

케이타는 몇 발짝 돌아가 노스랜드 전쟁 군주의 딸에게 가깝게 섰다. 그리고 두 손으로 이 인간의 작은 손을 잡았다.

"정말 만나서 반가워요, 레이디 다그마! 우리가 만나기까지 오랜 시간이 걸렸네요."

"그랬네요."

인간이 밀했다. 그제야 케이타는 이 인간이 철사로 연결된 둥근 유리 조각을 코 위에 올려놓고 있다는 것을 깨달았다. 저게 뭐래? 이 여자 장님이야?

"케이타에 대해서 정말 얘기 많이 들었어요. 이 나라 곳곳의 수많은 남자들이 얘기하듯 정말 아름답네요."

야만족 드래곤에게서 또 웃음이 터져 나왔다. 케이타는 그를 계단 난간 너머로 던져 버릴까 잠깐 생각했다.

"그리고 당신은······."

케이타도 답례했다.

"음, 당신이네요. 더할 나위 없이 좋아 보여요."

이 시점에서 렌이 도로 성 안으로 들어왔고 그웬바엘이 두 여자의 손을 억지로 떼어 놓았다.

"그럼 됐어! 인사는 충분해. 그렇지 않아?"

오빠가 음란할 정도로 억지로 명랑하게 말했다. 그러고는 자기 짝을 문으로 돌리고 케이타는 도로 계단 아래로 밀었다.

케이타는 자기도 모르게 으르렁거렸지만 ─제대로 발을 딛고 서 있을 수도 없었다─ 쿵쿵대며 떠나가기도 전에 그 인간이 그웬바엘을 솜씨 좋게 피해 돌아와 말했다.

"아, 레이디 케이타. 한 가지만요."

케이타는 발길을 멈추고 명랑한 미소를 띤 채로 그녀를 돌아보았다.

"네?"

"걔는, 손댈 수 없어요."

"이젠 그런가요?"

"아직 듣지 못했나 본데, 그게 이 땅의 규칙이에요. 그리고 난 공주님이 어머니와 문제에 휘말리는 모습을 보고 싶지 않네요."

"내 어머니요?"

케이타는 자기 목소리에 배어 나오는 놀라움을 억누를 수가 없었다.

"내 어머니가 개를 먹지 못하게 금지하는 법에 동의했다는 건 가요? 심지어 인간을 먹지 못하게 하는 법에도 동의하지 않을 여자가? 그보다는, 드래곤 백성들이 '걸릴 것 같으면' 해서는 안 될 일 정도로 생각하실 텐데……."

"실제로 무척 기꺼이 동의하셨죠."

케이타는 자기가 졌다는 것을 알았다. 적어도 한 영역에서는 패배했다.

"그렇군요. 그리고 제가 어머니를 거스르는 짓을 하지 않으리라는 건 신들도 아실 테죠."

"그럼 우리는 아무 문제도 없을 거라고 믿어도 되겠네요."

보통이라면 케이타는 그 말뜻이 뭐냐고 따졌겠지만, 모든 일에 기분이 점점 나빠지기 시작해서 그저 나가는 것이 최선이라고 결론을 내렸다.

그녀는 손을 뻗어 라그나의 손을 잡고는 그를 동쪽 출구로 끌고 갔다. 그러나 열 걸음도 채 멀어지지 않았을 때, 전쟁 군주의 딸이 엄하게 외치는 소리가 들렸다.

"카누트!"

케이타와 라그나는 발걸음을 멈추고 뒤를 돌아보았다. 레이디 다그마와 함께 있던 개가 이제 그들 뒤에 서 있었다. 개가 뼈를 떨어뜨리고 그걸 주둥이로 케이타에게 밀었다. 그리고 거대한 머리를 들고 혀를 내밀면서 케이타를 향해 씩 웃었다.

"어머. 너 참 상냥하구나?"

케이타가 외쳤다.

하지만 그녀가 개의 머리를 쓰다듬기도 전에, 라그나가 역겹다는 듯 코웃음을 치며 그녀를 확 끌어당겼다.

"이런, 나한테 화내지 마."

그녀는 말했다.

"수컷들이 나한테 뭘 주고 싶어 하는 게 내 잘못이야?"

《드래곤의 위험한 관계》 2권에서 계속